잘 가거라 용생, 어서 와라 이생

GOOD BYE, DRAGON LIFE.

나가시마 히로아키
Hiroaki Nagashima

3

목차

루우

청순하고 온화한 성격의 수룡(水龍).
수룡황(水龍皇)을
섬기는 무녀

바제

모레스 산맥에 기거하는
심홍룡(深紅竜).
기질이 거칠고, 드란을
눈엣가시로 여기고 있다.

네르

마법학원의 「4강」 가운데 한 사람.
말이 없고 무표정하지만,
싸움이 시작되면…….

파티마

마법학원에서 드란이 새롭게
알게 된 동급생.
붙임성 있는 귀여운
소녀.

크리스티나

인간을 초월한 신체 능력과
검기를 겸비한
절세의 미인 검사.
마법학원의 3학년생

세리나

반인반사의 미소녀 라미아.
태어난 고향을 떠나
남편감을 찾기 위한
여행을 하고 있다.

드란

최강의 용이 전생한 모습.
고향 마을을 떠나
가로아 마법학원에 입학했다.
육체는 인간이지만 용종의
마력을 숨기고 있다.

제1장 가로아 마법학원

 나는 라미아 종족의 미소녀 세리나와 함께 베른 마을 근방의 대도시인 가로아에 와 있었다. 우리의 이번 가로아 방문은 반쯤 연행되다시피 이루어졌는데, 여기에는 가로아 마법학원의 원장인 올리비에와 고다를 비롯한 총독부 관리들의 의도가 얽혀있었다. 우리는 총독부 내부에서 암약하던 마술사 키렌의 음모에 말려들었고, 또 그 해결에 도움을 주었다.

 이번 일은 나에게도 나름의 수확이 있었던 사건이었다. 새삼스럽지만, 베른 마을에서 우리가 보내는 일상생활도 국가나 정치와 같은 인간 사회의 체제 위에 성립되어 있다는 사실을 재차 인식할 수 있었던 것이다. 나 스스로가 어느 정도 사회적 지위를 획득하고, 키렌과 같이 악의를 품은 권력자로부터 마을을 지켜야 할 필요성을 느꼈다. 작은 사건이었지만 농민으로서 소박하게 일생을 마치고 싶다고 생각했던 나에게는, 커다란 변화의 계기가 되었다.

 나와 세리나는 이번 사건의 뒤처리를 위해 며칠 동안 가로아에 체류했다. 그리고 오늘, 드디어 마을로 돌아가는 날이 찾아왔다.

 크리스티나 양은 우리와 헤어진다는 사실을 몹시 아쉬워했다. 은발의 여검사는 도저히 이 세상의 것으로 보이지 않는 초월적인 미모에 슬픔의 빛이 떠올라 있었다. 그녀는 마법학원의 봄방학을 이용해서 베른 마을에 머물고 있었지만, 키렌 체포 소동에 즈음하여 우리의 안위를 걱정한 나머지 만사를 제치고 달려와 애검 엘스파다를 한 손에 쥐고 대활약을 펼치며 가세했었다.

짧은 기간이기는 했지만, 우리는 굉장히 농밀한 시간을 함께했다. 그런 연유로 크리스티나 양은 나와 세리나에게 깊은 우애를 느끼고 있었다.

물론 나와 세리나도 그녀와 마찬가지로 크리스티나 양에게 크나큰 호감을 가지고 있다.

"마지막의 마지막까지 터무니없는 사건에 휘말렸지만, 베른 마을을 방문한 일과 그대들과 만날 수 있었던 것은 내 평생을 통틀어서 최고의 보물이라고 할 수 있을 거야."

크리스티나 양은 살짝 창피한 듯이, 그러면서도 자랑스럽다는 표정으로 딱 잘라 말했다.

후후, 이 정도로 직설적인 우애의 표시를 듣고 있으려니 나까지 쑥스러워지는군.

"그건 우리도 마찬가지야. 그러고 보니 촌장은 크리스티나 양이 마을을 찾아왔을 때 몹시 기뻐하더군. 언젠가 그 이유를 크리스티나 양 본인에게서 듣는 날이 찾아오기를 기대하도록 하지."

"그런가. 어쩌면 언젠가 드란에게라면 개인적인 비밀을 털어놓을 날이 올지도 몰라. 마법학원에 입학하게 되면 그대는 내 후배가 되는 셈이고, 또 다시 얼굴을 마주치는 일도 있을 테니까."

일개 농민에 지나지 않는 지금의 내가 사회적 지휘를 확립하는 수단으로 선택한 방법은, 크리스티나 양이 재적하고 있는 가로아 마법학원에 입학하는 것이었다. 마법사가 될 수 있을 정도의 마력을 타고난 인간은 수백 명 중에 한 명 정도인 것으로 알려져 있으며, 그런 만큼 온갖 방면에서 중용되는 경우가 많다. 가로아 마법학원은 그 중에서도 특히 장래가 유망한 젊은이들이 모여드는 장소로, 그 졸업장은 빛나는 미래를 향한 보증수표였다. 마법학원 졸업자를 고용하고자 하는 이들은 총독부뿐만 아니라 각지의 귀족이나 거상들에 이르기까지 셀 수도 없을 정도였다.

내가 올리비에와 고다의 조언을 듣고 가로아 마법학원에 입학하기로 결심했다는 사실은 이미 크리스티나 양에게 전달했다.

그런데 크리스티나 양은, 마치 내가 벌써 입학시험에 합격한 거나 다름없다는 식의 반응을 보였다. 그러고 보니 학원장인 올리비에도 나의 입학을 환영한다는 말을 입에 담았다. 과연 어떤 시험이 기다리고 있을까? 물론 나는 합격할 생각이지만.

크리스티나 양은 세리나에 대한 배려도 잊지 않았다.

"세리나, 이번 사건은 그대의 입장에서 보자면 불합리하기 짝이 없는 재난이었을 거야. 다치지 않았으니 다행이지만, 나 역시 그대의 벗으로서 그 심정은 짐작하고도 남는 구석이 있어."

나는 크리스티나 양의 발언을 듣고, 기뻐하며 작게 미소 지었다.

귀족 가문의 영애인 크리스티나 양이, 마물인 라미아를 상대하면서 지극히 자연스럽게 「벗」이라고 부른 것이다. 크리스티나 양 본인과 세리나는 눈치채지 못한 것으로 보였지만, 우리의 관계나 사정을 모르는 이가 듣는다면 스스로의 귀를 의심할 수밖에 없는 말이었다. 하지만 우리들 가운데 그 누구도 이 대화를 이상하게 여기지 않았다.

"괜찮아요. 드란 씨가 쭉 함께였던 데다가, 크리스티나 양도 저까지 무서워질 정도로 필사적인 표정으로 구해주러 오셨으니까요."

틀림없이 세리나의 말마따나, 크리스티나 양이 키렌의 저택에 난입했을 때 짓고 있던 표정은 초월적인 미모로 인해 더욱 상승효과가 일어나 그야말로 엄청난 모습이었다. 그 순간엔, 세리나는 정말로 무섭다고 느꼈는지도 모른다.

그건 그렇고, 세리나의 발언은 정말로 기특하기 그지없었다. 나와 같은 이가 세리나의 기운을 북돋을 수만 있다면 그렇게 기쁜 일은 없을 것이다. 나는 가슴속이 포근해지는 듯한 감각을 느꼈다.

"후후, 부러울 따름이야. 세리나는 드란만 옆에 있으면 문제없다는 건가? 그나저나 드란이 마법학원에 입학하고자 한다면 함께 있기가 어려워질 것 같은데, 물론 대처할 방법은 생각해두고 있겠지?"

세리나를 슬프게 한다면 그냥 내버려두지 않을 것이다. 크리스티나 양은 굳이 입에 담지는 않았지만, 은근슬쩍 그런 의도를 내비쳤다. 나는 고개를 끄덕이면서 대답했다.

"물론, 생각해 놓은 방법이 있다. 이미 세리나도 동의했으니 아무 문제없을 거야."

내가 세리나를 슬프게 할 리가 없다. 크리스티나 양보다 나 자신이 스스로를 용서하지 못하리라.

"그런가? 그렇다면 안심이야. 드란이 세리나가 싫어할 만한 일을 억지로 시킬 리는 없을 테니까 말이야. 섭섭하지만 일단 이제 헤어져야겠군. 너무 오랫동안 붙들어 두다가는 베른 마을 사람들에게 걱정을 끼치게 될 테니 말이야. 두 사람이 마법학원을 다시 찾는 날을 기대할게. 정말, 진심으로."

크리스티나 양은 장기 휴학 기간 동안 베른 마을에 체류하고 있었다. 그러나 휴학 기간이 얼마 안 남았기 때문에, 유감이지만 그녀는 이대로 가로아에 남을 수밖에 없다.

"굳이 강조할 필요도 없어. 우리가 크리스티나 양의 말을 안 믿을 리가 있나? 나는 물론 세리나도, 크리스티나 양과 재회하는 날을 기대하고 있고말고."

"예. 드란 씨의 말이 맞아요, 크리스티나 양."

우리는 일단 이 이별이 짧은 이별이 될 것을 확신하면서, 미소를 지으며 작별인사를 나눴다. 비장감은 전혀 없었고, 그저 약간의 적막감과 크나큰 우애를 서로 느끼고 있을 뿐이었다.

†

나와 세리나는 무사히 베른 마을에 도착했다. 촌장을 비롯해 소꿉친구인 알버트나 신관인 레티샤 양까지, 마을 사람들이 총출동해서 우리를 마중 나왔다. 특히 부모님은 환희의 비명을 지를 정도로 우리의 무사 귀환을 기뻐했다.

우리는 일단 입막음을 당했기 때문에 그곳에서 무슨 일이 벌어졌는지 발설할 수 없었지만, 마을 사람들도 대충 사정을 짐작하고 있는 듯했다. 자세한 사정에 관해 캐묻는 이는 아무도 없었다. 마을 사람들 역시 몰라도 되는 일은 차라리 모르고 있는 편이 현명하다는 판단을 내리고 있는 것이리라.

나는 주변에서 난리법석을 떠는 와중에 부모님께 상담할 일이 있다는 사실을 전했다. 다음날, 나는 약속대로 친가로 발걸음을 옮겼다.

나의 친가는 부모님과 형 부부, 그리고 동생인 마르코까지 포함해서 다섯 명으로 이루어진 가족이다.

아버지인 고라온은 어렸을 때부터 가혹한 변경 생활을 통해 단련된 육체를 이용해 밭을 갈거나 평원에 서식하는 들짐승들을 사냥해온, 전형적인 변경의 사나이였다. 그리고 때때로 도적 떼나 마물들이 마을을 습격해오면 그 강인한 팔뚝으로 가족을 지켜온 가장이다. 아버지는 기본적으로 몹시 과묵한 성격이었지만, 무수한 흉터가 남아있는 그의 등은 입으로 하는 말보다도 더욱 직설적으로 어린 우리들에게 변경의 삶과 남자의 이상을 제시해왔다.

반면, 어머니인 아르세나는 표정이 풍부하고 사람들과 이야기를 나누는 걸 좋아하는 쾌활한 성격이다. 고단한 노동이 끊이질 않았지만 항상 미소를 잊지 않고 남편과 아이들을 지탱해온 여성이다. 어머니에게는 평생 감사해도 모자랄 것이다.

내가 친가에 도착하자, 어머니가 평소와 마찬가지로 붙임성 있는 미소를 지은 채 나를 마중 나왔다.

아버지는 이미 뚜껑을 딴 맥주와 포도주를 식탁 위에 올려놓고 있었다. 내가 의자에 앉자마자, 아버지가 검붉은 포도주를 잔뜩 따른 나무잔을 나에게 건넸다.

"잘 왔다, 드란. 네가 상담하고 싶은 일이 있다니 별 일도 다 있구나. 일단 마셔라."

식탁 앞에 앉자마자 술을 권하다니. 형인 딜런과 동생인 마르코가 나와 아버지의 변함없는 대면을 바라보면서 미소를 짓고 있었다.

내가 태어난 이후로 지금까지, 아버지의 표정이 변하는 모습을 목격한 경험은 열 손가락으로 셀 수 있었다. 나는 아버지로부터 잔을 받아들었다. 나도 익숙한 분위기에 입가에 미소가 그려졌다.

"흠, 그럼 염치 불구하고."

나는 약간 시큼한 포도주를 단숨에 들이켜 잔을 비웠다.

마을에서도 유명한 술고래인 아버지의 핏줄 덕분인지, 내 몸은 용의 힘과 별개로 강한 알코올 내성을 지니고 있었다. 나는 목구멍을 지나서 위장으로 흘러 들어가는 포도주의 감촉을 느끼며 잔을 식탁 위에 내려놓았다.

"언제 봐도 잘 마신단 말이지. 딜런도 그렇지만, 누굴 닮아서 그런지 너도 술은 참 센 편이야."

아버지는 말을 끝내기가 무섭게, 비어있는 내 잔에 또다시 포도주를 채웠다.

"아버지의 아들이니까 당연한 것 아닌가."

내가 자연스럽게 받은 대답을 듣고, 아버지는 암석 조각 같은 얼굴에 살짝 미소를 지었다.

아버지의 미소는 가족들도 언제 구경할 수 있을지 알 수 없을 정도로 희귀한 것이었다.

"그러냐?"

"그렇고말고."

잠시 후, 어머니와 형수인 란이 요리를 가지고 왔다. 아직 성인이 되지 않은 마르코를 제외하고, 우리들은 새삼스레 술잔을 기울이기 시작했다.

내가 부모님께 상담할 일이 있다고 말을 꺼낸 것은 틀림없이 흔치 않은 일이었지만, 아버지나 형은 내가 상담하고자 하는 내용을 어렴풋이 짐작하고 있는 것으로 보였다. 역시 피를 나눈 부모 형제이기 때문일까? 그렇게 생각을 하니 이유는 모르겠지만 나는 더할 나위없는 기쁨을 느꼈다.

가족끼리 술잔을 주고받는 아늑한 분위기로 인해, 말을 꺼낼 타이밍을 놓쳐 버렸다. 하지만 이대로 술이나 마시다가 끝낼 수도 없는 노릇이다. 나는 가족들이 술병을 몇 병이나 비우고 나서야, 겨우 상담할 내용을 입 밖으로 꺼낼 수 있었다.

"오늘 상담하러 온 내용은, 내가 당분간 마을을 떠나기로 마음먹었다는 거야."

"그러냐."

아버지는 마시다 만 맥주를 단숨에 들이켠 후, 평소와 다를 바 없는 조용한 목소리로 대답했다.

아버지는 그 한 마디를 중얼거린 후로 입을 열지 않았다. 딜런 형이 마치 애벌레 같이 두꺼운 눈썹을 찡그리면서 나에게 질문했다.

"마을을 떠나겠다니, 가로아로 가서 자유노동자라도 되고 싶은 거냐? 아니면 상인이 되고 싶은 거야? 다 좋지만, 모험가가 되는 것만큼은 그다지 권하고 싶지 않아. 너무 위험하다고."

"형이 지금 말한 직업들도 다 나름대로 매력적으로 들리지만……

사실은, 마법학원에 입학해보는 게 어떻겠냐는 이야기를 들어서 승낙하려고 해. 성적에 따라서 학비도 면제받을 수 있다고 하더군. 물론 시험에 합격하고 나서 입학할 수 있다면 그렇다는 얘기지만 말이야."

"마법학원이라. 덴젤 아저씨와 같은 길을 가겠다는 건가……."

딜런 형은 내 대답을 듣고 찡그렸던 새까만 눈썹을 살짝 원래 위치로 되돌렸다.

아버지와 비슷한 연배인 덴젤 아저씨는, 나의 마법 스승인 마글 할머니의 아들이다. 그는 가로아 마법학원에서 교사로 재직하고 있다. 베른 마을 출신자들 중에서도 가장 큰 성공을 거둔 인물이기도 하다.

나는 올리비에와 만나기 전에도, 덴젤 아저씨로부터 여러 차례에 걸쳐 마법학원 입학을 추천받은 바 있다.

지금까지 나는 베른 마을을 떠날 생각이 없었기 때문에, 죄송스럽긴 하지만 계속 사양해 왔다. 하지만 입학할 결심을 굳힌 지금은 이야기가 완전히 달라졌다.

"하나부터 열까지 덴젤 아저씨와 똑같은 길을 선택할 생각은 없지만, 일단 마을을 떠나야 한다는 것엔 변함이 없어. 내일 마글 할머니를 통해 연락을 취하고 나서, 입학시험에 응시해볼 생각이야."

"헤에. 형, 지금까지 마을을 떠나겠다고 한 적은 한 번도 없었잖아?"

마르코는 볶은 콩을 와작거리며 씹어 먹고 있었다. 그는 잘 이해가 안 간다는 표정을 지으며 말했다.

자칫 여성으로 착각할 만큼 섬세한 얼굴 생김새인데, 가끔 이 동생 녀석의 몸짓이나 행동을 보고 있으면 조잡한 구석이 적잖이 눈에 띈다.

어쩌면 자신이 남자라는 사실을 주장하기 위해 일부러 이런 식으로 행동하고 있는 건지도 모른다. 미소녀라고 해도 통할 것만 같은 얼굴 생김새라는 사실에, 이 녀석도 나름대로 복잡한 심정을 느끼고 있으니까 말이야.

"마르코, 너하고도 상관이 있는 이야기야. 내가 마법학원에 입학하게 되면, 그 동안 비울 수밖에 없는 집이나 밭의 관리를 너에게 맡기고 싶다. 마법학원을 졸업한 후, 경우에 따라서 그대로 너에게 넘겨줄 생각이야."

"으엥?! 하지만 내가 독립하는 건 내년부터라고. 형이 마법학원에 입학하는 동시에 그래야 한다면 1년 빠르잖아?"

"집과 밭을 내팽개쳐둘 수도 없지 않은가. 1년 빨라진다고 해서 무슨 문제가 생기는 것도 아니야. 아마 촌장도 딱히 반대는 하지 않을 걸?"

마르코의 입장에서 보자면 이미 구석구석까지 파악하고 있는 내 밭을 그대로 넘겨받는 셈이니, 그리 나쁜 이야기는 아닐 것이다. 물론 이미 내 손이 어느 정도 들어가 있는 집과 밭을 물려받는 일에 대해 불만이 있을지도 모르지만 말이야. 그리고 아직 집에서 나올 마음의 준비를 갖추지 못한 건지도 모른다.

"강제로 떠맡기고 싶지는 않아. 네가 받아들이지 않는다면, 촌장에게 부탁해서 다른 사람에게 맡기거나 경우에 따라선 그냥 내

버려둬도 상관은 없어. 내가 마을로 돌아오고 나서 다시 정리하면 되니까."

"으~음. 사실 형이 지금까지 어디에 내놓아도 부끄럽지 않을 만큼 정성을 들여 관리해왔던 밭이 못 쓰게 되는 건 아깝단 말이지. 하지만, 내 실력으로 마법약 재료까지 관리하는 건 무리라는 건 알지? 그건 형이 직접 처분하든지, 마글 할머니 가족에게 관리를 부탁하든지 무슨 수를 써 달라고."

"그래. 일부는 마법학원에 가져가고, 대부분은 마글 할머니네 집에 맡기고 갈 생각이야. 아직 시험을 통과하지도 않았는데 내가 너무 성급한 건가?"

"너라면 평소하고 똑같은 표정으로 합격했다는 보고를 하러 올 것 같은데?"

딜런 형이 살짝 어이가 없다는 표정을 짓고 말했다. 옛날부터 아무리 곤란한 일이 생기더라도 태연하게 해결해 온 나의 전과가 형으로 하여금 이런 표정을 짓게 하는 것이리라.

아버지는 우리의 대화에 귀를 기울이면서 거의 끼어들지 않고 있었다. 아버지가 드디어 본인의 생각을 정리하고, 단호한 말투로 말을 꺼냈다.

"드란, 너는 어렸을 때부터 보통 사람들이 생각하지 않는 일들을 떠올릴 뿐만 아니라 실제 행동으로 옮기는 아이였다. 옛날부터 상당히 비범한 아이를 점지 받았다고 생각했다만, 네가 우리들 가족이나 마을 사람들을 누구보다도 소중히 여긴다는 사실도 알고 있다. 그런 네가 충분히 생각을 하고나서 결정한 일이라면, 나는 아무런 말도 덧붙일 게 없구나. 애초에 너는 이미 이 집을 떠나 자신의 집을 가진 어엿한 어른이야. 다만, 한 가지만 들려다오. 네가 마을을 떠나기로 결심한 계기는, 역시 일전에 관리관이 이 마을을 방문했던 일 때문이냐?"

"음, 아버지의 말이 맞아. 그 사건 덕분에 바깥 세계에서 마을에 끼칠 수 있는 영향력이라는 걸 실감할 수 있었거든. 베른 마을을 관리하는 인간이 먹는 마음에 따라서 우리의 생활이 크게 좌우된다면, 내가 바로 그 관리하는 쪽의 인간이 되자는 생각이 떠오른 것뿐이야."

딜런 형과 마르코는 내가 그 정도까지 생각하고 마을을 떠나려고 한다고는 생각이 미치지 못 했던 모양이다. 관리관이 된다는 것— 말하자면 공무원이나 귀족 신분을 목표로 삼고 있다는 내 고백을 듣고, 두 사람은 굉장히 놀란 표정을 지었다.

아버지는 형제들이 전혀 짐작조차 하지 못 했던 내 속마음을 꿰뚫어보았다. 역시 아버지라고 해야 하나?

"너는 언제나 마음을 먹기만 하면 곧장 행동으로 옮기곤 했지. 만약 마르코 녀석이 귀족이 될 생각이라고 지껄이기라도 하면, 나도 주먹 한 방으로 꿈에서 깨워줄 참이다만……."

"아버지, 드란 형하고 내 취급이 너무 다르지 않아요?"

마르코가 아랫입술을 내밀고 불만을 숨기지 않고 아버지에게 항의했지만, 아버지는 전혀 신경도 쓰지 않고 이야기를 계속했다.

"너는 마글 할머니로부터 재능을 인정받고 정식으로 마법을 전수받았을 뿐 아니라, 아무리 이런 변경 마을이라고 해도 머리 회전 또한 주위 사람들보다 훨씬 빠른 편이야. 너는 어렸을 때부터 반드시 무슨 일을 이루고야 말 것이라고 생각하게끔 하는 아이였는데, 지금이 바로 그 순간이라는 생각이 드는구나. 그러니까 너는 네가 마음먹은 대로 하기만 하면 돼. 하지만 이것만은 잊지 마라. 집을 나온 몸이라고 해도, 너는 나에게 있어서 다른 누구보다도 소중한 자식들 중 한 사람이다. 만약 힘들거나 고민되는 순간이 오면, 언제든지 여기로 돌아와라. 나와 아르세나는 물론이고 딜런과 란이나 마르코도, 언제든지 너를 환영할 테니까."

나는 아버지의 말을 듣고 감정이 복받쳐, 잠시 동안 말문을 열지 못 했다.

—가족이라. 용이었을 때도 다른 시원(始原)의 일곱 용을 일종의 가족이라고 정의할 수도 있었지만, 역시 인간으로 다시 태어나고 나서 만난 가족들과는 다른 개념이라는 생각이 들었다.

물론 같은 시원의 일곱 용인 레비아탄이나 바하무트와 같은 이들도 소중한 존재이기는 했지만, 근본적인 애정이라는 의미로 보자면 인간으로 환생한 이후에 만난 가족들에게 느끼는 감정이 훨씬 강했다.

아무런 대답도 하지 못 하는 내 얼굴을 바라보면서, 마르코가 히죽거리면서 내 성질을 건드리는 미소를 지어 보였다.

"응? 왜 그래, 드란 형? 쑥스러운 거야?"

"흠, 네 말마따나 쑥스러운 건 사실이야. 하지만 그 표정은 은근히 화를 돋우는구나, 마르코."

나는 히죽거리면서 웃는 마르코의 머리에 가벼운 꿀밤을 날렸다. 금방 기어오르는 건 이 녀석의 나쁜 버릇이다.

"아야! 그렇다고 때리는 건 너무하지 않아?"

"형을 존경하지 않는 동생이 치러야할 당연한 대가다. 애초에 그다지 세게 때리지도 않았는데? 아버지의 주먹에 비하면 100배는 나을 거야. 정말 나는 가족에게 너무 무르다니까."

일부러 과장된 말투로 말하는 나를 바라보며, 마르코는 찡그린 표정으로 꿀밤을 맞은 머리를 야단스럽게 문질러댔다. 마르코가 장난을 치면 내가 꾸짖었다. 지금까지 형제 사이에 수도 없이 되풀이되던 일이다. 마법학원에 입학해서 당분간 마르코를 꾸짖지도 못 하게 될 거라고 생각하니, 쓸쓸하다는 감정이 치밀어 올랐다.

"그런 소린 본인이 하는 게 아니라고. 아—, 아야야."

마르코를 바라보는 내 눈동자는, 아마도 평소보다 부드러웠을 것이다.

어머니와 란도 내가 마을을 떠난 후 해야 할 일에 대한 의논에 참가했다. 우리는 술과 안주로 배를 채우며, 명랑하게 노래를 불렀다. 이 날은 그대로 친가에서 묵었다. 태어나고 자란 집에서 지내온 시간과 추억이, 가족과 마을을 위해 보탬이 되는 일을 하고 싶다는 나의 결심을 더욱 굳건하게 다졌다.

다음날 아침, 나는 친가를 뒤로하고 곧바로 마글 할머니를 찾아갔다. 그리고 가로아의 덴젤 아저씨에게 연락을 취했다. 가로아 마법학원에 입학하기 위해 필요한 절차를 의뢰하기 위해서였다.

가로아에 머물던 동안 덴젤 아저씨와 연락을 나눌 수 있었다면 더 빠르게 일을 진행시킬 수 있었겠지만, 그때는 거의 연금 상태나 다름없었기 때문에 외부와 연락을 취할 수 없었다.

다행이었던 것은, 덴젤 아저씨가 예전부터 나를 추천해 왔기 때문에 입학시험에 필요한 수험료를 따로 지불할 필요가 없었다는 것이다. 고다로부터 받은 사례금을 건드릴 필요도 없었다. 도저히 지불할 수 없는 거액은 아니었지만, 마법뿐만 아니라 다양한 분야의 고등교육을 받을 수 있는 교육기관인 마법학원의 수험료는 일반적인 평민의 돈벌이를 기준으로 계산하면 상당히 비싼 편이었다. 나는 뼈아픈 지출을 일단 모면할 수 있었다는 사실에 대해 마음속으로 안도의 한숨을 내쉬었다.

덴젤 아저씨는 사전에 올리비에로부터 이 안건에 관해 전해들은 것 같다. 그는 검소한 생김의 실용성을 중시한 갈색 마차를 타고 곧바로 마을로 찾아왔다.

덴젤 아저씨가 마을에 도착한 그날, 마글 할머니는 사역마인 검은 고양이를 사용해 나를 호출했다. 나는 곧바로 마글 할머니의 집으로 발걸음을 옮겼다.

"마글 할머니, 드란입니다."

마글 할머니는 집에 들어가면 바로 보이는 거실 중앙에 놓인 테이블 옆에서, 의자에 깊숙이 걸터앉은 채로 나를 바라보고 있었다.

이 변경 마을은 풍토병, 마물, 자연재해, 이민족의 침공 등을 비롯한 온갖 생명의 위협에 일상적으로 노출된 토지였다. 이런 장소에서 오랫동안 마을 사람들의 생명줄을 끈덕지게 유지해온 마법의사의 눈동자는, 깊은 주름이 져 있는데도 노화로 쇠약해진 기색은 전혀 없었다. 그녀의 눈동자에서 느껴지는 것은 심오한 지성과 상대의 마음속을 꿰뚫어보는 듯한 눈빛뿐이었다.

"미안하구나, 드란. 못난 아들놈이 늦장을 부리다가 이제야 도착해서 너를 부른 거란다."

덴젤 아저씨는 테이블을 사이에 두고 마글 할머니를 마주보고 서 있었다. 마지막으로 만났을 때와 마찬가지로 건강해 보였다. 덴젤 아저씨는 마법학원의 방학 기간이나 부친의 기일마다 마을로 귀성하는데다가, 내가 마글 할머니를 스승으로 모시고 있기 때문에 1년에 며칠 정도는 얼굴을 보는 사이였다.

덴젤 아저씨는 턱이나 코, 입술 사이의 수염을 깔끔하게 관리하고 있을 뿐만 아니라, 가장 자리에 금실로 자수가 놓여 있는 케이프를 두르고 황금빛 독수리의 머리장식이 달린 지팡이를 들고 다녔다. 매우 신사적인 풍채와 기품을 자랑하는 남자다.

"오랜만이다, 드란. 네가 내 제안을 받아들이기로 결심했다니 정말 기쁘다."

덴젤 아저씨의, 사냥감을 응시하는 듯한 독수리와 같은 예리한 눈동자가 내 얼굴을 보자마자 살짝 부드러워졌다.

"여러 가지로 마음먹은 바가 있어서요. 조금 주제넘은 야심을 품었을 따름입니다."

마글 할머니가 서서 이야기를 나누는 나와 덴젤 아저씨에게 손짓으로 의자에 앉도록 권했다.

"두 사람 다, 여기 앉거라. 지금 차를 타 줄 테니 기다리려무나."

덴젤 아저씨는 내가 앉을 때까지 기다렸다가 의자에 걸터앉았다. 잠시 후, 마글 할머니가 파란 빛깔의 차를 3인분 준비해왔다.

"오늘의 주인공은 드란이야. 이 할멈은 그저 입을 다물고, 잠자코 듣고만 있도록 하지."

마글 할머니는 손수 달인 차를 입에 머금으면서, 지금부터 나와 덴젤 아저씨가 시작할 이야기에 참가할 의사가 없음을 표명했다.

나는 일단 마글 할머니의 제자라는 입장이기는 했지만, 마법에 관해선 더 이상 가르칠 게 없다는 스승의 보증을 받은 몸이다. 그리고 이미 성인이 된 어른이기도 했다. 마글 할머니는 내가 결정한 일에 관해서 스승으로서는 물론이고 마을 어른의 입장에서도 개입할 생각이 없는 것 같다.

덴젤 아저씨는 마글 할머니가 달인 차를 한 모금 마시고 나서, 거침없이 본론을 꺼냈다.

"어디 보자, 그럼 우리 가로아 마법학원에 입학하기 위해 알아야 하는 사항부터 바로 설명을……."

덴젤 아저씨는 내가 자세를 바로잡는 모습을 확인한 후, 천천히 설명을 시작했다.

"이미 우리 학원은 입학식과 진급식이 끝난 시기야. 그러나 비범한 소질을 타고난 이가 발견되고, 당사자가 희망할 경우에 한해서 언제든지 새로운 입학생을 환영하는 것도 마법학원이 창설된 이후로 계속되어온 관례라고 할 수 있지. 물론 그저 소질만 가지고 입학할 수 있을 정도로 허술한 기관도 아니야. 우선 학원을 직접 방문해서 필기와 실기 시험, 그리고 면접시험에 응시함으로써 너의 능력을 학원 측에 증명해야 한다. 하지만 너는 예전부터 내가 학원 측에 계속 추천하기도 했고, 엔테의 숲 사건 덕분에 학원 장께서도 네 실력을 알고 계시니 아마 불합격당할 일은 거의 없을 거다."

마법의 소질을 타고난 인간은 절대적으로 그 숫자가 적기 때문에, 학원 측에서는 그런 이들이 발견될 때마다 적극적으로 입학을 권유하고 있다는 소문을 들었다. 실제로 덴젤 아저씨의 말마따나, 마법학원 소속 교사의 추천을 받을 경우엔 기본적으로 입학 자체는 가능할 것이다.

"그건 그렇고 드란? 학원장께서 귀성하셨을 때 우연히 너와 만났을 뿐만 아니라, 네가 마계의 군단을 소탕하는데 큰 공을 세웠다는 얘기를 듣고 정말 기절하는 줄 알았다. 소규모 침공이었다고는 해도, 숲의 백성들이 곤경을 당한 상황에 달려가 훌륭하게 활약했다고 하더구나. 물론 나는 네 마법의 재능이 심상치 않다는 사실은 알고 있었고, 어렸을 때부터 마물이나 야만족들을 상대하면서도 전혀 겁을 먹지 않는 용감한 아이라는 사실도 알고 있었지. 하지만 설마 마계의 악마들을 상대로 활약할 정도였을 줄이야. 아무래도 나는 너를 과소평가하고 있었던 것 같다."

"그때는 엔테의 숲 출신의 전사들과 협력했기 때문에 활약할 수 있었던 겁니다. 저는 정말 아주 약간 힘을 보탰을 뿐이죠. 그러고 보니 덴젤 아저씨? 크리스티나라는 여학생에 관해서 알고 계시나요? 긴 은발과 붉고 선명한 눈동자를 지닌, 키가 크고 굉장히 아름다운 여성입니다. 그녀도 엔테의 숲에서 함께 싸우면서 크게 활약했습니다. 올리비에 학원장과 서로 면식이 있는 것처럼 보였는데, 그렇다면 덴젤 아저씨도 알고 계실 것 같군요."

내가 크리스티나 양의 이름을 꺼내자, 지금까지 잠자코 우리의 대화에 귀를 기울이고 있던 마글 할머니가 살짝 어깨를 움찔거리는 듯한 기척이 느껴졌다.

친아들인 덴젤 아저씨조차 미처 눈치채지 못할 정도의 미세한 반응이었지만, 그 반응이 마글 할머니도 촌장과 마찬가지로 크리스티나 양의 출신 성분을 알고 있다는 사실을 명확하게 증명하고 있었다.

그리고 덴젤 아저씨의 반응은 보다 두드러졌다. 그는 살짝 눈썹을 찡그리면서 검은 장갑을 낀 왼손으로 턱수염을 만지작거렸다. 내가 보기엔 그는 어떤 식으로 설명을 해야 할지 고민하는 듯한 기색을 보이고 있었다.

"크리스티나라. 그녀는 가로아 마법학원에서도 대단한 유명인이야. 음, 그러니까 여러 가지로 특수한 개인적 사정을 안고 있는 학생이라고 할 수 있지. 일단 본인은 지극히 성실하고 재능이 넘치는, 굉장히 우수한 학생이야. 네가 그녀와 인연을 맺을 줄은 전혀 예상도 못 했다. 크리스티나로부터 본인의 사정에 관해 어느 정도 이야기를 들었지? 그녀의 사정은 약간 듣는 사람을 가리는 편이거든. 그녀 스스로 그 사실을 정확히 이해하고 있을 테니, 아마 함부로 발설하고 다니지는 않을 텐데."

"일단 목숨을 건 전투에 함께 참가했던 사이니까요, 아마 다른 사람들보다는 어느 정도 친한 사이라고 생각합니다. 하지만 자세한 이야기는 거의 들은 바가 없습니다. 태어났을 때부터 귀족 생활을 하지는 않았다는 사실, 어렸을 적에 국내의 다양한 지방을 여행하고 다녔다는 사실, 이미 모친께서 돌아가셨다는 사실. 그리고 아무래도 현재의 가족과 그다지 친밀한 관계를 유지하지는 못하고 있는 것 같더군요. 제가 알고 있는 그녀의 개인 정보라고 해봐야 대충 이 정돕니다. 요새는 처음에 마을을 찾아왔을 때보다 쾌활해지긴 했습니다만…….”

“그랬구나. 음, 아마 그 정도라면 문제없을 거다. 그런데 마법학원에서 그녀가 보이고 있는 생활태도를 고려해볼 때, 너와 크리스티나는 상당히 터놓고 지내는 사이 같구나. 크리스티나는 그 외모와 유난히 빼어난 실력 덕분에 다른 학생들의 동경을 한 몸에 받는 인기인이긴 하지만, 속마음을 털어놓을 만한 학우는 거의 없어 보이거든. 기본적으로 타인을 가까이 들이지 않는 분위기이기도 하고, 그녀 스스로 의도적으로 타인과 거리를 두고 있는 것으로 보이기도 해. 네가 성공적으로 학원에 입학한 후엔, 적당히 신경을 써줬으면 좋겠다. 물론 내 개인적인 희망사항이니 중요한 건 네 의지야.”

그건 그렇고 교사들까지 크리스티나 양이 친구가 적다는 사실을 알고 있었을 줄이야……. 크리스티나 양 본인의 성격 등을 감안하자면, 스스로 그런 상황을 연출하고 있는 것 같다. 그 정도로 가문의 사정이 무거운 것일까?

“저 역시 바라는 바입니다. 크리스티나 양과는 묘하게 마음이 맞더군요.”

“그래준다면 정말 고마울 따름이다. 그리고 시험 말인데, 가능하다면 내가 가로아로 돌아가는 길에 함께 가서 즉시 시험에 응시해주길 바란다. 시험에 대비할 시간은 거의 없겠지만 네 실력이라면 틀림없이 괜찮을 거다. 시간적 여유를 좀 더 주고 싶은 참이지만, 진급식 날에 가까운 시기에 편입하는 편이 너도 다른 학생들과 어울리기 쉬울 거야. 무슨 문제가 있다면 말해다오."

"흠. 특별한 문제는 없겠지만, 따로 준비해야 하는 거라도 있나요?"

"필기도구는 내가 준비해주마. 물론 손에 익은 물건을 가져가도 상관없다. 실기 시험에 사용할 지팡이 등의 도구는 전부 마법학원에서 준비한 물건을 사용하는 게 규칙이니까 네가 평소에 쓰고 있는 지팡이나 검은 쓸 수 없다. 그 이외엔 어디 보자……. 가로아에 도착할 때까지 마차 안에서 갈아입을 옷이나 호신용 무기 정도만 가지고 가면 될 거야. 어때? 또 물어보고 싶은 게 있나?"

"아닙니다. 제가 좀 더 빨리 입학하겠다는 의사를 전달하기만 했다면 아무 문제없을 테니까요, 신경 쓰지 마세요. 일단 확인하고 싶은 게 있는데, 마법학원에 입학할 경우엔 저도 기숙사에서 생활하게 되나요?"

"그래. 마법학원의 학생들은 기숙사에서 통학하는 게 규칙이다. 중등부로 입학할 경우엔 고등부를 졸업할 때까지 6년 동안 기숙사에서 생활하는 경우가 일반적이야. 하지만 너의 학력과 마법 실력을 고려하면, 최소 고등부 1학년 내지 2학년생으로 입학할 수 있을 거다. 너는 마을에서 떠나기 싫다는 이유로 지금까지 입학을 거부해 왔지만, 성적이나 업적에 따라 월반도 가능할 거야. 물론 네가 얼마나 노력하느냐에 달렸지만 말이다."

잘 하면 1년 안에 졸업이 가능하다는 건가? 마을을 떠나야 한다는 현실은, 마법학원에 입학하기로 결심한 지금도 가슴속에서 떠나지 않는 응어리였다. 덴젤 아저씨가 제시한 정보는, 내 입장에서 반가운 얘기였다.

덴젤 아저씨의 설명을 간단히 요약하자면 이하와 같다.

입학시험의 성적에 따라 학비 면제나 장학금 수여 등을 비롯한 기본적인 대우가 결정되며, 입학한 이후의 성적에 따라 그 대우도 변경될 수 있다는 것이다. 그리고 나 정도의 학력이라면 고등부 2학년생으로 편입이 가능할 것이며, 성적에 따라 3학년으로 진급하기도 전에 월반 졸업이 가능할 수도 있다.

졸업이 빨라지면 학원 졸업 이후의 전망도 크게 넓어질 것이다. 그리고 나 자신의 노력으로 결과를 얼마든지 바꿀 수 있다는 점이 마음에 들었다.

자신의 노력으로 미래를 개척하는 것이야말로 내 취향에 부합되기 때문이다.

그리고 나는 또 하나의, 가장 중요한 사항에 관해 덴젤 아저씨에게 질문했다.

"덴젤 아저씨, 저는 지금 마을에 살고 있는 라미아 소녀와 가깝게 지내고 있는데요……."

"응?"

"실은 제가 베른 마을을 떠날지도 모른다는 얘기를 듣고, 그녀가 가로아까지 따라오고 싶다는 의사를 내비쳐서요. 예전에 덴젤

아저씨에게 들었던 방법을 이용해서 그녀를 가로아로 데리고 가고
싶습니다."

덴젤 아저씨는 내 질문을 듣고 잠시 동안 두 눈을 감은 채로 골
똘히 생각에 잠겼다. 머릿속을 정리하기 위해 약간 시간이 필요했
던 모양이다.

나는 베른 마을을 떠나겠다는 이야기를 들었을 때 세리나가 보였
던 슬픔과 쓸쓸함, 그리고 함께 가기로 결심한 순간에 보여준 눈부
신 아름다운 미소를 떠올리면서 덴젤 아저씨의 대답을 기다렸다.

"라미아가 네 소개로 이 마을에 정착했다는 이야기는 들어서 알
고 있었지만, 설마 마법학원에 입학할 때까지 동행을 희망할 정도
로 친밀한 사이일 줄이야. 아무리 나라도 상상도 못 했던 일이다,
드란."

"이름은 세리나라고 합니다만, 저는 그녀를 이 마을로 끌어들인
책임이 있으니까요. 솔직히 말하자면 혼자서 마법학원에 가는 것
보다 둘이서 함께 가는 편이 여러 모로 든든하기도 하고요."

"네가 그렇게 섬세한 성격일 리가 없지 않나. 그 세리나라는 라
미아가 위험한 개체가 아니라는 사실은, 마을 사람들의 얘기를 들
어봐도 틀림없을 거야. 하지만 라미아는 인간은 물론이고 아인종
(亞人種)을 간혹 습격하기도 하는 마물이다. 마법학원은커녕 가로
아에 진입하기도 어려울 거야. 다만 그녀들이 인간과 주종 관계를
맺고 있다면 이야기는 달라지지. 이번과 같은 경우엔 그 세리나라
는 라미아를 네 사역마로 삼겠다는 거지? 그러고 보니 위험한 마
물이나 맹수라고 해도, 사역마로 삼으면 마법학원이나 가로아 시

내를 활보할 수 있다는 얘기를 내가 한 적이 있는 것 같군. 넌 참 기억력도 좋구나."

마글 할머니의 수업에 따르면, 이 시대의 마법사들은 작은 동물이나 맹수 또는 마물뿐만 아니라 직접 창조한 마법 생물이나 호문쿨루스 등을 사역마로 삼는 경우도 있다고 한다. 다만 윤리적인 이유 때문에 인간이나 아인을 사역마로 삼는 것만큼은 절대적인 금기 사항이었다.

동물이나 마물을 사역마로 삼을 경우, 주인과 사역마 사이에 정신의 일부가 접속된다. 그 결과 언어에 의존하지 않는 사념을 통한 의사소통이나 오감의 공유가 가능해진다. 사역마는 지성이나 마력이 강화된다. 그리고 주인 쪽도 사역마가 보유하고 있는 기억이나 지식, 생물적 특징을 획득할 수 있다. 이것이 사역마 계약의 장점이다.

"만약 네가 세리나를 무슨 일이 있어도 데리고 갈 생각이라면, 그녀를 사역마로 삼는 것 이외에 방법은 없다. 그 정도로 함께하고 싶은 상대란 말이냐?"

"사실 방금 전에 드린 말씀으로 대부분의 이유는 설명 드렸습니다. 다만, 굳이 변명을 해보자면 말입니다. 세리나 같은 미소녀가 눈물을 머금고 함께 가고 싶다고 애원해오면, 거절할 수 있는 남자는 이 세상에 없을 겁니다."

"너한테는 그런 종류의 미인계가 전혀 통하지 않을 거라고 생각했는데, 이제 보니 평범하게 연애 쪽에 호기심도 있는 모양이구나? 그건 그렇고 라미아를 마을로 데려와서 그 정도로 친해질 줄이야. 드란, 어쩌면 너는 몬스터 테이머의 소질까지 갖추고 있는 지도 모르겠구나."

덴젤 아저씨가 그 눈동자를 호기심으로 번뜩이면서, 나를 한 사람의 인간이라기보다는 흥미로운 연구대상을 바라보는 듯한 시선으로 응시했다. 마글 할머니가 새로운 마법약이나 마법을 개발하기 위해 의욕을 불태울 때와 비슷한 눈동자였다. 연구자라는 인종은 누구나 이런 식으로 윤리나 도덕으로부터 적잖이 동떨어진 일면을 갖추게 되는 걸까?

"라미아와 같이 인간과 다를 바 없는 지성과 강력한 마력을 보유한 마물을 사역마로 삼는다면, 입학 면접에서 한층 높은 평가를 받을 수 있을 거다. 하지만 네 평가는 이미 충분히 높은 편이야. 이제 곧 출발해야하기도 하고, 그렇게 서둘러서 사역마 계약을 맺을 필요도 없을 거다."

"알겠습니다. 세리나에겐 시험이 끝난 후에 기회를 봐서 사역마에 관한 이야기를 해두지요. 입학이 확정된 후, 그녀와 정식으로 계약을 맺을지의 여부에 관해 좀 더 이야기를 나도록 하겠습니다."

덴젤 아저씨는 새삼스럽게 한 마디 덧붙였다.

"라미아는 자신의 의지와 지성을 지닌 상대야. 사역마 계약에 관한 이야기를 꺼낼 때는 결코 강제해선 안 된다."

"물론 어디까지나 세리나의 의사를 존중하고 말고요."

덴젤 아저씨는 얼추 이야기를 마치고 크게 숨을 내쉰 후, 이미 오래 전에 식어버린 차를 단숨에 들이켰다. 어딘지 모르게 피곤해 보이는 그 모습을 보고, 나는 덴젤 아저씨답지 않은 분위기를 느끼고 질문을 던졌다.

"왜 그러시죠? 제 입학을 추진하는 게, 혹시 덴젤 아저씨에게 부담이 되고 있나요?"

"음. 이건 우리끼리니까 하는 얘긴데, 너와 어머니의 입이 무겁다는 사실을 믿고 털어놓도록 하지. 알고 있겠지만, 마법학원은 왕도에 위치한 본교 이외에도 동서남북 각 지방마다 한 군데씩 설치되어 있다. 전부 합해서 다섯 군데야. 제각각 학원마다 독자적인 특징이 있는데, 사실 본교를 비롯한 다섯 개의 학원은 서로를 경쟁상대로 인식하고 있다는 건 공공연한 일이지. 기본적으로 근본이 같은 조직인 만큼 대놓고 서로 대립하지는 않지만, 교사나 학생들 가운데 다른 학원들보다 뒤쳐지고 싶지 않다는 사고방식을 지닌 이들도 적지 않아. 최근 들어 남쪽의 학원과 서쪽의 학원에 각각 수십 년에 한 명이라고 일컬어질 정도의 천재들이 입학했다고 하더군. 거기다가, 원래부터 학생들과 설비의 질적인 측면과 물량 면에서 다른 학원들보다 한 단계 우월한 것으로 알려진 왕도의 본교도 우습게 볼 수가 없어. 그리고 동쪽의 학원은 동방 지역과의 교류를 통해 독자적인 색깔이 강해. 그런 경쟁 상대들에 비해 우리 가로아 마법학원은 지금으로선 어느 정도 뒤쳐져 있다는 판단을 내릴 수밖에 없는 상황이야."

"말인즉슨, 마계의 군세를 물리친 실전 경험과 마글 할머니의 가르침을 받은 제가 바로 그 경쟁 상대들을 앞지르기 위한 유망주란 말씀이신가요?"

힐끗, 나는 곁눈질로 마글 할머니의 분위기를 살폈다. 물론 마글 할머니는 겉으로 내색을 하지 않았지만, 깊은 주름이 새겨진 얼굴로부터 불만스러운 빛이 역력히 드러났다. 제자가 그다지 중요하지도 않은 마법학원 간의 체면 문제에 연루되는 일이 반갑지 않은 모양이다. 내 처지를 염려해서 드러낸 분노다. 나는 어디까지나 감사할 따름이다.

"음. 우수한 학생을 배출하면 학원 전체의 평가에 직결될 뿐만 아니라, 왕국 정부로부터 받을 수 있는 예산도 늘어나니까 말이야. 너는 서쪽과 남쪽의 천재들과 대등하게 대결할 수 있는 재능이 있을지도 모른다. 학원 측의 입장에서는 너는 딱 알맞은 대항마지. 그리고 너는 나와 학원장의 추천을 받았을 뿐만 아니라, 엔테의 숲에서 활약했다는 실적이 있는 몸이다. 심지어 라미아를 사역마로 거느리고 다니기까지 하면, 그야말로 이보다 더할 수 없는 선전탑이라는 거지."

얘기를 듣고 보니, 틀림없이 여러 가지로 비정상적인 경력이다. 가로아 마법학원의 높으신 분들이 지금으로서 다른 학원들보다 뒤처져 있다고 느낀다면, 나는 어디서 솟아났는지는 몰라도 굉장히 편리한 입학생으로 여겨질 것이다.

"하지만 가로아 마법학원도 크리스티나 양과 같은 우수한 인재를 보유하고 있지 않나요?"

"음. 그녀 말인가? 분명히 그녀는 학생들 중에서 최고봉이라고 할 수 있는 능력을 갖추고 있지만, 학원 측에서 어찌할 수 없는 특별한 사정이 있어서 말이야. 그리고 본인의 성격도 그런 입장에 어울리지 않지."

덴젤 아저씨는 씁쓸한 표정으로 크리스티나 양에 관해 언급했다. 나는 이 대답을 통해 크리스티나 양이 틀림없는 우수한 학생이라는 사실을 확인할 수 있었지만, 동시에 그녀가 앞장서서 타인의 주목을 받으려는 성격이 아니라는 사실도 재확인했다.

흠? 그건 그렇고 덴젤 아저씨의 말투로 판단하건대, 크리스티나 양만큼 우수한 학생은 거의 없다는 말인가? 만약 학원이 그런 형편이라면, 내가 입학할 때나 그 이후에도 여러 가지로 편의를 봐달라는 요청을 할 수 있지 않을까? 그런 타산적인 생각이 뇌리에 떠올랐다.

나 이거 참, 나도 최근 들어 인간적인 사고방식에 완전히 적응한 모양이다.

"그렇군요. 그럼 출발 준비와 인사를 하고 오지요. 그러고 보니, 사역마와 계약을 맺는 방법은 알고 계시나요? 마글 할머니로부터 아직 배운 적이 없어서요."

"알고말고. 나와 어머니는 물론이고 동생인 디나도 일단 마법의사 자격을 보유하고 있으니 사역마 의식 정도라면 당연히 아무 문제없을 거다. 시험이 끝나고 합격 통지가 도착할 때까지 세리나와 사역마 계약에 관한 논의를 끝내도록 해. 마법학원에서 규정하고 있는 사역마의 개념에 관해선, 마차 안에서 자세히 설명해주마. 저녁 시간에 마을을 출발해도 늦지 않으니까, 그렇게 서두를 필요까지는 없다."

나는 알아야 하는 사항을 전부 확인하고, 자리에서 일어섰다.

"알겠습니다. 마글 할머니, 잘 마셨습니다. 정말 맛있는 차였어요."

"그러니? 그거 잘 됐구나. 라미아 아가씨와 가족들에게는 당분간 집을 비운다는 사실을 꼭 알려야 한다."

"물론이죠."

자, 가로아 마법학원에 도착하면 내 인생을 개척하기 위한 새로운 관문이 열릴 것이다. 그리고 그 문 저편에 과연 무엇이 기다리고 있을까? 나는 가슴속에서 들끓는 기대와 호기심의 존재를 느끼고 있었다. 불안감 따위는 전혀 없었다.

†

"드란, 잊은 물건은 없어? 알겠니? 너는 웬만해선 당황하지 않는 침착한 아이라서 필요 없는 말일 수도 있겠지만, 긴장했을 때는 천천히 숨을 들이마셨다가 내쉬는 걸 되풀이하려무나. 그러면 일단 마음이 안정될 거야."

어머니가 걱정스러운 표정을 짓는 것은 흔치않은 일이었다. 어머니는 집 문 앞에 선 내 어깨에 손을 올려놓고 거듭거듭 주의를 줬다.

덴젤 아저씨와 약속한, 가로아로 출발하는 날 아침의 일이다.

딜런 형과 마르코는 이미 밭일을 하러 나갔고, 부모님만 일부러 친가 쪽에서 나를 배웅하러 나온 것이다.

어머니는 자식이 학교 시험을 보러가는 상황을 처음으로 체험하는 입장이었다. 그래선지 몹시 불안한 내색을 보였다. 나도 아이가 생기면, 지금의 어머니처럼 온갖 일로 걱정하게 될까? 아버지의 경우엔 어머니와 정반대의 반응을 보이고 있었다. 그야말로 조금도 동요하는 기색이 없었다. 나는 아버지와 같이 굳건한 태도로 언젠가 태어날 내 아이들을 대할 수 있기를 바란다.

"어머니, 그렇게 걱정하지 않아도 돼. 그냥 시험을 보고 오면 끝나는 얘기야."

"……그건 그래. 너는 어렸을 때부터 이상할 정도로 손이 안 가는 아이였으니까, 걱정할 필요 없을지도 몰라. 너는 아직 젊으니까 무슨 일이든지 시도해봐서 나쁠 건 없을 테고, 가령 불합격된다고 해도 지금까지 살아왔던 대로 생활하기만 하면 되니까. 그러니까 실패 같은 건 신경 쓰지 말고, 마음껏 실력을 발휘하고 오렴."

으음, 어머니? 나를 격려하려는 의도는 알겠는데, 이제부터 시험을 보러 가는 아들을 상대로 불합격이나 실패 같은 뒤숭숭한 단어를 입에 담는 건 좀 그렇지 않나?

부모님과 이야기를 나누다 보니, 나는 긴장하기는커녕 어깨의 힘이 빠져나가 시험 시간에 공부의 성과를 충분하고도 남을 정도로 발휘할 수 있을 것 같은 느낌이 들었다.

어머니가 의도한 결과는 아니겠지만, 나는 부모를 잘 만난 덕분에 긴장을 풀 수 있었다고 긍정적으로 생각하기로 했다.

나는 배웅하는 부모님에게 손을 흔들면서 헤어지고, 덴젤 아저씨가 기다리는 남문으로 향했다.

덴젤 아저씨가 준비해놓은 교통수단은 여섯 마리의 말이 끄는 커다란 마차였다. 눈부신 광택을 내뿜는 갈색 차체에 마법과 지성을 관장하는 신 올딘의 문장과, 태양과 달을 의인화한 마법학원의 문장이 새겨져 있었다.

초로의 남성이 마부를 담당하고 있었는데, 그에게서도 일정한 마력이 느껴졌다. 아무래도 단순히 마법학원에서 고용한 일반 사무원은 아닌 것 같다.

나와 덴젤 아저씨가 마차에 올라타자, 마부가 작은 목소리로 호령을 했다. 그리고 마차가 천천히 움직이기 시작했다.

"드란, 가로아에 도착할 때까지 시험공부를 할 생각은 없는 거냐?"

"예, 필요한 사항은 전부 기억했으니까요. 평상심만 유지할 수 있다면 특별한 문제는 없을 겁니다."

"호오, 너처럼 자신만만하게 이야기할 수 있는 젊은이는 아마 드물 거다. 하지만 막상 시험이 시작되고 나서 조금이라도 공부를 더 했으면 좋았을 뻔했다고 허둥대봤자 이미 때는 늦었을 걸?"

"필기시험이 공부한 범위에서 벗어나지만 않는다면 아무 문제도 없습니다. 실기시험도 그리 통과하기 어렵지 않을 거고요. 다만 면접시험만큼은 장담할 수가 없군요. 불안요소는 아마 그 정도일 겁니다."

가로아 마법학원이 한 걸음씩 앞서 나가고 있는 다른 마법학원들에 내세우기 위한 대항마로서 나를 입학시키려는 의도가 사실이라면, 면접시험에서 가벼운 실수를 저지른다고 해서 불합격 판정을 내리지는 않을 거라는 생각이 들었다. 하지만 과연 실제로는 일이 어떻게 돌아갈까?

"그건 그렇고 덴젤 아저씨 덕분에 시험 준비는 몹시 순조로웠는데, 학원의 교사가 저를 돕는 것 같이 보이는 건 덴젤 아저씨의 입장에선 그다지 좋지 않은 일이 아닌가요?"

내가 예전부터 신경 쓰이던 사항에 관해 솔직하게 묻자, 덴젤 아저씨는 입가의 수염을 만지작거리면서 태연하게 대답했다.

"그건 신경 쓰지 마라. 마법 중에는 거짓말을 간파하는 종류의 술법도 있거든. 마법학원 쪽에서 그 술법으로 내가 너에게 입학을 권유하고 추천하는 과정에서 규정에 위반된 행동을 저질렀는지 판정할 거야. 가령 내가 너에게 시험 문제를 가르쳐주기라도 하면, 결국 나중에 발각될 수밖에 없다. 그러니까 부정행위를 저질러도 무의미하단 말이지."

나는 새삼 마법학원에 입학한 후의 일에 관해 질문했다. 아무리 빠른 마차라고 해도 가로아에 도착할 때까지 시간이 많이 남아있었기 때문이다. 교과서나 기존의 수업 내용은 머릿속에 완전히 암기했기 때문에, 남아있는 시간은 공부 이외의 정보를 획득하는데 유익하게 사용하고 싶었다.

"덴젤 아저씨, 가로아 마법학원에 현재 재적하고 있는 학생 수는 얼마나 되나요? 그리고 수업은 어떤 형식으로 이루어지는지 여쭤 봐도 될까요?"

덴젤 아저씨로부터 받은 책 가운데 마법학원을 소개하는 책자도 있었기 때문에, 예전부터 대략적인 정보는 파악하고 있었다. 하지만 역시 실제로 현장에서 학생들을 가르치는 교사의 견해가 듣고 싶었기에 마침 딱 알맞은 기회였다.

"어디 보자, 네가 편입할 예정인 고등부의 학생 수는 평년 같으면 세 학년을 전부 합쳐서 300명 전후인 걸로 안다. 기초학습을 위한 학급 구분은 존재하지만, 나머지 시간은 기본적으로 개인이 희망하는 신청 내용에 따라 수업이 나뉘는 제도를 도입하고 있지. 그러니까 그다지 학급이라는 구분에 구애될 필요는 없다. 고등부의 경우엔 시험 기간이 올 때마다 학원에서 요구하는 수준을 미처 채우지 못하고 낙제당하는 학생들도 몇 명 정도는 있지만, 아마 너하고는 상관이 없는 얘기일 거다. 대부분의 학생들은 마법사 일족이나 귀족 가문의 자녀지만, 개중에는 유력한 상인의 친척이나 너처럼 학원으로부터 재능을 인정받고 입학한 평민 출신 학생들도 없지는 않아. 전체적인 비율로 보면 역시 그리 많지는 않지만 말이야."

내가 이번 인생에서 개인적으로 알고 지내는 귀족이라고 해봐야 크리스티나 양이나 고다 관리관 정도였다. 하지만 들려오는 소문에 따르면, 일반적으로 귀족들에 대한 평판은 그다지 좋지 않았다.

전생에 지겨울 정도로 지켜본 바 있는 인간의 역사를 돌이켜 보면, 이들이 신분이나 출신을 기준으로 삼아 동족을 차별하는 생물이라는 사실은 명백했다. 만약 평등이라는 이념을 목청 높여 주장하면서 신분제도를 철폐한다고 해도, 결국 또 다른 이유로 자신들과 타인을 구별하고 차별하게 될 것이다.

내 경우엔 스스로와 마을의 미래를 위해서라도, 학원에서 가능한 한 신분을 가리지 않고 친구를 잔뜩 만들 생각이다. 그런 의미로 보자면 크리스티나 양이라는 친우가 이미 존재한다는 사실은, 대단히 고마운 일이었다. 유감스럽게도 크리스티나 양 본인은 친구가 적어 보였지만 말이지.

내 속을 알 리가 없는 덴젤 아저씨가 마법학원의 수업 내용에 관해 해설을 계속했다.

"고등부에서는 중등부에서 배운 지식을 기반으로 삼아, 각각의 학생들이 목표로 삼는 마법사로서의 이상형에 따라 선택하는 수업 내용이 바뀐다. 사념 마법, 정령 마법, 신성 마법, 암흑 마법, 소환 마법, 부여 마법, 창조 마법과 연금술에 이르기까지 한 마디로 마법이라고 해도, 셀 수도 없을 만큼 다양한 체계가 존재하거든. 마법뿐만 아니라 기본적인 읽고 쓰기나 계산은 물론이고 역사학, 정치학, 문장학, 경제학, 경영학, 상업학, 약학, 의학, 신학, 음악학, 철학, 문학, 수학, 어학에 이르기까지, 수업의 선택지를 나열하자면 끝이 없을 정도야. 물론 네 경우엔 베른 마을의 발전에 보탬이 되고 싶다는 게 최우선 목표니까, 이미 어느 정도의 지침은 세워둔 상태겠지?"

"예. 연금술과 부여 마법, 창조 마법 등의 분야를 중점적으로 공부할 생각입니다. 의학이나 약학은 마글 할머니로부터 제대로 전수를 받았으니 그냥 넘기는 걸로 하고, 그 이외엔 경제나 상업에 관심이 있습니다."

"학원에서 공부하려는 분야까지 참견할 생각은 없다. 네 마음대로 배우면 된다. 마을이나 가족, 친구들과 일시적으로라도 헤어지겠다는 결심을 한 만큼, 납득할 수 있도록 열심히 공부하도록 해라."

"물론 그렇게 할 생각입니다. 지금부터 학원에 투자하는 시간은 저에게 있어서 황금이나 보석보다도 귀중한 시간들이니까요."

나는 일말의 거짓말도 섞여 있지 않은 진심을 입에 담았다. 내가 마을을 떠나있는 시간은, 월반이 가능한 점을 감안해서 가장 짧게 잡았을 때 약 1년 정도였다.

이 시간을 대가로 치러서 충분한 성과를 거두지 못 한다면, 다른 누구보다도 나 자신이 도저히 납득할 수 없을 것이다.

베른 마을을 떠난 지 하루 남짓 걸려서 크라우제 마을에 도착하고 하룻밤 숙박했다. 그리고 다음날 아침 곧바로 출발했다. 그렇게 이틀 만에 가로아에 도착했다.

가로아와 크라우제 마을 사이엔 비바람을 맞고 닳아버린 납작한 돌을 깐 도로가 이어져 있었다. 우리를 제외한 통행인들의 수는 그리 많지 않았다.

가로아까지 마차로 여행하면서, 나는 덴젤 아저씨를 상대로 가로아 마법학원과 그 학생들에 관해 질문하면서 시간을 보냈다. 덴젤 아저씨와 이야기할 화제가 많이 줄어들었을 때 즈음해서 우리는 가로아에 도착했다.

"드디어 도착했구나, 드란. 모처럼 가로아까지 왔으니 시내 안내라도 해주고 싶은 참이다만, 오늘은 어디까지나 시험을 보러온 수험생의 입장이란 말이지. 미안하지만 곧바로 학원으로 향할 예정이다."

나는 덴젤 아저씨에게 알았다고 대답했다. 마차의 창문 사이로 보이는 거리는 활기가 넘쳤고, 사람들로 북적여댔다.

흠. 요전의 키렌 소동 때도 그렇고, 나는 가로아 관광과 참 인연이 없는 것 같다. 유감스럽다는 생각도 들었지만, 마법학원에 입학하게 되면 아예 가로아에 살게 될 테니 거리를 둘러볼 기회는 얼마든지 있을 것이다.

가로아 마법학원은 도시로서의 가로아가 형성된 초기에 창립된 유서 깊은 학문의 터전이다. 상류 계급이나 부유한 상인, 총독부에서 근무하는 공무원이나 상급 병사들만이 주거를 허락받은 제1층의 성벽과 제2층 사이에 위치한다.

가로아 시가지의 서쪽에 위치한 마법학원은 드넓은 면적을 자랑하며, 내 키의 다섯 배 정도 되는 돌담으로 둘러싸여 있었다. 정문에는 황금의 원반에 새겨진 마법학원의 문장이 태양빛을 반사시키고 있었다.

정문을 통과하면 보이는 새하얀 돌길 저편에 7층 구조의 학원 건물이 오랫동안 이어져 온 역사를 증명이라도 하는 듯이 중후한 위압감을 과시하면서 우뚝 서 있었다.

가로아가 북방의 마물이나 야만족, 아인들과의 전쟁을 대비하는 중심 거점으로 삼기 위해 성곽 도시로 건설된 역사를 돌이켜 볼 때, 마법학원도 유사시에 군사 거점으로 기능하도록 건설되어 있는지도 모른다.

출입 허가증을 제시하기 위해 학교 정문 앞에서 일시적으로 멈춰서 있던 마차가 다시 움직이기 시작했다. 그리고 드디어 학원 부지로 진입했다. 정문으로부터 길게 이어진 길을 통과한 마차는 중앙 건물 앞에서 정지했다. 우리는 마차에서 내렸다.

육중한 검은색 대리석 문이 소리 하나 내지 않고 열리며, 우리를 건물 안으로 인도했다.

1층은 넓은 엔트런스 홀 구조였다. 아득히 머리 위를 올려다보자, 마정석(魔晶石)과 정령석(精靈石), 수정을 아낌없이 사용해서 만든 거대한 샹들리에가 매달려 있었다.

마법학원의 내부는 고요한 정숙에 휩싸여 있었다. 지금도 수백 명의 인간들이 건물 안에 있는 것이 틀림없는데 조금도 소란스럽지 않았다.

나는 덴젤 아저씨의 안내를 받아 엔트런스 홀 왼쪽의 문 하나를 통과한 후, 복도를 지나 시험을 보기위한 교실로 걸음을 옮겼다.

2인용 책상이 다섯 개씩 세 줄로 늘어선 교실에 도착했다. 책상들보다 한 단 높은 교단과 칠판 앞에, 시험 감독관을 담당할 교사가 기다리고 있었다.

"알리스타, 이 아이가 오늘 시험을 볼 예정인 드란일세. 드란, 이쪽은 네 시험을 감독하게 될 교사다. 시험을 보면서 모르는 게 있으면, 그에게 물어보도록."

교실 안에서 기다리고 있던 것은 30대 중반 정도로 보이는 남성 마법 교사였다. 짙은 초록빛의 로브를 몸에 걸치고, 신경질적으로 보이는 여우같은 눈매를 하고 있는데다가 갸름한 턱과 매부리코가 인상적인 인물이었다.

"드란입니다. 잘 부탁드립니다."

"음, 좋은 표정이군. 이 몸은 알리스타라고 하네. 이번에 자네의 필기 및 실기 시험 감독을 담당할 걸세. 그건 그렇고 덴젤 사부, 죄송스럽습니다만 퇴실을 부탁드려도 되겠습니까? 곧바로 이 젊은이의 시험을 시작해야 합니다."

"알고 있네. 그럼 드란, 후회가 남지 않도록 네 모든 실력을 발휘해야 한다."

덴젤 아저씨는 나에게 기합이라도 불어넣듯이 한 차례 어깨를 두드리더니, 교실 문을 열고 물러갔다. 흠, 내 미래가 바로 오늘, 이 장소에서 결정된단 말이지?

그렇게 생각하니 그다지 넓지도 않은 이 교실을 둘러보면서 말로 설명하기 힘든 불가사의한 감명을 받았다. 내 인생의 분기점에 하나인 장소기 때문이다.

내가 잠잠히 감격에 젖어 있으려니, 알리스타 선생이 나에게 자리에 앉도록 지시를 내렸다. 교단 위에는 지금부터 내가 응시할 필기시험을 위한 종이 다발과 시험 시간을 계측하기 위한 모래시계가 놓여 있었다.

교실 전체에 사역마나 골렘 등과 정신 접속을 시도하지 못 하도록 방해 마법이 걸려 있었다. 평소엔 이 마법으로 부정행위를 방지하고 있는 것이리라.

내 입장에서 보자면 거의 없는 거나 다름없는 무력한 방해 마법이었지만, 애당초 이 시험은 순수한 내 실력만 가지고 돌파할 생각이었기 때문에 그다지 상관은 없었다.

"그럼 자리에 앉으시게나, 베른 마을의 드란. 지금부터 자네가 마법학원의 학생이 되기에 적합한 자질과 능력을 소유하고 있는지의 여부를 확인하기 위한 시험을 시작하겠네. 필기시험은 중등부 과정에 포함된 마법의 기초지식 및 일반교양을 묻는 문제들로 구성되어 있네. 이 모래시계의 모래가 다 떨어질 때까지 최선을 다해 시험에 임하도록. 자, 필기도구를 꺼내서 시험 준비를 갖추게."

나는 알리스타 선생의 지시에 따라 가방 속에서 필기도구를 꺼냈다. 그리고 뒤집혀 있는 상태의 문제용지를 받아들었다.

마글 할머니와 덴젤 아저씨로부터 배운 지식을 제대로 터득하고만 있다면, 고등부 입학시험 정도는 간단히 통과할 수 있을 것이라고 들었다. 하지만 실제로 과연 합격이 가능할까?

알리스타 선생은 내 준비가 끝날 때까지 기다렸다가, 모래시계를 집어 들었다.

"준비는 다 됐나? 시험 도중에 퇴실은 인정할 수 없다. 물건을 흘렸을 때는 이 몸이 주울 테니 자리에서 일어나지 말도록. 굳이 말할 필요도 없겠지만, 부정행위가 발각될 경우엔 즉시 시험을 중단시킬 뿐만 아니라 자네의 입학에 대한 이야기는 백지로 돌아갈 걸세. 다른 질문은 있나?"

"없습니다. 언제든지 시작해도 좋습니다."

"좋아. 그럼, 시작."

모래시계가 뒤집어지고, 푸른 모래가 부드러운 소리와 함께 흘러내리기 시작했다.

필기시험은 역시 중등부 3학년을 대상으로 해서 그런지, 인간들의 마법을 처음으로 배우기 시작했을 무렵의 내가 사용하던 초심자용 교과서보다는 어느 정도 어려운 내용이었다. 하지만 결국은 마글 할머니의 제자로 들어간 지 얼마 안 가서 학습을 끝낸 내용들이다.

내가 쥐고 있던 깃펜은 쉴 새 없이 움직여, 절반 정도의 시간을 남기고 모든 해답란을 채워버렸다.

모래시계의 모래가 완전히 다 흘러내린 후, 나는 알리스타 선생을 따라 교내 부지에 위치한 마법 연습장으로 이동했다.

연습장에서 응시한 실기시험의 과제는, 마력 제어에 관한 기초 기술 이외에 기초 습득 마법이라고 알려진 일상적인 무속성 마법을 행사하는 것이었다. 주로 자물쇠를 열거나 잠그는 마법, 조명을 점등시키거나 소등시키는 마법, 몸을 부유시키는 마법, 멀리 떨어져 있는 물체를 염동력으로 이동시키는 기술 등이다.

계속해서 마법학원에서 지급받은 지팡이를 한 손에 들고 마력이 고갈된 마정석에 마력을 공급하는 과제나, 정령석을 사용해 각 속성의 적성 검사를 겸한 실기시험까지 마쳤다.

나는 한 차례도 실패하지 않고 마법학원에서 준비한 과제들을 순서대로 하나씩 해결해나갔다. 알리스타 선생은 끝까지 무표정을 유지한 채로 시험을 감독했다.

필기시험은 물론이고 실기시험까지 보면서도 그다지 큰 문제는 없었던 것 같은데, 이 시험관 나리께서는 어떻게 생각하고 있을까?

필기시험과 실기시험을 끝내고, 나는 면접시험을 보기 위해 다시 중앙 건물로 돌아왔다.

잠깐 쉬었다가, 알리스타 선생의 안내를 받아 엔트런스의 나선 계단을 올라갔다. 3층에 도착하자, 아까 전에 필기시험을 봤던 교실과 다른 디자인의 문이 시야에 들어왔다.

닫혀있는 문 저편에서 네 개의 기척이 느껴졌다. 인간 이외의 기척도 있었는데, 아마도 이 네 사람이 면접을 담당한 시험관들인 모양이다.

옆에 서 있던 알리스타 선생의 얼굴을 올려다보자, 알리스타 선생도 그 시선을 깨닫고 나를 내려다보면서 입을 열었다.

"이 면접을 끝으로 입학시험은 종료일세. 평소 같으면 학생들에게 그렇게 긴장하지 말라고 격려할 참인데, 자네는 전혀 긴장한 기색이 없군. 뭐, 상관없지. 심호흡이라도 할 텐가? 준비가 끝나면 노크를 하고 나서 교실로 들어가게. 교실에 들어간 순간부터 면접은 시작되는 거야."

"문제없습니다. 필기시험과 실기시험을 감독해주셔서, 정말 감사합니다."

나는 알리스타 선생에게 인사를 한 후, 문을 두드렸다.

"들어오세요."

나는 교실 안에서 들려온 목소리에 따라 평소와 다를 바 없는 침착한 목소리로 인삿말을 입에 담았다.

"실례하겠습니다."

교실 문을 열자, 하얀 커튼을 친 창을 등지고 길다란 탁자 너머에 앉아있는 네 사람의 마법 교사들이 눈에 들어왔다.

한가운데의 자리에는 붉은 로브를 걸치고 염소처럼 길고 하얀 수염과 새하얀 머리카락을 길게 기른 노인이 앉아 있었다.

또 한 사람은 새하얀 털이 섞여있는 갈색 머리카락을 경단 모양으로 묶고, 연보랏빛 드레스를 걸친 푹신푹신한 체형의 40대 전후로 보이는 여성이었다.

그리고 전혀 마법사답지 않게 생긴, 마치 커다란 바위 조각 같은 인상을 주는 거한도 앉아있었다. 마법학원의 교사라기보다는 우리 베른 마을의 남성진을 연상시키는 이 사람은, 두터운 입술과 커다란 얼굴에 비교적 조그마한 눈을 가져서 전체적으로 균형이 맞지 않는 생김이란 인상을 받았다.

마지막으로 자그마한 체구가 특징적인 랜드 런너 종족의 남성이 앉아있었다.

랜드 런너는 어른들도 인간 어린이 같은 외모를 지닌 종족으로, 귀는 모서리가 둥그스름한 사각형 모양에 살짝 옆으로 퍼진 모양이다. 발바닥엔 두터운 가죽 위에 털이 잔뜩 나 있어서, 맨발로 잽싸게 땅 위를 내달릴 수 있는 종족이다. 다른 종족들은 그들을 일컬어 초원의 난쟁이라고 부른다.

아무래도 올리비에는 면접장에 따라오지 않은 것 같은데, 공평을 기하기 위해서인가?

가장 먼저 입을 연 인물은 나이가 지긋한 교사였다.

"앉게나."

"예. 베른 마을의 드란입니다. 오늘은 아무쪼록 잘 부탁드립니다."

나는 의자가 놓여 있는 위치까지 걸어가서, 가방을 발밑에 내려놓고 가볍게 고개를 숙였다. 그리고 의자에 걸터앉았다. 나는 허리를 똑바로 세운 채로, 면접관들의 시선을 마주보고 있었다.

구경거리라도 된 듯한 느낌이 들었지만, 이것도 하나의 경험이라고 할 수 있을 것이다. 나는 마음속에서 기합을 다잡고, 가슴을 편 채로 면접관들과의 문답을 시작했다.

네 사람의 면접관들은 딱히 기이한 질문을 던지진 않았다. 우리는 당분간 평범하게 대화를 나눴을 뿐이다. 잠시 후, 나이가 많은 교사가 면접이 끝났음을 알렸다.

나는 자리를 뜨면서 그들에게 가볍게 목례를 하고, 교실 밖에서 대기하고 있던 알리스타 선생과 합류했다. 합격 여부의 통지는 얼마 후에 마을로 직접 배송된다고 한다. 면접시험에서도 특별하게 큰 실수를 저지르지는 않았으니, 99퍼센트 정도는 문제가 없을 것이라고 믿고 싶다.

나와 알리스타 선생의 발소리만이, 고요한 학원 복도에 일정한 박자로 울려 퍼졌다.

내 앞을 걷고 있던 알리스타 선생이, 불현듯 앞을 바라본 채로 나에게 말을 걸었다.

"자네는 대단히 흥미로운 학생이로군. 필기시험과 실기시험에 응시했을 때부터 그렇게 느꼈지만, 이렇게 걷고 있는 지금도 발소리와 호흡의 박자가 학원에 왔을 때와 마찬가지로 일정하다니. 이 몸은 자네처럼 대담한 학생을 본 적이 없네."

"발소리와 호흡 말인가요? 알리스타 선생님은 귀가 무척 밝으시군요?"

"글쎄, 지금 그 대답이 자네의 본심인가? 아니면 시치미를 떼는 건가?"

마법을 사용해 청각 및 촉각을 강화했거나 대기나 바닥의 진동을 감지해서 내 호흡이나 발걸음의 박자에 변화가 없다는 사실을 깨달은 것이리라. 전자의 경우엔 그는 기본적인 기술인 마력으로 육체를 활성화시키거나 강화시키는 마법을 주특기로 삼고 있을 것이다. 후자의 경우엔 바람 속성 계통의 마법에 능숙한 것으로 추정할 수 있을 것이다.

"이 몸의 지적을 듣고도 호흡에 흐트러짐이 전혀 없다니. 자네를 겉모습만 보고 일개 학생으로 판단해선 안 되겠군. 덴젤 사부께서도 말씀하신 바 있지만, 실제로 만나보고 이 몸도 확신했다네. 약간 거슬리는 표현일 수도 있겠지만, 자네는 비정상적이야. 이 경우엔 좋은 의미로 규격 밖이라는 뜻이네. 자네가 입학할 경우, 틀림없이 남쪽과 서쪽 학원에 대한 대항마로서 활약하리라는 기대를 한 몸에 받게 될 걸세. 평범하게 즐거운 학원생활과 어느 정도 거리가 있을 지도 모르지만, 자네의 노력에 따라서 상황은 얼마든지 변할 거야. 공부 이외에도 배워야하는 일들은 넘쳐나니, 마법학원에서 자네가 할 일은 얼마든지 찾아낼 수 있을 걸세."

서쪽의 천재와 남쪽의 천재라는 녀석들이, 아무래도 내 학원생활의 열쇠를 움켜쥐고 있는 것 같다. 양쪽 다 수십 년에 한 사람 나올까 말까한 뛰어난 재능을 지니고 있다고 들었는데, 실제로 과연 어느 정도일까? 호기심이 생겼다. 그럴 수밖에 없는 것이, 덴젤 아저씨에 이어서 알리스타 선생까지 이렇게 나오니 당연한 결과였다.

그건 그렇고, 알리스타 선생은 내부 사정을 과하게 노출시키고 있는 게 아닌가? 방금 본인이 스스로 꺼낸 말마따나 나를 평범한 소년으로 인식하지 않기 때문인지도 모르겠지만, 꿈과 희망을 안고 마법학원에 입학하려는 나를 앞에 두고 이런 뒷사정을 대놓고 입에 담는 건 그다지 현명한 처사는 아닌 것 같다.

"이제부터 입학하려는 학생을 상대로 그런 정보를 밝히시는 건, 약간 섣부른 행동이 아닐까요?"

알리스타 선생은 내 말을 듣고도 거리낌 없이, 나에게 등을 보인 채로 말을 이어나갔다.

"안심하게. 자네는 이 정도는 알고 있어도 문제가 없는 학생이라고 생각하니까 꺼낸 말이야. 이 몸도 그 정도의 판단력은 지니고 있다네."

알리스타 선생은 상당히 만만치 않은 책사인 것 같다. 그런 의미로 보자면, 그 하이 엘프 학원장도 마찬가지일 것이다.

개성이 너무 강해서 방심할 수 없는 상대들은 신족들 중에도 썩어 넘칠 정도로 많았다. 그 지나치게 개성적인 녀석들과 상대했던 경험이 있는 내 입장에서 보자면, 오히려 만만치 않은 상대들이야말로 알고 지내기 편한 측면이 있다는 것도 사실이다. 가로아 마법학원에서 보내는 시간은, 나의 생명과 마음을 좀먹는 지루함이라는 최대의 천적을 잊게 해줄 것이 틀림없어 보인다.

엔트런스 홀에서, 약간 안절부절 못하는 모양새의 덴젤 아저씨가 기다리고 있었다.

"수고했다, 드란. 음, 네 표정을 보니 특별히 대단한 실수는 없었던 것 같구나."

"최선을 다했습니다. 이제 할 수 있는 일이라고 해봐야 운을 천상의 신들에게 맡기는 것뿐이지요."

말은 그렇게 했지만, 내 경우엔 공공연히 신들에게 결과를 맡길 수도 없는 노릇이다. 너무 유명한 나머지, 신들이 쓸데없는 배려를 할 가능성이 높기 때문이다. 지상세계가 아무리 넓다고는 하나, 이런 사정을 숨기고 사는 인간은 나를 포함해도 다섯 손가락으로 셀 정도밖에 없을 것이다. 반대로 지금 무심코 내뱉은 말이 대지모신(大地母神) 마이라르의 귀에 들어가지 말라고 기도해야 할지도 모른다.

"덴젤 아저씨. 일단 시험은 끝났는데, 따로 해야 하는 일이라도 있나요?"

나는 긴장은 물론이고 안도하는 모습조차 보이지 않고, 어디까지나 평상심을 유지하고 있었다. 덴젤 아저씨는 약간 어이가 없다는 듯한 표정을 지었다.

"아니, 네가 오늘 마법학원에서 해야 하는 일은 다 끝났다. 나는 이대로 학원에 남을 생각이지만 너는 이제 돌아가도 상관없다. 돌아갈 마차는 이미 준비해 놨다. 정문 쪽에서 기다리고 있을 테니 그 마차를 타고 돌아가거라. 마차에 여러 가지 기념품도 잔뜩 실어 놨으니, 마을 사람들에게 골고루 가도록 나눠줘야 한다."

덴젤 아저씨의 마음 씀씀이는 빈틈이 없었다. 나는 순순히 그 호의를 따르기로 했다.

"알겠습니다. 아저씨가 모처럼 준비해주셨으니 고맙게 가져가지요."

여기에 도착했을 때만 해도 하늘은 한없이 푸르기만 했다. 마법학원의 창문을 통해 바깥으로 시선을 돌리자, 푸르른 하늘은 이미 주황색으로 물들어 있었다.

나는 두 사람의 교사에게 감사와 이별의 인사를 올리고, 엔트런스 홀을 나와서 덴젤 아저씨가 준비해준 마차에 몸을 실었다.

제2장 용궁으로의 초대

시험을 마치고 마을로 돌아온 나는, 집안의 농사일을 열심히 하면서도 마을 북쪽에 우뚝 솟아있는 모레스 산맥으로 꾸준하게 발걸음을 옮기고 있었다.

난폭한 기질의 심홍룡(深紅竜) 아가씨— 바제나, 온화하고 곱게 자란 구석이 엿보이는 수룡(水龍) 루우(瑠禹)와 만날 수 있었던 데서도 알 수 있듯이, 모레스 산맥에는 많은 동포들이 서식하고 있었다. 그저 지금까지 발걸음을 옮긴 적이 없어서 몰랐던 것뿐이다.

그녀들과 만난 이후로, 나는 가끔 숨을 돌리면서 마을의 농사일이나 사냥과 병행하는 형태로 용의 분신체를 주변 산맥으로 파견해서 공중 산책을 즐기는 것을 일과로 삼고 있었다.

그 일과 덕분에, 나는 모레스 산맥에서 바제 이외에도 새로운 동포들과 만날 수 있었다.

화창한 햇살이 내리쬐던 어느 날, 나는 모레스 산맥 여기저기에 무수히 흩어져 있는 크고 작은 호수 가운데 하나에 내려섰다. 그리고 그 호수를 서식지로 삼고 있는 수룡(水竜)과 담소를 나누고 있었다.

그 이름은 웨드로. 얼마 전부터 새로 알게된 수룡이다. 웨드로는 번쩍이는 푸른 비늘로 뒤덮인 가늘고 긴 몸통과, 사지와 날개가 퇴화해서 생긴 제각각 다른 크기의 지느러미 여섯 개를 보유한 용이었다.

어슴푸레한 피부 색깔에 가까운 피막을 지닌 지느러미는 하늘을 나는 힘을 잃은 상태였지만, 그 대신 수중에서는 어떤 물고기보다도 빠르게 헤엄칠 수 있는 신체기관으로 활약한다. 그리고 용어마법(竜語魔法)을 사용하면 비행 역시 가능하다.

웨드로는 내가 인간으로서 사용하고 있는 대륙 공용어까지도 유창하게 구사할 수 있다.

해발이 높고 주위에 인간이 살지 않는 이 호수에 서식하면서 언제 공용어를 배울 기회가 있었는지 묻자, 호수 밑바닥과 이어져 있는 지하수맥을 통해 산맥 바깥으로 나갔던 적이 있다고 한다. 거기서 인간이나 요정족 등과 교류하면서 언어도 터득했다고 한다.

또한 거울처럼 투명한 이 호수에는 수룡 이외에 인어들도 살고 있기 때문에, 웨드로는 이 호수의 주인이자 그 인어들의 수호자로서 공존하고 있었다.

인어들의 상반신은 인간에 가까운 모습이었지만, 허리로부터 밑은 물고기의 꼬리 모양이었다. 그녀들의 꼬리는 호수의 물과 똑같은 색깔의 비늘로 뒤덮여 있었다. 귀는 지느러미와 같은 형태였으며, 목 부분에는 수중 호흡을 위한 아가미가 달려있다. 그리고 손가락과 손가락 사이에는 물갈퀴가 나 있다.

인어들 가운데 대부분은 바다를 서식지로 삼고 있기 때문에, 그녀들과 같이 산맥의 호수에 정착해 살고 있는 이들은 흔치 않았다. 아마도 이 산맥이 아직 바다 속에 위치했을 무렵, 부근에 서식하고 있다가 그 이후에 일어난 지각 변동이나 천재지변으로 이 산맥에 남겨진 이들의 자손일 것이다.

인어들은 호수에서 포획할 수 있는 물고기나 조류, 산호 등을 채집하면서 살아가고 있다. 그녀들은 스스로를 「우알라의 백성」이라고 자칭하고 있다. 지금은 호숫가에 내려선 나와 수면 위로 얼굴을 보인 수룡의 대면을 멀리서 지켜보고 있었다.

인간의 시력으로 건너편이 보이지 않을 정도로 드넓은 호수이기에, 수백 명에 이르는 인어들과 수룡이 함께 공존할 수 있는 것이리라.

"그러고 보니 드란? 그대는 그 심홍룡과 아는 사이라고 들었소."

나는 웨드로가 꺼낸 의외의 화제에 약간 놀라고 말았다.

"바제 말인가? 아는 사이라고는 하나, 그저 그녀가 싸움을 걸어서 나는 적당히 상대해줬을 뿐이야. 그 이후로도 얼굴을 마주칠 때마다 전투 기술을 가르치고 있을 뿐인 사인데, 혹시 웨드로도 바제에게 트집을 잡힌 일이 있나?"

"그런 것은 아니고, 상당히 긴장한 채로 하늘을 나는 모습을 호수 밑에서 언뜻 본 적이 있을 뿐이라오. 그 아이가 이 근방에 자리를 잡은 것은 상당히 최근의 일인데, 아직 부모님 슬하를 떠난 지 얼마 되지 않아서 불안한 것일 테지. 그 불안을 얼버무리기 위해서 허세를 부리고 있는 듯이 보여서 말이오."

웨드로의 목소리는 우리 어머니와 비슷한 연배의 여성을 연상시켰다. 온화한 성격과 더불어 어딘지 모르게 마음을 가라앉히는 효과가 있었다.

"흠, 나도 웨드로와 같은 생각일세. 그 녀석은 선천적으로 성정이 격해 보이기는 하지만, 상당히 억지로 강한 척을 하고 있는 걸로 보인단 말이지. 웨드로와는 서식하는 장소도 다르니까 얼굴을 마주칠 일이 거의 없겠지만, 이대로 가다간 풍룡(風竜)이나 지룡(地竜)에게 시비를 걸지도 몰라. 상대의 능력을 잘못 판단해서 다치지나 않으면 다행이겠는데."

"그 말투는 마치 딸을 걱정하는 아버지와 같구려, 드란."

"웨드로야말로 종족도 다른 계집아이를 상대로 꽤나 염려하고 있는 걸로 보이는데?"

"허허, 나이를 먹다 보면 젊은이들에게 쓸데없는 참견을 하게 마련이라오. 그런데 이상한 것은 그대도 바제와 그다지 나이 차이가 나지 않는 걸로 보이는데, 이유는 모르겠지만 참견을 하려는 생각이 들지 않는단 말이야? 오히려 나와 비슷하거나 나이가 많은 상대와 대화를 하고 있는 듯한 착각이 느껴질 때가 있더군."

흠, 예리하군. 실제로 내가 젊은 것은 어디까지나 육체적인 연령에 한정된 이야기로, 정신적인 연령은 이 지상에 존재하는 어떤 용종(竜種)보다도 많다고 할 수 있기 때문에 웨드로의 짐작은 그렇게 많이 어긋나지는 않았다.

하물며 열여섯 살의 젊다 못해 싱싱하기까지 한 인간의 육체로부터 떠나 있는 지금의 내 모습은, 있는 그대로의 혼이 바깥으로 드러나 있는 거나 마찬가지인 상태라서 한층 노숙한 분위기를 풍길 수밖에 없었다.

"나이가 조금이라도 비슷한 상대와 대화하는 편이 서로 스스럼없고 좋지 않나? ⋯⋯그건 그렇고, 인간들의 속담대로 호랑이도 제 말하면 오는구먼. 우리가 얘기하던 장본인이 하늘을 날고 있네."

내가 시선을 머리 위로 향하자, 웨드로도 나를 따라 목을 쳐들었다. 바제가 나의 존재를 감지하고, 머리 위로부터 마치 꿰뚫어버릴 듯한 시선으로 노려보고 있었다.

멀리서 봐도 바제의 온몸으로부터 그 충만한 투쟁심을 있는 그대로 발현시킨 마력이 불꽃으로 변해 용솟음치고 있었다. 마치 천공에 용의 형태를 한 작은 태양이 출현한 듯하다.

"이보시게, 드란. 대체 저 계집아이에게 얼마나 심한 망신을 주신 건가? 이렇게 멀리 떨어져 있는데도 나의 비늘에 직접 느껴질 정도로 뜨거운 열을 내뿜고 있질 않나."

"딱히 망신을 준적은 없다네. 내가 때묻지 않은 소녀에게 치욕을 주면서 기뻐하는 몹쓸 취미를 가진 작자로 보이나?"

"그렇다면 상관은 없다만, 아무래도 남자와 여자 사이가 아닌가? 일이 어떻게 굴러가서 기묘한 결과를 초래하지 않으라는 법은 없다오. 제발 부탁이니 너무 괴롭히지 마시게나."

"알고 있고말고. 그런데 슬슬 바제가 기다리다 못해 지친 모양일세. 오늘 얘기는 이쯤 해두지. 또 보세나, 웨드로."

"음. 그대 역시 쓸데없이 다치지 마시게."

나는 웨드로와의 대화를 일단락 짓고, 가볍게 날개를 퍼덕이면서 수면에 파문을 일으키다가 날아올랐다.

아무리 바제라도 낯선 수룡과 대화를 나누고 있는 참에 다짜고짜 달려들 정도로 성급하지는 않았지만, 내가 자신을 향해 다가오고 있다는 것을 알자마자 온몸에서 더욱 대량의 불꽃과 열을 발산하면서 투지를 불태웠다.

나와 처음 만난 이후로 거듭 되풀이된 패배가 그녀의 자존심에 어지간히 심각한 상처를 낸 것 같다. 하지만 그렇다고 해서 내 얼굴을 보기만 해도 즉시 전투태세를 갖출 정도일 줄이야. 나 자신의 행동이 어떤 형태로 돌아올지 짐작하기 어려울 따름이다.

"바제, 그렇게 무서운 표정을 지을 것까지야……."

"너와 나눌 대화 따위, 나에겐 없다! 지난날에 받은 굴욕을, 만 배로 되갚아주마!!"

내 인사말을 가로막은 바제가, 지금 본인이 내뱉은 말을 실현하기 위해 벌린 입 안쪽에서 홍련(紅蓮)의 불꽃을 분출하기 시작했다.

흠. 부모님 곁에서 떠나 신경이 날카로운 상태라는 사실을 감안하더라도, 이건 너무 과민반응이 아닌가?

차라리 이대로 등을 돌리고 앞으로 상관을 안 하는 편이 좋을지도 모르겠다는 생각이 들었지만, 모처럼 만난 동족이었다. 우연치 않게 맺은 귀중한 인연을 허무하게 끝내기도 아까웠다.

나는 바제의 직성이 풀릴 때까지 상대해주기로 결심하고, 이 분신체를 구성하는 마력을 주위로 발산했다.

내가 전투태세를 갖추는 모습을 보고 바제가 울부짖었다.

"재도 남기지 않고 불태워주마!"

화륵, 바제는 있는 힘껏 입을 벌리고 나를 향해 고온의 화염을 발사했다. 그야말로 화룡(火龍)의 상위종인 심홍룡을 자처하기에 부족함이 없는 초고온 브레스였다. 인간들의 불 내성 마법으로 이

브레스에 대처하고자 한다면, 수십 명이 일제히 같은 마법을 시전해도 잠시 버티기도 힘들 정도의 엄청난 열량이다.

"상대가 내가 아니었다면 그렇게 됐을지도 모르겠군."

나는 시야를 온통 뒤덮었던 화염을 종이 한 장 차이로 회피하면서, 아직도 화염을 내뿜고 있는 바제에게 돌격해 들어갔다.

당연히 바제는 나를 태워버리기 위해 화염을 계속 내뿜으면서 내 뒤를 쫓아 목을 움직였다.

푸른 하늘에 바제가 내뿜는 화염의 붉은빛이 내 뒤를 쫓아 여기저기로 뻗어나갔다. 그 결과, 주위의 대기에 불 속성을 띤 마력이 잔뜩 뻗쳐 나갔다.

나는 바제의 화염 브레스를 완벽하게 회피했다. 그리고 나와 바제 사이의 거리를 급격하게 줄였다. 바제는 그제야 화염 방사를 중단하고, 주위로 확산된 자신의 마력과 아직도 타오르고 있는 불티를 향해 간섭을 시작했다. 흠, 일전의 전투에서 나에게 당한 기술을 제대로 터득한 모양이다. 잘 한다, 바로 그거야.

"이걸 피할 수는 없을 거다!"

승리의 예감에 들뜬 바제의 포효와 함께, 갑작스럽게 발생한 홍련의 불꽃이 내 주위의 공간을 일제히 집어삼켰다.

근소한 시간적 오차도 두지 않고, 바제는 주위의 마력과 불티를 촉매로 삼아 강철을 증발시킬 정도의 열량을 지닌 불꽃을 단숨에 엄청난 광범위로 발생시켰다.

불꽃은 눈 깜짝할 사이에 내 온몸을 에워쌌다. 내 주위에 불꽃이 없는 공간은 없었다.

내가 직접 고통이라는 교훈과 함께 가르쳐준 기술이긴 하지만, 설마 이런 단기간 동안에 이만큼 자유자재로 구사할 수 있을 정도로 성장할 줄이야. 칭찬할 만하다.

하지만 나는 마음속에서 바제를 칭찬하면서도 그녀를 낙담케 하는 언사를 입에 담을 수밖에 없었다.

"피할 수는 없다만, 막아낼 수는 있다네. 아가씨."

나는 바제의 화염을 훨씬 능가하는 고열의 화염을 온몸의 비늘로부터 발생시켰다.

내가 의도적으로 같은 화염을 이용해서 바제의 화염을 막아내는 선택지를 채용한 이유는, 지금의 그녀가 성장하기 위해서는 그녀와 같은 계통이면서 격이 높은 용과 전투를 치르는 경험이 필요할 것이라고 여겼기 때문이다.

"에이잇! 백룡(白竜)이 나를 상대로 불을 쓰겠다고?!"

"종족의 특성은 물론 중요하지만, 이 세상엔 겉모습만 가지고 판단할 수 없는 상대도 존재한다는 사실을 알아야 한다. 예기치 못한 곤경에 처해 혼쭐이 나고 싶지 않다면 말이야."

"항상 그런 식으로 나를 우습게 보고! 그러니까 네 녀석은 마음에 들지 않는 거야!"

바제가 온몸에 다시금 불꽃을 일으켰다. 다만 이번에 출현한 불꽃은 홍련의 빛이 아니라 비늘과 똑같은 다홍빛 불꽃이었다.

아마도 바제는 스스로 일으킬 수 있는 불꽃 중에서도 최대급의 열량을 구현했음이 틀림없다. 바제가 심홍룡의 마력을 압축시켜 출현시킨 불꽃은, 물질뿐만 아니라 영혼조차 불태우는 진정한 용종(竜種)의 불꽃이었다.

내 행동거지가 바제의 역린(逆鱗)을 심하게 자극해버린 것 같다. 흠, 그렇다면 혈기왕성한 젊은이를 상대해주는 것도 거치적거리는 늙은이의 일이겠지. 그녀를 너무 화나게 한 나머지, 주위에 피해를 끼치는 사태도 피하고 싶다.

나는 바제로부터 공격이 들어오기를 기다렸다가, 그때마다 공격을 막거나 피하고 때때로 반격을 시도하면서 그녀를 계속 상대했다.

바제는 지금까지 부모님이나 형제 등의 가족을 제외하고 자기 자신보다 불을 능숙하게 다루는 용종과 마주친 적이 없을 것이다. 그녀는 백룡이면서도 화룡인 자신보다 화염을 능수능란하게 조종하는 나를 바라보며 경악을 금치 못 했다.

그럼에도 불구하고 계속해서 나를 향해 화염 공격을 시도하는 까닭은, 그녀가 지닌 심홍룡으로서의 긍지 때문이리라.

그러나 그녀가 젖 먹던 힘까지 다해서 발사하는 화염은 내 비늘을 스쳐 지나가지도 못 했다. 심지어 자신이 일으킨 불꽃이 내가 일으킨 불꽃의 기세에 밀려 꺼지는 모습을 계속해서 목격하다 보니, 아무리 자존심이 강한 그녀라도 정면충돌을 시도하는 것이 얼마나 미련한 행동인지 깨달을 수밖에 없었던 모양이다.

바제는 이대로 승산이 없는 화염 대결을 계속하든지, 그 이외의 방법— 예를 들면 육탄전으로 몰고 갈지 망설이는 모습을 보이기 시작했다.

흠, 불꽃을 다루는 기술의 전수는 이 정도면 충분한가? 그럼 다음으로 접근전의 요령을 가르쳐주마.

나는 바제가 망설이는 순간을 놓치지 않고, 곧바로 주위의 대기에 간섭하는 동시에 날개를 퍼덕이면서 급격히 가속했다. 나는 바람의 포탄으로 변해, 바제가 미처 반응할 틈도 주지 않고 팔을 뻗으면 곧바로 닿을 거리까지 접근했다.

동등한 체격의 상대와의 전투에 서툴렀던 바제는 온힘을 다해 팔이나 꼬리를 휘둘렀다. 하지만 그녀는 내가 순식간에 지근거리까지 접근하는 사태를 허용하면서 몹시 당황한 나머지, 모든 동작에 쓸데없는 힘이 지나치게 들어가 있었다. 그 공격들을 회피하기는 어렵지 않았다.

나는 거인종(巨人種)의 목조차 일격으로 부러뜨릴 수 있을 듯한 그녀의 공격을 모조리 피하고 파고들어가 무방비하게 뻗은 그 왼팔에 달라붙었다. 그리고 돌진한 기세와 체중을 이용해서, 바제를 공중에 내던졌다.

나는 그녀를 옭아매면서 날개를 움직여 중력에 간섭했다. 무리한 자세를 유지한 채 나와 바제의 거구를 공중에 띄우기 위해서였다.

바제는 끈질기게 저항하면서 목을 뻗어 나에게 화염탄을 쏟아내려고 했지만, 나는 다리로 바제의 왼팔을 꺾어 그 동작을 억눌렀다. 그대로 체중을 실어 바제의 왼팔을 조르면서 항복할 때까지 기다렸다.

바제도 잠시 동안 버티기는 했지만, 역시 왼팔을 희생시키고 싶지는 않았던 모양이다. 그녀는 꼬리를 사용해서 나에게 항복 의사를 밝혔다.

바제의 꼬리가 내 다리를 힘없이 두드렸다.

"그, 그으으으으……."

"음, 미안하다. 내가 힘을 너무 준 모양이구나."

나는 짧게 사과하며 조르고 있던 바제의 왼팔을 해방했다. 그리고 가볍게 날개를 움직여서 사뿐히 몸을 떨어뜨렸다.

아직 통증이 남아있기라도 한 건지, 바제는 몸을 일으켜 왼팔을 계속해서 문질렀다. 나에게 추태를 보이지 않으려는 듯이 구부정한 자세로 통증을 참아내고 있었다. 그럼에도 악물고 있는 이빨 사이로 신음소리가 흘러나오는 것까지 막아내지는 못 했다.

나는 목을 뻗어서 바제의 얼굴을 들여다봤다.

"뼈는 부러지지 않았을 텐데, 힘줄이라도 상했나……?"

그 순간, 빈틈을 노리고 있던 바제가 내 목덜미를 물어뜯기 위해 몸을 번드쳐 날아 들어왔다.

"그르으아아!!"

나는 망설임 없이 바제의 정수리에 주먹을 날려 그 움직임을 막아냈다.

"흠."

"그악?!"

연기가 너무 어설퍼서 속이 훤히 들여다보일 지경이었다. 나는 바제의 너무나도 서투른 연기를 목격하고, 이 아이가 속임수를 터득하는 것은 불가능하다고 확신했다. 좋게 말하자면 겉과 속이 다르지 않은 순수한 성격이라고 표현할 수도 있겠지만…….

"살기를 죽이기라도 하지 않으면, 그런 연기에 속아 넘어가는 상대는 없을 거다. 바제, 그대는 아무래도 지나치게 솔직한 성격인 것 같다. 노룡(老竜)의 나이가 되면 어느 정도 침착해지기야 하겠지만, 당장 지금부터 머리에 피가 쏠리기 쉬운 성격을 자제하는 버릇을 들이지 않으면 빈말이 아니라 수명대로 살지 못할 수도 있음을 명심해라."

"큭…… 내 생명은 다른 누구도 아닌 내 소유물이다. 네 잔소리를 잠자코 들어줄까보냐. 애당초, 나와 그다지 나이 차이도 나지 않는 성룡(成竜)인 네 녀석이 잘난 척하면서 노인네 같은 소리를 주워섬겨도 설득력 같은 게 있을 것 같으냐?"

아직 젊은 바제가 가장 오래된 용인 내 말투를 듣고 늙은이 같다고 느껴도 어쩔 수 없는 일이다. 하지만 분신체의 겉모습이 바제와 그다지 나이가 다를 바 없는 성룡이라는 사실이, 그녀의 반감을 사는 이유 중 하나인 것 같다.

그렇지만 일단, 내가 일전에 가르쳐준 전투방식을 응용하는 방법을 머릿속에서 분석 정도는 하고 있는 모양이다. 오늘 나는 일전과 마찬가지로 날개를 접으면서 급제동을 걸어 상대의 배후를 확보하는 동작을 선보였다. 바제는 일전의 전투를 통해 학습한 기술로 내 동작에 반응했다. 그녀도 내 가르침을 완전히 무시하고 있지는 않은 것 같다.

젊은이들의 성장은 빠르다. 나는 내 말로부터 새로운 지식을 빠르게 흡수하면서 점차 만만치 않은 상대로 변모하고 있는 바제의 모습을 보고, 성장은 젊은이들의 특권이라는 생각이 들어 감회가 새로웠다.

"그건 그렇고 바제야. 너의 그 난폭한 성정을 고치지 않으면 부부의 연을 맺을 수컷들이 다 도망가고 말 것이야. 어머님과 아버님께 손자의 얼굴을 보여주고 싶은 생각은 없는 거냐?"

나는 그야말로 부모와 같은 심정으로 그녀에게 물었다. 바제의 다홍빛 비늘로 덮여 있는 얼굴에 내가 대체 무슨 소리를 들은 건지 영문을 알 수 없다는 표정이 떠올랐다.

그녀는 인간의 나이로 치면 크리스티나 양보다 한두 살 정도 많은 나이로 환산할 수 있을 것이다. 그런 바제는 아직 스스로가 어머니가 되는 일에 대한 실감이 전혀 없는 것이리라.

"꿈속에서도 생각해본 적이 없다. 아니, 그 이전에 네가 걱정할 일이 아니야!"

"그러니까 그 급한 성질을 고치라는 말이다. 기운은 남아도는 것 같다만, 한 번 더 상대해줄 맘은 들지 않으니 오늘은 이쯤해서 마무리 짓도록 하자. 그럼 바제야. 또 보자꾸나."

"다음에야말로 네 녀석의 육체를 홍련의 불꽃으로 집어삼켜주마."

"나도 부디 그런 날이 머지않아 찾아오기를 기대하겠네, 아가씨."

나의 아가씨 발언을 듣고, 바제가 입안에서 홍련의 불꽃을 머금는 모습이 보였다. 나는 아직도 기운이 넘치는 그녀의 모습을 보고, 쓴웃음을 짓는 대신 날개를 크게 펼치고 그 자리에서 날아올랐다.

눈 깜짝할 사이에 등 뒤의 바제가 자그마한 다홍색 점으로 변했다. 바제는 내 등이 보이지 않더라도 내 모습을 그리며 날카로운 눈빛으로 허공을 계속 노려보고 있을 것이다. 흠, 참으로 기운 넘치는 아가씨로군. 앞으로도 당분간 그녀를 단련시켜주기로 하자.

✝

"저기, 드랑?"

상하좌우도 분간이 안 가는, 방향이라는 개념이 의미를 발휘하지 않는 흰색 일변도의 공간에 검은 드레스를 걸친 여자가 모습을 드러냈다.

갈색 피부에 황금빛 머리카락을 길게 기르고, 활활 타오르는 불꽃을 머금은 듯이 붉게 빛나는 눈동자를 지닌 그 여자는 파괴와 망각을 관장하는 사악한 대여신(大女神) 카라비스였다.

"지금 여기엔 나랑 드랑 말고 아무도 없어. 영원한 처녀 마이라르와 못 말리는 전쟁광 알데스는 물론이고 누나를 존경할 줄 모르는 케이오스도 없지. 멋지지 않아? 우리의 사랑으로 가득 찬 보금자리에 흙발로 쳐들어오는 훼방꾼은 아무도 없다고."

카라비스는 인간의 창조신 중 한 사람인 대지모신 마이라르와 대립각을 세우고 있는 것으로 알려진 여신이자, 수도 없이 존재하는 마계의 사악한 신들 중에서도 손가락에 꼽힐 만한 강대한 권능을 지닌 존재였다.

"아아, 드랑! 드랑, 드랑! 네가 죽어줘서 정말 다행이야. 네가 다시 태어나서 정말 다행이야. 네가 이렇게 내 것이 되어줘서 정말 행복해. 네가 더 이상 나에게 이빨을 보이지 않아서 정말 불행해. 아아, 드랑! 네가 죽어서 사라져버린 동안, 나는 지금까지 느껴본 적이 없는 환희에 가슴이 요동치는가 싶더니 곧바로 끝도 없는 슬픔과 적막감! 아니, 아니야. 아니야! 도저히 말로 표현할 수 없는 정체불명의 감정에 시달리고 있었어. ……이게 무슨 조화지, 드랑? 나에게 있어서 마이라르나 케이오스보다도 성가시고 눈에 거슬리고 밉살스럽고 거추장스러웠던 네 존재가, 나는 이제 너무나 너무나 너무나 너무나 너무나 사랑스러워서 견딜 수가 없는데?"

카라비스는 내가 용으로서 죽고 인간으로 환생하기까지의 기간 동안, 가슴속에 담아두고 있던 온갖 감정을 한꺼번에 쏟아냈다. 그러면서도 카라비스는 어디까지나 아름답고 순수한 미소를 짓고 있었다.

"웃기는 얘기 아니야? 파괴와 망각을 관장하는 여신인 이 내가! 위대한 사신(邪神) 카라비스가! 유일하게 파괴하지도 망각하지도 못한 너에게 마음을 빼앗긴 나머지 사랑에 빠지고 말다니! 그러니까, 그러니까! 그러니까! 드랑, 넌 이제 내 눈앞에서 사라지면 안 돼. 네가 사라져 버리면, 나는 삶의 의욕을 잃어버리고 말 거야. 나의 혼은 절대적으로 네 존재가 필요해. 아아, 그러니까! 드랑, 아아—!"

카라비스의 마음속에서 무한히 솟아나는 사랑과 증오와 허무와 슬픔과 광기가 언어라는 형태로 다시금 실체화되려던 순간, 나는 진심으로 지겹다는 감정을 표출할 수밖에 없었다.

"흠, 네 마음은 기쁘다만 서론이 너무 길다."

내가 말을 걸자 세계가 순식간에 형태를 갖추기 시작하더니, 하필이면 가로아 마법학원의 교실을 방불케 하는 모습으로 변화했다. 카라비스 녀석, 내 입학시험을 엿보고 있었나?

"에엥~~~? 모처럼 내가 이 가슴속에 흘러넘치는 사랑을 말로 표현했는데, 너무 매정한 거 아니야? 아니양? 아니양~? 매정해!"

여신다운 위엄이라고는 눈곱만큼도 찾아볼 수가 없는 항의와 함께, 카라비스는 교실 책상에 대충 걸터앉아 나와 마주보는 자세를 취했다.

"이거야 원, 어느샌가 내 꿈속으로 숨어들더니 혼자 흥이 나서 신나게 떠벌이는 모습을 보고 무슨 일인가 했다."

"아하하하. 아니, 그게 말이지? 드랑과 재회한 후에 계속 들떠서 말이야. 나도 모르게 온갖 말들이 입 밖으로 쉴 새 없이 튀어나와서 멈추질 않더라."

"아무리 그렇다고 해도 인사말도 생략하고 만나자마자 갑자기 그런 소리를 잇달아 지껄여대면, 솔직히 말해서 어떻게 반응해야 할지 감이 안 잡힌단 말이다. 다음부터는 일단 날려버리고 시작해도 될까?"

"웅? 혹시 인사를 안 했던 게 문제였던 거양? 거양거양거양~? 그럼, 다시 인사할게. 야호—! 안녕—? 드랑, 건강은 어때애? 나양! 드랑의 애견이자 충견, 카라비스멍!! 막 이래~~."

카라비스가 반성하는 기색도 없이 개 흉내를 시작했다.

"너 말인데, 그런 문제가 아니지 않나. 그건 그렇고, 오늘밤엔 무슨 생각으로 내 잠을 방해하러 온 건가?"

"아하하하하, 싫다아~. 우리 드랑은 참 의심이 많단 말이야? 아무런 흉계도 없고, 의도 같은 것도 전혀 없어. 드랑의 인간 생활에 새로운 바람이 불기 시작했다니까 축하라도 한 마디 해주려고 온 것뿐이야!"

카라비스는 말을 마치자마자 허리를 비비 꼬면서 내 바로 앞까지 걸어왔다.

나의 눈과 코 사이에 선정적인 미모가 접근해 왔다.

"우후후후, 설마 드랑이 인간 아이들의 교육 기관 따위에 다니게 될 줄은 몰랐어. 전생에서는 전혀 상상조차 못했던 일이잖아? 드랑이 즐거워 보이니까 상관은 없지만 말이양."

말이양……이라. 정말 멋대로 사는 녀석이로군, 이 잉여로운 여신— 잉여신은.

"축하라, 일단 마음만은 받아두도록 하지."

"어, 마음만?"

"뭐시, 또 준비해놓은 서라도 있나? 불길한 에감밖에 안 드는데."

카라비스의 경우, 선의에 입각한 행동을 하는 일도 없지는 않다. 하지만 내 경험상, 그녀의 선의가 긍정적인 결과를 초래한 적은 한 번도 없다.

뼛속 깊이, 정확히 말하자면 선천적으로 혼 자체의 깊숙한 심연에 이르기까지 철저하게 사악한 여신이기 때문이다. 내가 의심에 가득 찬 시선으로 그녀를 바라보자, 카라비스는 내 눈앞에서 빙그르르 몸을 한 차례 회전시켰다.

"드랑도 말이야, 마침 인간으로 다시 태어났으니까 용이었을 때하고는 달리 인간상대로도 느낌이 오지 않아? 그러니까 지금의 나 같은 모습의 여자를 상대로 할 수도 있다는 말이지? 그 · 니 · 까!"

음, 불길한 예감이 점점 산더미처럼 부풀어 오른다.

"드랑을 위한 입학 축하 선물은, 다름 아닌 바로 나야—!!"

싱글벙글 만면의 미소를 짓고 있는 카라비스를 눈앞에 두고, 나는 마음속에서 아연실색했다. 이거야 또 헛수고를 하는군. 본인에게 선의밖에 없다는 사실이 오히려 성가시기도 하고, 감당하기 어렵기도 했다.

"당장 돌아가라."

"즉답이야?!"

"너로는 무리다. 거울이나 쳐다봐라. 구멍이 뚫릴 때까지 쳐다봐라. 그러면 헛수고라는 사실을 이해할 수 있을 테니."

"너무해! 드랑, 정말 너무 매정하지 않아?! 그야 예전부터 나를 대충 취급하기로 유명하긴 했지만, 오늘은 여느 때보다도 훨씬 악랄해! 얼마나 배부른 소리를 하는지 알기나 해? 이 세상에 존재하는 모든 여신들 중에서도 손가락에 꼽힐 정도로 아름다운 여신님께서 정성을 다해서 모시겠다는데 말이야. 너무해."

카라비스는 볼을 볼록하게 부풀리더니, 나에게 등을 돌리면서 탐스러운 복숭아 같이 생긴 육감적인 엉덩이를 내 얼굴 쪽으로 들이밀었다.

"어때, 맛있어 보이지? 내 엉덩이와 가슴은 물론이고, 입술까지 전부 다 드랑 맘대로 가지고 놀아도 되거든?"

인간들뿐만 아니라 수많은 남성 신들조차도 광기에 사로잡은 바 있는 사악하고도 요염한 여신이 나를 유혹했다. 나는 아무 말도 없이 한 걸음 가까이 다가갔다. 카라비스는 자신의 유혹에 내가 넘어온 것으로 알고 기쁘다는 듯이 엉덩이를 좌우로 흔들었다.

"그렇다면, 이게 내 대답이다."

나는 왼손으로 카라비스의 허리를 끌어안고, 녀석이 빠져나가지 못 하도록 가냘픈 허리를 꼭 붙들었다.

"응, 언제든지 와. 너무 기뻐, 드라⋯⋯."

카라비스는 이제부터 자신의 육체에 찾아올 쾌락을 예감하고, 인간의 영역을 아득히 초월한 신의 절정에 도달하려고 했다.

"흠!"

나는 손목 관절과 방향을 특별히 의식하면서, 카라비스의 갈색 엉덩이를 향해 있는 힘껏 손바닥을 날렸다.

찰싹, 살갗과 살갗이 부딪히는 소리가 사방으로 울려 퍼졌다. 카라비스의 허리가 부러질 듯한 기세로 활처럼 휘어졌다.

"아야아아아————————!!"

카라비스의 엉덩이에 내 손자국이 선명하게 남았다. 보기만 해도 아파올 정도로 새빨갛게 부어올랐다. 나 스스로도 제대로 들어 갔다는 손맛을 느꼈다. 흠, 그야말로 아름다운 단풍잎 모양이로군.

"잠깐, 잠깐? 드랑, 어, 어, 어, 어, 어, 어째서 엉덩이를 때리는 거야? 그리고 왜 나는 엉덩이를 맞고 있는 거지?!"

"그런 상스러운 소리를 함부로 입에 담는 나쁜 아이에겐 본때를 보여줘야 되거든. 그리고 본때를 보여주자면 동서고금을 막론하고 볼기짝을 때리는 게 기본 아니겠나?"

"아니 잠깐, 그런 소린 처음 듣는데?! 그건 그렇고 나쁜 아이라고? 하긴 따지고 보면 사악한 여신이긴 한데! 그야말로 나쁜 아이의 표본? 사실 그런 수준을 아득히 초월하긴 했지만요! 사악한 신들 중에서도 손가락에 꼽힐 정도로 엄청나게 굉장한 여신이잖아요! 그냥 나쁜 아이하고 똑같이 취급하지 말아줄래? 나 화낼 거야?!"

"그런가? 하긴 카라비스는 평범한 나쁜 아이는 아닐 거야. 그렇다면, 더더욱 본때를 잔뜩 보여줘야 하지 않겠나?"

생긋, 나는 스스로도 알 수 있을 정도로 회심의 미소를 지었다. 카라비스가 창백한 얼굴로 내 미소를 바라보았다. 카라비스가 입을 열고 무슨 변명을 입에 담으려 시도했지만, 내 오른손이 그보다 빨리 움직였다.

찰싹! 경쾌한 소리가 카라비스의 엉덩이를 진동시켰다.

"~~~~~~~~~~~?!?!?!?!?!?!"

아무런 의미도 없는 카라비스의 비명소리가, 새하얀 세계에서 몇 번이고 몇 번이고 메아리쳤다. 내가 카라비스의 엉덩이를 한 번씩 후려칠 때마다, 카라비스는 몸부림을 치면서 무의미한 비명소리를 내질렀다.

솔직히 말해서 약간 지나친 듯한 느낌은 부정할 수 없었지만, 이 정도로 하질 않고서야 반성은커녕 눈도 꿈쩍할 녀석이 아니란 말이지. 내 구속으로부터 해방된 카라비스는 엎드려 쓰러진 채로, 어깨를 들썩거리면서 거친 숨을 몰아쉬고 있었다.

카라비스의 엉덩이는 드레스 자락이 벗겨진 채였기 때문에, 그대로 바깥으로 드러나 있었다. 그 엉덩이는 내 손바닥 자국으로 뒤덮여 있어, 마치 잘 익은 자두처럼 새빨갛게 부어올라 있었다.

"으, 으으윽. 드랑 바보오. 드랑의 힘으로 엉덩이를 마구 후려치면, 내 엉덩이가 너덜너덜해지잖아. 으으, 드랑한테 엉덩이의 순결을 빼앗기고 말았어. 이래가지고선 시집도 못 가, 흑흑흑."

자기 입으로 흑흑흑이라는 소리를 내고 있는 걸 보면, 아무래도 아직 여유가 있는 모양이다. 옛날부터 그 근본을 짐작할 수가 없는 불사신이었으니, 이 정도론 그리 큰 문제가 아니리라.

"미안하군. 내가 좀 심했다."

나는 내 입에서 나오는 음성을 듣고 정말로 마음이 담기지 않은 사죄라는 느낌을 받았다. 그리고 카라비스로 말할 것 같으면……

"좀이 아니라, 정말 엄청났다고. 진짜 너무한 거거든?! 아, 그런데 말이야? 드랑한테 얻어맞는 건 엄청나게 아프긴 아팠는데, 도중에서부터 어딘지 모르게 이상한 느낌이 들더니……"

카라비스가 엎드려 있던 상반신을 일으키고 나를 돌아본 순간, 일정한 색채가 없이 혼돈스럽게 소용돌이치는 그 눈동자에 숨길 수가 없는 욕정의 빛이 떠올라 있었다.

흠, 이건 설마—.

"드랑, 나 말인데? 원래 아픈 건 별로였는데, 드랑이 나에게 주는 고통이라면 그다지 싫지 않은 것 같아. 오히려 드랑의 우람한 힘이 느껴져서, 나쁘지 않다는 느낌이 들어."

—나는 설마 카라비스의 쓸데없는 본성을 각성시켜 버리고 만 건가?

"그러니까, 드랑이 언제든지 마음만 먹으면 내 엉덩이를 때리러 와도 되거든?"

카라비스가 뺨을 붉히면서 그런 소리를 지껄였다.

나는 그저 망연자실한 표정으로, 자신이 잘못된 선택을 했다는 사실을 통감할 수밖에 없었다.

카라비스가 그런 내 심정을 읽어냈는지는 알 수 없었지만, 방금 전까지 느끼던 아픔 따위는 까맣게 잊은 듯이 가뿐히 몸을 일으켰다. 그리고 나를 향해 미소를 지었다.

왼손을 살랑살랑 흔들면서, 탐스러운 입술이 우정과 약간의 독기를 머금고 미소를 지었다. 카라비스는 정말 재미있다는 듯이, 깔깔대며 웃어 보였다.

"어때, 드랑? 미칠 듯한 사랑을 받아서 행복하지 않아? 에헴."

결국 천연덕스럽게 가슴을 펴고 이런 소릴 해댔다. 여전히 분위기를 파악하지 않는 성격 덕분에, 상대를 하는 입장으로서 정말 피곤한 상대였다.

"휴우, 부탁이니 더 이상 나를 피곤하게 만들지 마라. 너와 나는 서로를 파멸시키기 위해 오랜 세월 동안 대립하던 적수이자, 신들의 시대부터 알고 지낸 지긋지긋한 벗이기도 하다. 다른 이들과 달리 괴이한 인연으로 맺어진 사이지만, 요즘 들어 예전보다 더욱 엉뚱하게 성가신 녀석으로 변했구나."

"나하고 드랑 사인데 이 정도는 상관없잖아? 그리고 모처럼 환생했는데, 드랑은 내가 찾으러 올 때까지 얼굴을 보여주러 오지도 않았다고. 그런 주제에 라미아나 용종 여자애들한테 홀딱 빠진 것 같고—? 아무리 온화하고 부드러운 성격으로 유명한 나도 참을성의 한계라는 게 있단 말이야. 너무 나를 소홀히 여기다간, 내가 걔들한테 몹쓸 장난을 칠 수도 있다는 거 알지?!"

"흠, 카라비스여. 네가 하고자 하는 말은 잘 알았다. 하지만 설령 농담일지언정 내 지인들에게 피해를 끼치겠다는 소리는 함부로 입에 담지 마라. 물론 진심은 아니겠지?"

나는 이 이상의 악의가 담긴 언사는 허용할 수 없다는 의사를 은연중에 내비쳤다. 카라비스는 곤혹스럽다는 듯이 조그맣게 웃으면서, 방금 전까지만 해도 보이던 모멸과 비웃음과 악의가 깔려있던 태도를 거둬들였다.

"나 이거 참, 오랜만이다 보니 살짝 분위기 파악이 안 되네. 그렇구나ㅡ. 우리 드랑은 겨우 이 정도 말만 들어도 화를 내는 구나ㅡ. 후후후, 좋아. 오늘은 기분이 좋으니까 방금 한 말은 취소할게. 농담이라는 걸로 해줄래?"

"그러냐? 그렇다면 다행이로구나. 너에게 쾌락 따위는 느낄 틈도 없을 정도의 고통을 선사할 수고를 덜었으니 말이야."

"아이고ㅡ, 무서워라. 내 말실수로 드랑의 기분을 상하게 한 것 같으니까, 오늘은 이만 물러날게. 드랑도 말이야, 친구 사이니까 가끔은 내 생각도 좀 해줄래? 대마계(大魔界)에 있는 우리 집에선 언제든지 드랑을 환영할 꺼양."

"그래, 그래. 알아들었다. 기분이 내키면 가도록 하지."

나는 거의 될 대로 되라는 태도로 김빠진 대답을 그녀에게 선사했다.

"대답은 한 번만! 꼭이야. 반ㅡ드시 와야 돼!"

카라비스는 아직도 하고 싶은 말이 남아있는 모양이지만, 마지못해 내 꿈속 세계로부터 퇴장했다.

그건 그렇고, 저 녀석이 이렇게 자주 내 꿈속으로 난입할 줄이야. 이래가지고서야 마음 놓고 잠을 청할 수도 없지 않나? 차라리 정말로 카라비스의 거처를 한 번 찾아가보는 편이 사태를 개선하는 지름길인지도 모르겠다.

나 이거야 원. 원래부터 지루하고 따분한 것과 거리가 먼 녀석이긴 했지만 오랜만에 만난 덕분에 100배나 귀찮고 성가시게 느껴지는군.

†

남의 꿈속에 흙발로 쳐들어온 카라비스 덕분에 진저리가 났던 날로부터 며칠이 지났다.

베른 마을에서 충실한 나날을 보내던 나는, 여느 때처럼 백룡의 분신체를 분리시켜 엔테의 숲이나 모레스 산맥 상공을 날아다니고 있었다.

용의 육체로 의기양양하게 하늘을 노니는 내 기분은 상쾌한 나머지, 무심코 공중에서 빙글빙글 맴돌 정도였다. 바제가 이 모습을 목격했다면 어이가 없다는 표정을 지었을 것이다.

내가 공중에서 상승하기 위해 날개를 퍼덕거린 그 순간, 바제는 아니지만 남서쪽 방향으로부터 익숙한 기척이 가까이 오고 있다는 것이 느껴졌다. 나는 상승을 중단하고 활공하면서 진행방향을 그쪽으로 돌렸다.

그 기척의 장본인은, 푸른 비늘을 지닌 수룡(水龍)인 루우(瑠禹)

였다. 서로가 서로를 향해 날고 있었기 때문에, 우리는 그다지 시간을 허비하지 않고 공중에서 만날 수 있었다.

쾌청한 하늘 아래의 새하얀 구름바다 위에서, 나는 아름다운 푸른 비늘을 자랑하는 용(龍)의 무녀와 재회했다.

"루우인가? 건강해 보이니 다행이구나. 오늘은 무슨 용건이지? 아아, 류키츠(龍吉)님께 그 말씀이라도 드린 건가?"

류키츠는 루우가 섬기는 주군이자, 3용제(龍帝) 3용황(龍皇) 가운데 한 명인 수룡황(水龍皇)의 자격으로 지상에 남아있는 용들을 다스리는 고룡(古龍)이었다.

나는 일전에 루우에게 어렸을 적의 류키츠와 내가 함께 참석했던 연회에서 있었던 일에 관해 옛날이야기를 들려준 바 있다.

청순하고 아름다운 용의 무녀는 지금까지 나에게 보여준 적이 없는, 어딘지 모르게 몹시 긴장한 표정으로 대답했다.

"예. 일전에 드란 님께서 하신 말씀을 주군께 전하자, 대단히 그리워하시면서 부디 드란 님과 한 번만이라도 만나보고 싶다는 말씀을 하셨습니다. 너무 급한 제안이라 죄송스럽기 그지없습니다만, 괜찮으시다면 이대로 저희들의 성으로 행차해주실 수 있겠습니까? 물론 다른 용건이 있으시다면 드란 님께서 편하신 날짜로 약속을 잡은 연후에 저희 주군과 만나주셔도 상관없습니다."

흠, 설마 류키츠 본인이 그 일을 기억하고 있었다니. 하지만 지금은 어디까지나 「드란」에 지나지 않는 내가 용종의 최고위에 해당하는 고신룡(古神龍)과 동일한 개체라는 생각에 미치지는 못했을 것이다.

아마도 류키츠는 내 정체를, 그 자리에 있던 고룡이나 진룡(眞竜)의 계보에 속하는 이로 예상하고 있으리라. 하여간 지상에 남아있는 지혜로운 용들 중에서도 특히 이름 높은 류키츠와 인연을 맺어둬서 손해될 일은 없을 것이다.

"특별한 용건이 있는 것도 아니니 지금 당장이라도 상관은 없다네. 이름 높은 당대 수룡황을 직접 알현할 수 있는 기회는 그리 흔한 것도 아닐테지. 오히려 이 몸에겐 너무나 과분한 영광일세."

나는 긴장한 표정으로 내 대답을 기다리고 있던 루우에게 승낙한다는 의사를 밝혔다.

과연 루우의 이야기를 들은 류키츠 본인이 어떤 반응을 보였을까? 자세한 사정이야 당연히 알 길이 없지만, 긴장으로 인해 몸이 뻣뻣해진 루우의 모습을 보고 있자니 나를 상대할 때는 예의에 어긋나는 일이 없도록 하라는 식의 당부 정도는 했을지도 모르겠다.

루우는 내 대답을 듣고 안도의 한숨을 내쉬었다. 나는 문득 생각난 바가 있어 루우에게 질문을 던졌다.

"그런데 루우야. 용궁성이라고 했나? 그곳을 구경시켜주고 싶은 아이가 한 녀석 있는데, 데리고 가도 괜찮을까?"

"드란 님의 지인이시라면 특별한 문제는 없을 걸로 사료됩니다. 하오나, 어디까지나 류키츠 님의 사적인 손님으로서 초대하는 관계로 용궁성의 신하들을 동원한 환영 행사까지 거행하기는 어렵습니다. 그 점만큼은 아무쪼록 양해해주시길 바랍니다."

"아니, 어디서 굴러들어온 놈인지도 모르는 이 몸이 수룡황의 초대를 받는 것만으로도 이미 과분한 영광일세. 그 정도의 분수는 파악하고 있고말고. 아마 여기서 조금만 북상하면 그 녀석이 멋대로 나타날 테니 따라오게나."

루우는 내 말을 듣고 동행시키려는 이의 정체에 관해 감을 잡은 것 같다. 아, 하고 한 마디 자그마한 신음과 함께 조심스럽게 물어왔다.

"혹시 드란 님께서 동반시키고 싶으시다는 이는, 예전에 말씀하셨던 이 산맥에 서식하는 심홍룡을 가리키시는 건가요?"

"맞아. 바제라는 암컷 용인데, 살짝 성급한 성격이라서 말이야. 그 녀석도 세계가 얼마나 넓은지 알고 나면 어느 정도 조심성을 갖추게 될 터. 모처럼 류키츠 공께서 초대해주신 것을 이용하는 듯해서 죄송스럽기 그지없다만, 나 나름대로 부모 같은 심정에서 나온 생각일세. 아무쪼록 용서해주게나."

"류키츠 님께서는 마음이 넓으신 분이니까요. 어지간히 무례한 분이 아닌 이상에야 괜찮지 않을까 싶습니다. 하지만 심홍룡 분의 입장에서 보자면 해저의 용궁성은 결코 지내기 편한 공간은 아닐 겁니다. 그 분의 건강에 악영향을 끼치지 않을까 염려됩니다만……."

하긴, 바제는 화룡(火竜)의 상위종인 심홍룡이다. 주위가 전부 바닷물로 둘러싸여 있는 해저의 용궁성은 그녀가 지내기 편한 환경은 아니리라.

그러나 다양한 종류의 용어마법 가운데, 주위의 환경을 자신에게 최적화시키는 마법이나 반대로 주위의 환경에 따라 자신의 속성을 변화시키는 마법도 존재한다. 그러한 방법을 동원한다면 별로 문제는 없을 것이다.

"건강을 해칠 정도로 오래 머물 생각은 없다네. 거기다가 녀석은 겨우 그런 일로 몸져누울 만큼 연약한 암컷 용도 아니거든."

"드란 님께서 그리 말씀하신다면 제가 더 드릴 말씀은 없습니다. 그런데 그 바제 님은, 드란 님과 류키츠 님의 관계에 관해 알고 계시나요?"

"아니, 지금부터 들려주러 가는 참일세. 전형적인 화룡이다 보니, 최종적으로 완력을 동원해서 만사를 해결하려 드는 경향이 있는 녀석이지. 반대로 말하자면 자신보다 강한 상대의 뜻에 거역하지는 않는다는 뜻이야. 그러니까 말을 듣게 하기는 간단한 편이라네."

"어머나! 드란 님께서는 자상한 분인 줄 알았는데, 의외로 과격한 구석도 있으셨군요?"

루우의 표정엔 말만큼 놀란 기색은 없었고, 푸른 비늘로 덮인 얼굴에서 그다지 실망한 듯한 기색은 보이지 않았다.

나는 장난거리를 찾아낸 어린아이처럼 어깨를 으쓱거리면서 되물었다.

"실망했나?"

"아니요? 사나이라면 그 정도의 기개는 있어야 하는 것 아닌가요?"

"흠, 루우는 훌륭한 안사람 노릇을 할 수 있을 것 같군."

나는 솔직한 감상을 입에 담았을 뿐이었다. 하지만 루우는 이런 식으로 꾸밈없는 칭찬을 받아본 적이 별로 없다는 듯이 쑥스럽게 기다란 가슴을 구불거렸다.

세리나도 창피할 경우엔 하반신에 달린 뱀의 몸통을 구불거리곤 하는데, 비늘을 지닌 종족들의 공통적인 감정 표현인지도 모르겠다.

"농은 그쯤 해두시지요. 저에겐 아직 이르답니다."

"그런가? 내가 보기엔 루우를 아내로 맞아들이고 싶어 하는 수 컷들은 찾아보면 얼마든지 있을 것 같은데? 그럼, 어디 슬슬 바제 녀석을 불러볼까? 허나, 그 녀석의 성정으로 틀림없이 순순히 따 라오지는 않을 게야."

말을 걸기만 해도 불길처럼 화내면서 나를 매도하기 시작하리라 는 사실을 너무나도 간단하게 상상할 수 있었다. 나는 루우 몰래 속으로 쓴웃음을 지을 수밖에 없었다.

그러나 카라비스 같은 녀석과 비교하자면 바제는 그야말로 정직 하기 짝이 없는 소녀였다. 그러다 보니 나도 자연스럽게 사춘기의 딸을 타이르는 아버지와 같은 심정으로 그녀를 상대하고 마는 것 이다.

애당초에 암컷 용에게 사춘기라는 게 있었나……?

나는 루우를 데리고 하얀 구름 위를 날아가며 북상했다.

우리가 목적으로 삼고 있는 다홍빛 비늘을 지닌 암컷 용과 만나 기 위한 방법은 지극히 단순했다. 그녀의 영역을 유유히 날고 있 기만 하면 그걸로 끝이다. 내가 알고 있는 가장 간단한 사냥법과 그다지 차이가 없다. 바제가 성룡이라는 사실을 제외하면, 이만큼 간단하게 사냥감을 유인할 수 있는 사냥도 드물 것이다.

나와 루우는 잠시 동안 그 자리에 머물면서 기다렸다. 내 감각이 이제는 완연히 익숙해진 심홍룡의 마력과 기척, 냄새를 잡아냈다. 루우도 나보다 약간 더디게 바제의 존재를 감지한 것 같다.

내 곁에 루우가 버티고 있기 때문인지, 바제는 천천히 접근해왔다. 지금까지와 달리 문답무용으로 선제공격이랍시고 브레스를 내뿜거나 하지는 않았다. 바제가 새하얀 구름바다를 꿰뚫고 산산이 흩어진 구름 조각들을 온몸에 휘감은 채로 등장했다. 그녀는 날개를 퍼덕거리면서, 나와 일정한 거리를 두고 공중에 머물러 있었다.

비늘과 마찬가지로 다홍빛을 띤 바제의 눈동자가 내 왼편의 루우를 포착했다. 바제는 상반된 속성을 지니고 있는 수룡의 존재를 확인하고 순간적으로 불쾌한 듯한 얼굴빛을 떠올렸다.

한편, 루우도 눈앞에 출현한 심홍룡을 마주 보면서 몹시 긴장하고 있는 기척이 생생하게 느껴졌다.

"하얀 녀석, 그 파란 용을 데리고 여기엔 무슨 용건으로 온 거냐?"

언제든지 브레스를 발사할 수 있도록 목구멍에 불꽃 속성의 마력을 머금은 채, 바제는 예리한 눈빛과 말투로 나에게 질문했다. 그녀의 말투는 여전히 퉁명스럽기 짝이 없었다.

이거야 정말로 짝을 찾지 못한 채 수명을 마칠지도 모르겠다. 나는 진심으로 바제의 장래가 걱정스러웠다. 쓸데없는 참견이라는 자각은 있지만, 이 소녀의 성정이 나로 하여금 참견을 하도록 강요하는 거나 다름없다고 변명하고 싶다.

"바제야, 나는 너와 만난 이후로 여러 차례에 걸쳐 내가 지닌 수많은 기술과 경험들을 전수해왔다. 너는 대놓고 나의 가르침을 따르지는 않았지만, 충분한 교훈을 얻고 있을 뿐만 아니라 의욕적으로 나의 경험을 흡수하려는 자세까지 보이고 있다. 나도 너를 가르치면서 큰 보람을 느끼고 있다. 그러나 너의 상대를 가리지 않는 공격적인 성정만큼은 바뀔 생각을 안 하는구나. 물론 그 성격도 일종의 개성이라 할 수 있겠으나, 네 장래가 적잖이 걱정되는 것 또한 사실이다. 그래서 말이다. 네 지나치게 높은 콧대를 일단 한 차례 꺾어주기 위해서라도, 너에게 드넓은 세계라는 것을 한 번 보여주고 싶다는 생각이 들었다."

"정말 언제까지 그런 식으로 잘난 척을 떨 생각이냐! 쓸데없는 참견은 필요 없다! 내가 네 녀석의 뜻대로 될 거라고 생각하는 거냐? 지금 드넓은 세계라고 지껄였는데, 고작 그 수룡 녀석을 데리고 와서 뭘 어쩌자는 거지? 흥! 보나마나 부모님 곁에서 떠나본 적도 없는 양가집 아가씨로군!"

아무리 루우라도 지금 바제가 내뱉은 모욕적 언사는 그냥 들어넘길 수 없었던 모양이다.

"어머, 이렇게 입버릇이 고약한 분은 처음 보네요. 드란 님? 저는 이 분에게 그다지 호감이 갈 것 같지가 않습니다."

흠? 나는 바제가 나를 상대할 때만 공격적인 태도를 보이는 줄 알았는데, 이제 보니 나 말고도 처음으로 만나는 동포를 상대할 때도 태도를 바꾸지 않는 걸로 보인다.

비슷한 나이의 동성을 상대로 할 경우엔 그나마 부드럽게 나오지 않을까 싶었는데, 아무래도 예상이 빗나간 것 같다.

그런데 바제는 루우가 내 이름을 불렀다는 사실에 신경을 곤두세우더니, 눈꺼풀을 움찔거렸다. 그리고 온몸으로부터 육안으로 확인할 수 있을 정도의 다홍빛 마력을 마치 아지랑이와 같이 내뿜기 시작했다.

"호오? 네 녀석의 이름은 드란이란 말이지? 좋아. 그렇다면 그 수룡은 너에게 최소한 긁힌 상처 정도는 낼 만큼은 만만치 않다는 뜻이로군. ……재미있겠는데? 실력이 얼마나 대단한지 내가 직접 확인해주마."

나는 예전에 바제를 상대로 「나에게 상처를 낼 수만 있다면 이름을 가르쳐주겠다」라고 선언한 바 있다. 하지만 루우에게는 그냥 가르쳐줬단 말이지. 그러다 보니 서로 인식이 살짝 어긋나 있던 것이다. 일단 바제는 루우가 내 이름을 알고 있다는 사실이 마음에 들지 않는 것 같다.

"아무래도 저 분은 소첩을 일방적으로 미워하고 계신 것 같은데, 소첩이 무슨 신경에 거슬리는 행동이라도 했나요?"

"아니. 사실은 바제에겐 내 몸에 상처를 입히면 이름을 가르쳐주겠다고 조건을 제시했다네. 그녀는 아직까지 내 이름을 몰랐던 거지. 아마도 루우가 내 이름을 불렀으니 나에게 상처를 입힐 수 있을 만큼 강하다고 해석한 것일 게야. 미안하군, 나 때문에 쓸데없는 일에 말려든 셈이야."

"그렇군요. 그런 사정이 있었단 말이죠? 하오나 소첩 또한 류키츠 님을 섬기는 신하로서 지켜야할 주군의 체면이 있답니다."

루우도 바제의 살기에 반응하듯이 스스로의 마력을 끌어 모았다. 그녀를 중심으로 대기에 존재하는 수분을 압축시킨 물 덩어리들이 무수히 모습을 드러냈다.

심홍룡인 바제와 수룡인 루우가 격돌할 경우, 속성의 상성으로 따지자면 루우가 유리했다. 그러나 바제도 나와 여러 차례의 모의 전투를 경험하면서 실전적인 전투 방식을 자기 나름대로 깨우친 상태였다.

마력을 동조시켜서 흡수하는 기술에 관해서도 서툴게나마 일정 수준으로 구사할 수 있을 만큼 성장했으며, 그다지 우습게보기 힘든 잠재능력을 보이기 시작하고 있었다.

바제와 루우가 본격적으로 전투를 벌인다면, 나로서도 그 승패를 가늠하기가 쉽지 않았다. 하지만 지금은 느긋하게 두 사람의 전투능력을 검증하고 있을 상황이 아니다.

나는 마력을 고조시키면서 서로를 노려다 보고 있는 두 사람 사이에 끼어들어, 그녀들을 제지했다.

"그만두지 못 하겠나! 여기서 너희들이 전투를 벌이는 것은 아무런 득도 없는 일이다. 바제야, 나는 오늘 루우의 주군이신 류키츠 공으로부터 용궁성에 초대를 받아 가는 길이다. 나는 네가 견문을 넓힐 좋은 기회라는 생각이 들어서 너도 함께 가는 게 어떻겠냐고 권유하러 온 것이다. 너도 지상에 남아있는 얼마 안 남은 고룡(古龍)이자 수룡황인 류키츠 공의 명성은 익히 들어 알고 있겠지? 자기 자신보다 고위의 용과 한 번 정도 만나보는 것도 좋은 경험이 될 거야."

아무리 천방지축인 바제라도 류키츠의 이름은 알고 있었던 모양이다. 그녀는 내 입에서 나온 그 이름에 살짝 놀라는 기색을 보이면서 입안에 머금고 있는 홍련의 불꽃을 진정시켰다.

"내가 따라갈 이유는 없다. 애당초, 나는 물속이 질색이야. 거기다가 위대한 3용제 3용황 가운데 한 분이시자 역대 최강의 수룡황으로 이름 높은 류키츠 님의 초대를 그리 간단하게 받아들일 수 있을 리가……."

"너무 무겁게 받아들일 필요는 없다. 너도 명확하게 격이 높은 상위 존재와 만남으로써 약간은 사고방식이 변할 수도 있을 게야. 그리고 루우로부터 류키츠 공은 그렇게 도량이 좁은 분이 아니라는 보증을 받았다. 용궁성은 바다 속이다 보니 너에게 그리 익숙한 환경은 아니겠지만, 용어마법을 사용하면 아무 문제없을 거다. 흠, 바제야. 너는 육체를 환경에 적응시키거나 환경을 육체에 적응시키는 용어마법은 깨우쳤느냐?"

"흥!"

나는 바제의 시무룩한 표정을 보고, 그녀가 그 마법을 쓰지 못하는 것으로 판단했다.

하긴 자신의 속성에 적합한 환경에 서식하고 있는 동안엔 굳이 쓸 필요가 없는 용어마법이라 최근의 젊은 용들이 쓰지 못 한다고 해서 이상할 것은 없었다. 일단 변호해두지.

"내가 네 몫까지 쓴다면 아무 문제없을 거다. 너도 지상에 남아있는 용종 가운데 최강의 일각으로 알려진 수룡황 류키츠 공과 직접 만나보고 싶다는 마음은 없지 않겠지? 이번 기회를 놓치면 수룡황에게 알현하려면 1000년이나 2000년 정도는 기다려야 할 거다."

바제는 말이 막혀 멈칫거리면서도 상당히 고민하는 기색이 역력했다. 나는 이 암컷 용치고 상당히 흔치 않은 반응을 보이는 모습을 찬찬히 관찰했다.

루우는 잠자코 바제가 결정을 내릴 때까지 기다렸다. 하지만 어딘지 모르게 그녀를 데리고 가고 싶지 않다는 분위기를 은근슬쩍 내비치고 있었다. 바제가 내가 설명했던 내용보다도 지나치게 거친 성격인데다가 만나자마자 전투가 벌어질 뻔 했으니 적잖이 기분이 상했던 것이리라.

"자, 어떡할 텐가? 바제야."

나는 그녀의 반응을 살피면서 결론을 재촉했다. 바제는 어쩔 수 없다는 듯이 씁쓸한 표정으로 승낙한다는 뜻을 밝혔다.

"……알겠다. 류키츠 님의 높은 명성은 나도 익히 들어 알고 있다. 만약 직접 알현하지는 못 하더라도, 용궁성을 한 번이라도 구경할 수만 있다면 좋은 경험이 되리라는 건 틀림없을 테니까."

"흠, 좋아. 그런 고로 루우야. 나와 바제 둘이 함께 류키츠 공의 초대에 응하도록 하마. 지금부터 출발한다면 시간이 얼마나 걸리겠나?"

루우는 아까 전보다 기분이 언짢은 것처럼 보였지만 담담한 말투로 내 질문에 대답했다.

"드란 님의 날개 속도를 고려하자면, 이곳을 출발해서 남서쪽 방향으로 반나절 정도 날아가면 용궁성 상공에 다다르지 않을까 싶사옵니다. 드란 님을 마중 나가라는 분부를 받은 용궁성의 사자가 그곳에서 기다리고 있을 겁니다. 그를 따라 용궁성으로 향하시면 됩니다."

순간적으로 루우와 바제의 푸르른 눈동자와 다홍빛 눈동자가 마주친 것으로 보였지만, 즉시 서로 얼굴을 외면했다.

그녀들은 단 한 차례 얼굴을 마주쳤을 뿐이고 서로 간에 그다지 많은 말을 나누지도 않았지만, 서로가 완전히 상극이라는 사실을 곧바로 이해한 것 같다.

이거야 원. 인간이건 마물이건 용종이건, 여자들의 마음이란 이해하기 어려웠다. 나는 마음속으로 탄식을 내뱉을 수밖에 없었다.

그리고 나는 루우의 안내를 따라, 마지못해 따라간다는 기색을 도무지 숨기려 하질 않는 바제를 데리고 용궁성으로 향했다. 나는 와이번이나 다른 비행마수들의 날개로 도달하지 못 하는 높은 고도의 하늘을 가로질렀다.

가끔 구름바다 사이에 빈틈이 생겨 그 밑으로 드넓은 대지가 시야에 들어왔다. 내가 지금까지 직접 방문해본 적이 없는 왕국 중앙 지역이나 남부의 광경이 마치 정밀하게 재현된 장난감처럼 넓게 펼쳐져 있었다.

바제는 나와 루우로부터 살짝 거리를 두고 후방에서 날개를 펼치고 있었다. 나는 고개를 돌리면서 그녀에게 질문했다.

"그러고 보니 바제는 원래부터 모레스 산맥의 어딘가에 살고 있던 건가? 부모님도 모레스 산맥에 계시나?"

바제는 시시한 소리를 묻지 말라는 듯이, 시선도 마주치지 않고 대답했다.

"나는 그 산맥보다 북쪽 출신이다. 자립한 이후로 새로운 거처를 찾아다니다가 그 산맥에 도착했다. 넓기도 하고 환경도 다채로운 장소거든. 나 말고도 용종이 없지는 않았지만, 기껏해야 노룡(老竜) 정도였다. 웬만해선 실력으로 뒤지는 일은 없다."

흠, 틀림없이 모레스 산맥엔 여기저기에 드넓은 호수들이 존재하는데다가 실제로 수룡이나 지룡들이 적잖이 서식하고 있다.

웨드로와 같이 침착한 성격의 용이라면 모를까, 혈기 왕성한 젊은 용을 보살피는 것은 일단 바제 한 사람으로 족하다. 그게 지금으로선 나의 솔직한 심정이다.

우리는 더욱 높이 날아오르면서, 바닷물의 향기를 머금고 있는 바람을 타고 바다 위를 가로질렀다. 가끔 왕국의 항구를 출입하는 낚싯배나 머나먼 바다로 출발하는 범선이 보이기도 했다. 하늘로부터 내리쬐는 태양빛을 받아 푸르게 빛나는 드넓은 해수면과 넘실거리는 파도도 생전에 지겨울 정도로 목격했던 광경이다. 하지만 불가사의하게도 이렇게 새삼 바라보고 있으려니, 마치 처음으로 웅대한 바다를 목격한 소년처럼 차마 말로 표현할 수 없는 감동이 천천히 내 마음속에 퍼져나가는 것이 느껴졌다.

하늘이여. 대지여. 바다여. 그리고 세계여. 너는 정녕 이리도 아름다웠단 말이냐?

내가 혼자서 감동을 곱씹고 있으려니 앞서 가고 있던 루우가 정지했다. 아무래도 용궁성 상공에 도달한 듯하다. 눈 아래 펼쳐진 드넓은 바다엔 희미한 섬의 그림자조차 보이지 않았다. 뿐만 아니라 인간이나 다른 아인 종족들이 사용하는 배의 그림자 역시 눈에 띄지 않았다.

루우가 공중에서 그 기다란 몸통을 구불거리면서 나와 바제에게 고개를 돌렸다.

"이제부터 바다로 들어가겠습니다. 가는 길엔 마중을 맡은 신하가 동반할 테고, 용궁성 내부엔 지상과 마찬가지로 공기가 가득 차 있으니 호흡하시는 데는 문제가 없을 겁니다. 하지만 바제 님은 심홍룡이시니 아무런 조치도 없이 따라오셨다가는 속성상의 관계로 악영향이 생길지도 모릅니다."

내 경우엔 이 상태 그대로 해저는 물론이고 대기를 벗어나 태양으로 뛰어들어도 별 문제없겠지만, 바제의 경우엔 그럴 수도 없는 노릇이다.

그녀가 잠수를 시도하는 것은, 말하자면 물속에 불꽃을 집어넣는 거나 마찬가지였다. 따라서 아무리 화룡의 상위종인 바제라고 해도, 아무런 조치도 없이 바다 밑으로 들어가려면 약간의 건강 악화나 정신적인 악영향을 각오할 수밖에 없었다.

바제는 얼마 전부터 안절부절 못 하고 살짝 들뜬 듯한 분위기를 내비치고 있었다. 역시 심홍룡 종족의 일원으로서 시야를 가득 메우고 있는 푸르른 바다의 존재가 불안감을 자극시키는 것이리라. 이대로 바다로 돌입하기라도 하면 얼마나 난리를 피울지 상상도 안 가는군.

나는 마음이 들떠서 정신을 못 차리고 있는 바제에게 고개를 돌리면서, 목구멍 안쪽으로부터 낮은 울음소리를 냈다. 주위의 환경이 심홍룡이 거동하기에 가장 적절하게 변하도록 간섭하는 용어마법을 발동시킨 것이다. 약간 번거로운 방법이긴 하지만, 직접 바제의 육체를 조작하다간 괜한 긁어 부스럼을 만들고 말 것이라는 것은 불 보듯 뻔했기 때문이다.

"어떠냐? 이제 불쾌한 감각은 사라졌지? 지금의 너라면 깊은 바다 속이건 폭풍우 속이건 간에 마치 화산의 분화구나 다름없을 만큼 아늑한 장소로 느껴질 것이다."

바제는 나의 용어마법에 약간 놀란 듯한 표정을 지었지만, 즉시 입을 다물고 나를 외면했다. 감사하다는 소리 한 마디가 그렇게 어렵나? 한편, 루우는 몹시 감탄한 듯한 표정을 짓고 있었다.

"심홍룡을 상대로 용어마법을 일방적으로 행사하시다니……. 역시 드란 님께서는 류키츠 님께서 마음에 담아두실 만한 분이십니다."

나는 루우의 발언을 듣고 고개를 갸웃거릴 뻔 했지만, 방금 전에 스스로가 한 행동을 돌이켜 보고 납득했다.

같은 성룡이라고는 하나, 상위종인 심홍룡 바제에게 일방적으로 마법을 사용하기는 쉬운 일이 아니다. 하물며 평소부터 나를 상대로 적대적인 태도를 취하고 있는 바제가 상대일 경우엔 더 말할 것도 없다. 그런 상황임에도 불구하고 내가 일방적으로 바제의 의사를 무시하고 용어마법을 사용하는 모습을 보고, 루우는 내가 겉보기와 같은 평범한 백룡이 아니라는 사실을 헤아린 것이리라.

"루우의 주군께서 지니고 계신 권능에 비하면 이 정도야 잔재주에 불과하지. 이제 우리는 준비가 끝났다네. 슬슬 용궁성의 사자가 도착할 때가 되지 않았나?"

"예. 사자의 등에 탄 채로 용궁성까지 안내하겠습니다. 따라서 직접 바다 속을 헤엄쳐 가실 필요는 없습니다. 말씀을 하고 계시는 동안에 사자가 당도했군요."

루우가 해수면을 가리키자, 나와 바제의 눈동자도 자연스럽게 그쪽으로 향했다. 바다 밑에서 거대한 검은 그림자가 급속히 떠올라 왔다. 거대한 그림자가 해수면을 꿰뚫고 우리 앞에 모습을 드러냈다.

성룡인 나조차 무심코 위압감을 느낄 정도로 거대한, 작은 산에 필적할 정도로 육중한 거북이가 우리 눈앞에 나타났다. 네 다리는 지느러미의 형상을 하고 있었고, 꼬리는 길고 하얀 털로 덮여 있었다. 입가에도 마찬가지로 길고 새하얀 수염을 기르고 있었다.

물론 그 육중하고 거대한 체구도 눈길을 끌었지만, 가장 두드러지는 특징은 그 등껍질 한복판에 한 채의 가옥이 세워져 있었다는 것이다.

바다 속에서 나타났는데도 불구하고 새하얗게 칠한 벽에 물로 젖은 흔적은 보이지 않았다.

여섯 개의 주홍빛 기둥이 지붕을 지탱하고 있었는데, 왕국에선 찾아볼 수 없는 동방(東方)식의 설계였다. 기와로 덮인 지붕은 육각형의 중앙을 향해 부드러운 곡선을 그리고 있었으며, 중앙 부분은 황금빛 첨탑과 같은 형태였다.

용궁성에서 준비한 전송용의 거북이를 눈앞에 두고, 살코기가 상당히 많을 것 같다는 생각이 들었다. 내가 무심코 농가의 소년의 습성을 발휘해서 식욕과 직결된 감상을 품었다는 사실은, 누구에게도 발설할 수 없는 비밀이었다.

"커다란 거북이로군. 저 가옥 안에서 기다리면 되겠나? 역시 이 모습 그대로 들어갈 수는 없겠지?"

"용의 모습을 유지한 채로 들어가시기는 어려울 겁니다. 하오나 용궁성에 머물고 있는 용들 가운데 대부분이 평소엔 용인(龍人)의 모습으로 지내고 있습니다. 그런 고로 저희들도 용궁성으로 가기 위해서는 용인이나 인간의 모습을 빌려야 합니다."

용인(龍人), 소위 드래고니안이라고 불리는 종족은 글자 그대로 용의 특징을 겸비한 아인 종족이다.

몸의 일부에 용종의 특징을 겸비한 인간의 모습을 지니며, 아인 중에서도 최고 수준의 마력 · 체력 · 지력 · 영력을 보유한다. 드래고니안 중에선 일시적으로 성룡의 모습으로 변신할 수 있는 능력을 지닌 이들도 존재한다고 한다.

"흠? 왜 일부러 드래고니안으로 변신한 채로 지내는 거지? 주위가 용종뿐이라면 몸의 크기 는 큰 문제가 아닐 텐데?"

루우는 마치 어린아이의 질문에 대답하는 교사처럼 온화한 미소를 지으면서, 내 질문에 대답했다.

"용궁성엔 용종뿐만 아니라 인어나 어인(魚人)들도 살고 있기 때문에, 다들 용의 모습을 고집하다가는 적잖이 비좁을 테니까요. 용궁성의 백성들 중에는 어패류나 해초로 굶주림을 해결하는 이들도 있답니다. 식사의 양을 줄이는 의미에서도 드래고니안으로 변신하는 편이 여러 모로 효율적이랍니다."

"용(竜)들보다 인간과 가깝고 친밀한 용(龍)들이기에 가능한 발상이라는 건가?"

"다른 생물들과 공존하기 위해 고안해낸 선구자들의 지혜라고 할 수 있겠지요. 그럼 우선 저부터 시작하겠습니다."

내가 감탄하고 있는 동안, 루우의 몸이 꼬리나 사지의 끝 부분부터 빛의 입자로 변하면서 거대 거북이를 향해 강하하기 시작했다.

빛의 입자는 거대 거북이의 등껍질 위에서 사람의 모습으로 변했다. 비취빛 대문 앞에 10대 후반으로 보이는 아름다운 소녀가 출현했다.

순백색 눈 빛깔의 비단과 유사한 소재의 겉옷은 팔꿈치부터 상당한 양의 옷감을 늘어뜨린 독특한 형상으로, 피부의 노출은 거의 없었다. 하반신은 또렷한 붉은빛의, 바지도 아니고 치마도 아닌 동방 양식의 차림새였다. 가냘픈 허리를 고운 빛깔의 허리띠로 동여매고 있었다.

그녀는 마치 옻칠이라도 한 것처럼 윤기 나고 그윽한 빛깔의 흑발을 길게 기르고 있었다. 그 흑발은 루우의 자그마한 엉덩이까지 닿을 만큼 길었다. 앞머리는 아름다운 눈썹을 방해하지 않도록 가지런히 정리되어 있었고, 양 갈래로 묶은 머리를 허리까지 기른 모습이었다.

피부 밑에 흐르는 혈관이 파랗게 비쳐 보일 정도로 새하얀 피부는 매끄러웠고, 그 자체가 비단처럼 아름다운 광택을 띠고 있었다. 그녀가 나를 향해 흔들고 있는 그 손도 손가락 끝까지 잡티나 상처라고는 전혀 보이지 않는 섬세한 소녀의 손으로 변해 있었다.

마치 별들이 들어 있다는 착각을 불러일으킬 정도로 반짝반짝 빛나는 커다란 눈동자와, 벚나무 꽃잎을 오려내서 붙인 듯한 아련한 빛깔의 입술이 사랑스러웠다. 그 모든 배치가 그야말로 절묘해서, 인간이라면 남녀노소 가리지 않고 홀릴 수밖에 없는 초월적인 미모의 아리따운 소녀가 그 자리에 출현했다.

이국적인 차림을 걸치고 있는 이 소녀의 정체가 용이라는 사실을 증명하는 것은 흑발 사이로 살짝 보이는 사슴과 비슷한 용의 귀와 머리 양옆으로 비스듬히 후방을 향해 뻗어있는 갈라진 뿔, 등 쪽의 허리띠 밑으로 뻗어있는 푸르른 비늘로 뒤덮인 꼬리의 존재뿐이었다.

그리고 은은히 보이는 목덜미나 눈가 부근에서 때때로 푸른 비늘을 연상시키는 문양이 반짝거렸다. 그 현상이 빛의 각도로 인한 것인지, 그녀의 정신 상태를 반영하고 있는 것인지는 알 수 없었다.

루우가 우리를 올려다보면서 살며시 미소를 지었다. 나는 훌륭한 변신 마법이라고 찬사를 보내고 싶은 참이었지만, 바제의 경우엔 꼭 그런 것만도 아닌 것 같다.

"칫, 일부러 드래고니안으로 변신해야 한다니 별 쓸데없는 짓을 다 하게 만드는군."

바제는 루우를 따라 공중에서 낮은 울음소리를 내더니, 스스로의 거구를 불꽃으로 에워싸면서 거대 거북이를 향해 강하하기 시작했다.

바제가 출현시킨 불꽃이 순간적으로 해수면을 새빨갛게 물들였다. 나 역시 그 빛을 똑바로 쳐다보지 못 하고 잠깐 눈가를 찡그릴 정도였다.

중후한 비늘로 뒤덮여 있던 바제의 거구를 에워싸고 있던 불꽃이 사라진 그 순간, 루우가 기다리고 있던 장소에서 약간 거리가 떨어진 위치에 하나의 그림자가 맨발로 내려섰다. 갈색 피부와 핏빛에 가까운 다홍빛 머리카락을 지닌, 장신의 미녀였다.

압도적인 존재감을 과시하는 커다란 가슴이, 바제의 피부가 변형한 것으로 보이는 핑크빛 천을 밀어올리고 있었다. 그녀가 걸치고 있는 핑크빛 옷감은 가슴골과 가슴 밑 부분을 아낌없이 드러낸 채로 그 가슴의 아주 일부 면적과 잘록한 허리 밑에 존재하는 풍만한 엉덩이 부근을 구색이라도 맞추듯이 살짝 감추고 있을 뿐이었다.

쇄골부터 어깨에 이르기까지 대담하게 드러내고 있을 뿐만 아니라, 수줍게 움푹 들어간 배꼽이나 종아리 윗부분까지 노출시키고 있는 그 모습은 요염하다 못해 거의 파렴치하기까지 했다.

팔뚝이나 종아리 부분은 용의 사지에 가까운 모습으로, 간신히 인간과 비슷한 형상으로 보였다. 하지만 그녀의 다섯 손가락을 보고 있자면 우람한 근육과 날카로운 손톱이 자연스럽게 눈에 들어왔고, 손가락 끝에서부터 팔뚝까지의 부분과 허벅지 바깥 부분은 피부에 녹아들어가는 듯한 다홍빛 비늘로 휩싸여 있었다. 머리엔 용의 모습을 하고 있을 때와 마찬가지로 뿔이, 등과 엉덩이엔 날개와 꼬리가 나 있었다. 그리고 세차게 타오르는 불꽃을 연상시킬 정도로 붉은 곱슬머리를 커다란 엉덩이에 닿을 정도로 길게 기르고 있었다.

위아래로 오므라진 독특한 형태의 동공이 특징적인 다홍빛 눈동자는 용이었을 때와 마찬가지로 사나워 보였고, 눈매는 마치 칼날로 도려내기라도 한 것처럼 예리했다. 다홍빛 곱슬머리 사이로 엘프와 닮은 뾰족한 귀가 보였고, 똑바로 선 콧날과 피의 붉은 빛깔을 그대로 칠한 것처럼 새빨간 입술이 하나 같이 도발적인 미모를 과시하고 있었다.

루우가 변신한 모습은 기품이 넘치고 청순가련하며 거의 신성하기까지 한 천진난만함이 돋보이는 미소녀였다. 그에 비해 바제는 힘차게 요동치는 생명력과 그 몸 안에 깃든 불꽃의 마력, 그리고 용맹한 성정을 있는 그대로 의인화한 듯한 미녀로 변신했다.

드래고니안의 모습으로 변신한 바제와 루우는 마치 철천지원수와 마주치기라도 한 것처럼 서로 노려보는가 싶더니, 목뼈가 부러질 듯한 기세로 상대방을 외면했다.

이 두 사람은 정말로 상극인가 보다. 이미 때는 늦었지만 바제를 데리고 오기로 한 것은 실수였다는 생각이 들었다. 나는 두 사람이 그나마 서로 사생결단을 낼 생각은 없어 보이니 불행 중 다행이라고 여기며 스스로를 위안했다.

등껍질 위에 내려선 두 사람이 시선을 나에게 돌리며 재촉하기 시작하니, 나 역시 드래고니안의 모습으로 변신해야만 했다. 인간의 몸으로 용의 분신체를 연성할 때는 아무 문제없었지만, 그 분신체를 인간의 모습으로 변형시키는 쪽은 어떨까?

나는 두 사람이 어떤 반응을 보일지 짐작도 가지 않았지만, 일단 분신체를 구성하는 마력과 원소를 조작해서 그 형상을 인간의 모습으로 변화시켰다. 나는 루우와 바제를 따라 몸을 무수한 빛의 입자로 변환시켰다가, 등껍질 위에서 새로운 형태로 재구성했다.

동년배의 남성들보다 비교적 키가 크고, 검은 머리카락과 파란 눈동자에 알맞게 그을린 피부가 잘 어울리는 농민 소년의 모습이다. 말인즉슨 본체인 인간의 육체를 모방해서 재구성한 것이다. 개인적으로 그다지 실감은 없었지만, 어머니나 아이리 같은 주변

여성들의 평가에 따르면 내 얼굴 생김새는 대충 봐줄 만한 수준이라고 한다. 달리 할 말도 있을 텐데 기껏 한다는 얘기가 대충 봐줄 만하다니, 참으로 어중간한 평가가 아닌가?

"흠."

나는 용의 분신체가 확실하게 인간의 모습으로 변신했음을 확인하고, 평소의 입버릇을 내뱉었다. 그리고 바제와 루우에게 시선을 돌리자, 예상대로 두 사람은 곤혹스러운 표정을 짓고 내 모습을 머리꼭대기부터 발끝까지 뚫어지게 쳐다보고 있었다.

아무리 쳐다봐도 내 모습은 마찬가지란다. 나는 그녀들의 시선은 아랑곳 않고 가옥의 대문을 향해 손길을 뻗었다. 내 키의 두 배는 넘어갈 만큼 커다란 비취 판자로 제작된 대문에 마주보는 두 마리 용(龍)의 조각이 새겨져 있었다. 그야말로 감탄을 자아내는 예술품 그 자체였다.

"들어오지 않을 생각이냐? 거북이가 바다로 들어가질 못 하고 있지 않나."

나는 언제까지나 넋을 놓고 있는 루우와 바제에게 말을 걸면서 가옥 안으로 발길을 옮겼다. 그 동작에 그제야 정신을 차린 두 사람도 나를 따라 들어왔다. 실내도 진기한 동방의 양식으로 가득 차 있었다. 먹그림이 그려진 족자나 기묘한 형상의 꽃병 등으로 장식되어 있었다. 중앙엔 여섯 사람 정도가 앉을 수 있을 만한 크기의, 거대한 산호초를 가공한 것으로 보이는 원탁이 자리 잡고 있었다.

또한 원탁 주위의 의자들은 드래고니안 종족의 이용을 전제삼아 제작된 전용 가구들로, 걸터앉는 부분과 등받이 사이에 꼬리를 늘어뜨리기 위한 넓은 공간이 존재했다.

황금 향로로부터 새하얀 연기와 함께 어렴풋이 달콤한 냄새가 피어오르고 있었다.

"흠, 내부는 공간을 조작해서 넓게 잡은 모양이로군. 실질적인 넓이는 거의 무한한 거나 다름없을 거야. 꽤나 고도의 용어마법을 동원한 구조물인데?"

"예, 지상에 아직 진룡(眞龍) 님들께서 남아계셨던 시대에 용어마법을 사용해서 지은 건물이라고 들었습니다. 아무쪼록 편히 앉아주세요. 곧바로 차를 준비해드리겠습니다."

루우는 내가 변신한 모습에 대한 곤혹스러운 감정이 아직 남아 있는 걸로 보였다. 하지만 그럼에도 불구하고 태연한 동작으로 원탁 곁에 배치되어 있던 찻그릇들이 실린 손수레로 다가가 산호초의 그림이 그려진 순백색 자기 주전자로 순백색 자기 찻잔에 호박빛 액체를 따랐다.

나는 새롭게 피어오른 차의 향기에 기대를 품은 채로 의자에 걸터앉았다. 나를 마주보고 앉은 바제가 내 얼굴을 뚫어지게 쳐다보면서 입을 열었다.

"너의 그 모습은 또 무슨 장난질이냐? 너도 용 나부랭이라는 자존심이 있을 텐데, 어째서 드래고니안이 아니라 인간의 모습을 완전히 모방한 거지?"

루우도 바제와 똑같은 의문을 품고 있던 모양으로, 차를 따르던 손길을 멈추고 의자에 걸터앉은 나를 힐끗거리며 바라보고 있었다. 그게 그렇게 중요한 일인가?

나는 향긋한 차를 입가로 옮기면서 두 사람의 의문에 대답했다.

"두 사람에겐 아직 말한 적이 없었는데, 여기서 차를 마시고 있는 나는 사실 본체가 아니야. 나의 마력과 대기중에 존재하는 마법적 원소, 원소계(元素界)로부터 추출한 원소를 사용해 만들어낸 분신체지. 보시다시피 이렇게 음식을 먹고 마실 수도 있을 뿐만 아니라, 대화도 가능한 분신체라네."

두 사람이 짐짓 숨을 죽이는 소리가 들려왔다.

각각 심홍룡과 수룡 종족의 귀족종(貴族種)인 그녀들에게 뒤지지 않는 정도가 아니라 명확히 웃도는 능력을 지닌 내가, 본체가 아니라 어디까지나 분신에 지나지 않는다는 사실을 알았으니 놀랄 만도 하다.

아마도 두 사람의 마음속에선 내 본체가 과연 얼마나 강대한 능력을 지니고 있는지에 대한 의문이 소용돌이치고 있으리라.

"저기, 그렇다면 드란 님의 그 모습은 대체 무슨 의미가 있는 거지요?"

흠, 그녀들은 말하자면 내 동포들이자 후예들이다. 그러니 세리나나 가족들에게도 아직 밝히지 않은 개인적 사정을 어느 정도 밝힌다고 해서 나쁠 것은 없을지도 모른다. 나는 입안에 머금고 있던 차의 상쾌하고도 씁쓸한 맛과 콧속을 맴도는 개운하고도 그윽한 향기로 마음을 진정시키면서 설명을 계속했다.

"용으로서는 적어도 루우나 바제보다야 오래 살았다는 것은 틀림없단다. 다만, 지금의 나는 인간으로 다시 태어난 용일 뿐이지.

이 모습은 내가 지니고 있는 인간의 모습이야. 다시 태어난 후로 오늘날까지 나는 인간으로서 살아왔고, 앞으로도 그럴 생각이다. 자네들과 얼굴을 맞댔던 용의 모습은 전생을 그립게 여겨 하늘을 날아다니는 자유를 만끽하기 위해 만들어낸 일시적인 예비 육체였던 것이지."

"지금 하신 말씀에 따르면 드란 님의 혼은 틀림없이 용의 혼이고, 인간으로 환생하기는 하셨지만 용으로서의 자각과 기억을 지니고 계신 거지요? 그리고 그 모습은 어디까지나 인간으로 생활하실 때의 모습이며, 용으로서의 나이는 성룡이라는 뜻인가요?"

"그렇게 내 나이가 신경 쓰이나? 하긴 손윗사람처럼 행동하던 상대가 실제로 따지고 보니 손아랫사람이었다고 한다면, 여러 가지로 서먹할지도 모르겠군……."

"아, 저기요? 굳이 말씀드리자면 드란 님께서는 굉장히 차분한 성격이시다 보니, 지금까지 아무런 의심도 없이 저보다 나이가 많으실 거라고 착각하고 있었을 뿐이랍니다."

"쳇, 어처구니가 없군. 나보다 강한 용이 이런 애송이였다니, 웃기지도 않아."

용의 격에 따라서 노룡(老竜)이 자룡(子竜)을 이기지 못 하는 경우도 없지는 않다. 따라서 반드시 나이만 가지고 능력의 우열을 판단할 수는 없었다.

유리창 너머로 아름다운 바다의 풍경이 눈에 들어왔다. 용궁성에 도착할 때까지 차로 목을 축이기도 하면서 대화를 나누다 보니 시간은 금방 지나갔다. 사실 바제는 가끔 차를 입가로 가져갈 뿐이고 시종일관 못마땅한 표정으로 입을 다물고 있었으니 수다를 떨고 있던 건 나와 루우뿐이었다.

점차 햇빛도 도달하지 못 하는 깊은 바다로 들어가면서, 창 바깥의 광경도 점점 어두워졌다. 가끔 가다 스스로 빛을 내뿜는 습성을 지닌 심해생물들이 어렴풋하게 눈에 띌 뿐이었다.

바다의 풍경이 온통 캄캄해지기 시작할 무렵, 갑작스럽게 눈부신 빛이 창문 바깥을 가득 메웠다. 거대 거북이의 잠수 속도가 급격하게 느려지고 있었다. 아무래도 용궁성까지 얼마 남지 않았다는 뜻이리라.

자리에서 일어나 창문을 통해 밝아진 바깥으로 시선을 돌리자, 왕국이나 근방 국가들과 전혀 이질적인 양식의 거대한 성곽이 시야에 들어왔다.

해저의 광물을 쌓아올린 성벽은 그 양 끝이 심해의 저편으로 사라져 보이지 않을 정도로 드넓었고, 이 가옥과 마찬가지로 기와지붕이었다. 지상에서 목격한 바 있는 엔테의 숲을 연상시킬 정도로 거대한 산호초 숲이 성곽의 안쪽은 물론 바깥쪽까지 광대하게 펼쳐져 있었다. 황금이나 은, 비취나 마노 등으로 건설된 거대한 가옥들의 집합체도 눈에 들어왔는데, 성곽과 마찬가지로 그 끝이 보이지 않았다.

용궁성이라고 불리는 그 건축물은 바다의 백성들이 지상에 존재하는 그 어떤 인간 국가도 재현이 불가능할 것이라고 여겨질 만큼 방대한 귀금속과 건축자재, 그리고 기나긴 시간을 동원해서 건설한 터무니없을 정도로 장엄한 성곽이었다.

깊은 해저의 어둠을 눈부시게 밝히고 있는 강렬한 등불과 그 이상으로 차갑고 어두운 해저의 압력에 아랑곳하지 않을 정도로 강대한 용종의 힘이 주위에 소용돌이치고 있었다.

루우가 의자에서 일어나 우리를 재촉했다.

"용궁성에 도착했습니다. 대단히 죄송스럽기 그지없습니다만, 두 분께서는 공적인 손님이 아니신 관계로 정문이 아니라 사적인 손님을 모시는 문을 통해 입성하셔야 합니다. 아무쪼록 용서해 주십시오."

"네가 머리를 숙일 일이 아니야. 이런 기회라도 아니고서야 우리가 용궁성을 방문하는 일은 없었을 것이고, 나야말로 바제를 데리고 오겠다는 억지를 부린 처지가 아닌가."

루우의 안내를 따라 바깥으로 나오자, 새하얀 돌바닥과 새하얀 벽, 그리고 한껏 고개를 쳐들고 올려다봐야 할 만큼 거대한 산호초가 기둥 대신 우뚝 서 있는 선착장과 같은 장소가 눈에 들어왔다. 주변을 둘러보니 우리가 타고 온 녀석과 똑같은 거대 거북이나 화려한 금테 장식과 수정 자재로 보강된 여러 척의 대형 선박들이 정박해 있었다.

주홍빛 구름다리가 거대 거북의 등껍질로 내려왔다. 구름다리를 조작하는 인원은 보이지 않았으니, 아마도 혼자서 움직일 수 있는 자동적인 구조물로 건설된 것이리라.

여전히 못마땅한 표정을 짓고 있는 바제를 데리고, 우리는 드넓은 용궁성에 내려섰다.

새하얀 대리석과 투명한 수정으로 이루어진 벽에 황금 촛대들이 일정한 간격으로 배치되어 있었다. 수정과 황금, 그리고 내 주먹 만큼이나 커다란 다이아몬드들을 아낌없이 사용해서 제작된 샹들리에도 그 존재감을 과시했다. 그 촛대들과 샹들리에들이, 용궁성으로부터 해저의 어슴푸레한 어둠을 쫓아내는 광원으로서 활약하고 있던 것이다.

그리고 우리가 밟고 지나가는 양탄자 양 옆으로 루우와 마찬가지로 동방 양식의 차림새와 반투명한 재질의 날개옷을 걸친 드래고니안이나 인어들이 대열을 짓고 머리를 숙인 채로 우리를 맞이했다.

인어들은 다들 하반신이 물고기 형태였지만, 개중에는 꼬리가 두 갈래로 갈라진 이들도 존재했다. 귀의 모양과 크기도 제각각 개성적이었다.

"류키츠 님의 손님을 모시고 왔습니다. 드란 님과 바제 님이십니다. 여러분, 부디 실례가 없도록 부탁드립니다."

"예, 루우 님."

수룡황의 무녀라는 지위는 용궁성에서도 상당히 높은 편에 속하는 듯하다. 궁녀들이 루우의 지시에 대답하는 목소리에서 명확한 경의가 느껴졌다.

루우가 나에게 보여주는 어린아이같은 모습은 온데간데없이 무녀로서 궁녀들의 경의를 받기에 충분할 만큼 의연한 태도를 보이는 모습을 목격하고, 나는 마치 손녀딸의 성장에 감탄하는 할아버지와 같은 기분이 들었다. 열여섯 살 소년의 겉모습으로 가당치도 않은 심정일까?

불현듯 나는 등 뒤를 따라오는 바제가 부자연스럽게 얌전하다는 사실을 깨닫고, 약간 얼굴빛이 좋지 않은 심홍룡 아가씨에게 말을 걸었다.

"왜 그러지? 역시 바다 속이라서 기운이 안 나나?"

"너야말로 어떻게 그런 태연한 표정을 짓고 있을 수 있는 거지? 고요하고 온화하긴 하지만, 이렇게나 강대한 힘이 소용돌이치고 있는데? 이 힘은 아바님이나 어마님조차 도저히 범접하지 못할 경지란 말이다……."

아무래도 바제의 얼굴빛이 나빠진 원인은, 용궁성 내부에서 느껴지는 류키츠나 다른 용들의 힘에 영향을 받았기 때문인 것 같다. 사실 나는 그런 사사로운 일보다 그녀가 무심코 입에 담은 단어 쪽에 호기심이 일었다.

"흠? 아바님과 어마님이라? 바제야, 너는 아버님과 어머님을 그렇게 불렀단 말이냐?"

내 입가가 바제를 놀리듯이 자연스럽게 미소를 지은 것은 말하자면 불가항력이었다.

바제는 자기도 모르게 말실수를 저질렀다는 사실을 깨닫고, 퍼뜩 굳은 표정을 짓더니 분노와 수치에 불타는 다홍빛 눈동자로 나를 노려다보기 시작했다.

"지, 지금 들은 말은 이, 잊어라. 알겠나?"

흥분한 나머지 말꼬리가 흔들리는 바제의 요구에, 나는 진지한 표정으로 고개를 끄덕였다. 확실하게 기억해두마.

"그건 그렇고 네 반응을 보니 확실히 여기로 데리고 온 보람이 있었구나. 바로 그거다. 이 여세를 몰아 약간이나마 얌전해지는 편이 짝을 찾기도 쉬울 거야."

"넌 내 아바님이냐?"

"또 「아바님」이라는 소리가 무심결에 튀어나왔구나. 보아 하니 부모님으로부터 큰 사랑을 받고 자란 것 같구나."

내 말투가 어지간히 마음에 들지 않았는지, 바제는 관자놀이에 핏대를 세우고 나를 노려봤다. 미안하지만 그 정도의 살기는 용이었던 시절에 신들이 퍼부어대던 시선에 비하면 아무 것도 아니란다. 나는 그녀의 날카로운 시선을 깔끔하게 무시했다.

"저길 봐라. 루우가 기다리고 있다. 어서 가자꾸나."

입꼬리에서 조금씩 불꽃을 내뿜으며 화를 내는 바제를 보고, 성격을 교정하는 길은 아직도 멀었다는 생각이 들었다. 나는 맥없이 탄식할 수밖에 없었다.

나와 바제는 선두에 앞서가는 루우를 따라갔고, 양 옆에 궁녀들이 정숙하게 대열을 짓고 추종했다.

궁중에서 남자들의 모습은 보이지 않았다. 아마도 이 궁녀들이 우리의 시중과 호위뿐만 아니라 감시까지 겸임하고 있는 것이리라. 류키츠의 본거지인 용궁성에서 일하는 신하들인 만큼, 겉보기처럼 가냘픈 궁녀들일리가 없었다.

우리는 루우의 안내에 따라 엄청난 폭음과 함께 쏟아져 내리는 폭포수나 거대한 소용돌이 위에 설치된 황금 다리, 거대한 비취들을 겹겹이 겹쳐서 지어올린 계단이나 연보랏빛 수정에 정교한 조각이 새겨진 아치 다리를 지나면서 용궁성 안을 나아갔다.

사전에 우리가 지나갈 예정의 진로를 백성들에게 전달한 것이리라. 안내를 담당한 루우와 궁녀들을 제외한 다른 용궁성 주민들의 모습은, 그림자조차 찾아볼 수 없었다. 사적인 손님으로 초대한 이상, 쓸데없는 정보의 누출을 막기 위한 의도일 것이다.

대체 얼마나 용궁성 안을 걸어왔는지 짐작도 안 갈 무렵, 드디어 루우가 거대한 판자 형태의 흑요석에 황금 용이 새겨진 문 앞에서 발길을 멈췄다.

문 건너편에서 느껴지는 강대한 힘의 영향을 받아, 바제가 굉장히 긴장한 표정으로 군침을 삼켰다.

흠, 그야 틀림없이 루우나 바제보다야 강력한 힘이라는 건 확실하다. 하지만 그렇게 온몸이 빳빳해질 정도도 아니지 않나? 아무리 지상에서 손에 꼽힐 만한 고룡이라고 해도, 고신룡(古神龍)인 내 입장에서 보자면 류키츠 역시 서글플 정도로 퇴화된 힘밖에 물려주지 못한 가련한 자손들 가운데 하나에 지나지 않았다.

"류키츠 님, 루우입니다. 드란 님과 동행 분을 모시고 왔습니다."

루우가 문 건너편을 향해 공손하게 머리를 숙이면서 인사말을 올렸다. 문의 건너편에서 마치 음악의 신이 부리는 권속(眷屬)들이 연주하는 선율만큼 아름다운 목소리가 대답했다.

"수고가 많았습니다, 루우. 손님을 이쪽으로 안내하세요."

"예."

루우가 얼굴을 숙인 채로 문을 열어젖히고, 실내로 조심스럽게 걸어 들어갔다.

특별히 예절에 관한 요구사항은 들은 바가 없는데다가, 우리는 어디까지나 사적인 손님이라는 입장이기에 아마도 약간 예의범절에 어두운 정도는 용납해줄 것이다. 과연 얼마나 긴장을 하고 있어야 이 자리에 적합한 모양새일까?

이 방에 당도할 때까지 우리의 양 옆에 대열을 짓고 있던 궁녀들은 문 바깥에서 발걸음을 멈췄다.

나와 바제는 루우를 따라 들어갔다.

그 방의 실내 장식은 그야말로 호화롭기 그지없었다. 어렴풋이 노란색이나 분홍색, 파란색으로 염색된 비단 장막이 실내를 아름답게 수놓고 있었다. 황금 장식이 새겨진 칠기 궤짝이나 옷장, 연보랏빛 연기가 피어오르는 황금 향로에 이르기까지 이 방을 장식하는 가구들은 하나 같이 왕도의 대귀족들조차 두 눈이 휘둥그레질만한 귀중품들밖에 없었다.

우리는 붉은 수정이 깔린 바닥을 걸어 들어가, 알현실 끝에서 산호초를 가공한 의자에 앉아있던 드래고니안 미녀와 마주쳤다.

3대 용황 중 한 사람인 수룡황 류키츠는, 장엄하고도 아름다운 이 알현실의 주인으로 군림하기에 적합한 미모와 기품의 소유자였다.

무릎까지 내려오는 풍성한 흑발은 벽면에 매달린 촛대의 붉은 불꽃이 내뿜는 빛을 반사하며 눈부시게 빛나고 있었고, 푸른 수정 비녀로 꿴 긴 머리카락이 어깨나 등을 향해 검은 강물처럼 흐르고 있었다.

인간 종족의 성인 여성과 그다지 다를 바 없는 체구에 줄무늬가 새겨진 비단으로 지은 홑옷을 걸치고, 푸른색과 흰색으로 물들인 데다가 금실이나 은실과 각종 보석을 한껏 장식한 얇은 겉옷을 겹쳐 입고 있었다.

그림 같은 미녀라는 표현이 있다. 그러나 류키츠의 경우엔 그런 경지를 아득히 초월해서 이 세상의 어떤 대단한 화가라도 그녀를 그리지 못 하는 부족한 재능을 비관하면서 붓을 부러뜨릴 수밖에 없을 정도의 미녀였다. 그녀의 절묘한 이목구비를 과연 어떤 말로 표현할 수 있을까? 나의 모자란 어휘만 가지고는 그 과업은 도저히 달성하기 어려웠다. 아마도 용으로서 본모습을 드러내도 대단히 아름다운 비늘을 과시할 것임이 틀림없다.

류키츠는 우리를 향해 더할 나위없는 자애와 우애가 가득 담긴 미소를 지어 보였다.

이러한 자리에 익숙하지 않다 보니 우리가 먼저 말을 걸어야 하는지, 아니면 그녀가 말을 걸 때까지 기다리는 것이 예의인지 알 수가 없었다. 내가 고민하고 있는 동안, 류키츠가 먼저 입을 열었다.

"여러분, 갑작스런 초대에 흔쾌히 응해주셔서 감사드립니다. 제가 바로 이 용궁성의 주인인 류키츠입니다. 긴 여행길로 인해 피곤하실 겁니다. 아무쪼록 자리에 앉아주세요."

앉기를 권유하는 류키츠의 말에 따라, 나는 원탁의 의자에 걸터앉았다. 바제는 고룡(古龍) 중에서도 손에 꼽힐 정도의 실력자와 처음으로 만나는데다가, 바로 그 실력자가 이보다 더할 수가 없을 정도로 지극히 부드러운 태도를 보이는 모습이 곤혹스러운 모양이다. 그런 그녀도 내가 망설임 없이 의자에 앉는 모습을 보고 황급히 따라 앉았다.

"저는 드란이라고 합니다. 오늘은 이름 높은 류키츠 공께서 몸소 초청을 해주셔서 감히 몸 둘 바를 모르겠습니다. 시골 촌뜨기인 관계로 예의범절에 어두운 구석도 없지 않아 있겠으나, 관대한 어심(御心)으로 용서해주신다면 기쁠 따름입니다."

제대로 된 존댓말은 전생이나 지금이나 별로 써본 적이 없어서 정확히 구사하고 있다는 자신은 없었다. 하지만 류키츠도 이쪽이 예의범절과 그다지 인연이 없는 출신성분이라는 사실을 알면서 일일이 트집을 잡을 만한 속 좁은 상대도 아닐 것이다.

"그리고 이쪽은 모레스 산맥에 기거하고 있는 심홍룡, 바제라고 합니다. 이 아이도 귀하신 몸을 알현할 기회를 얻었으면 싶어 저의 개인적인 의사로 동행시켰나이다. 아무쪼록 눈감아주시기를 바랍니다."

내가 소개하자, 바제가 녹슨 문짝이 삐걱거리는 소리가 들려올 것 같은 어색한 동작으로 고개를 끄덕였다.

직접 마주침으로써 류키츠의 힘을 직접 감지하고, 서로 간의 실력 차이를 명확히 이해한 끝에 위축하고 있는 것으로 보였다. 아까 전에 복도를 걸어오면서 나에게 보였던 공격적인 태도는 그야말로 온데간데없었다.

아무리 거칠다고 해도 이만큼 뼈저리게 자신보다 강한 상대와 마주친다면, 바제의 성격도 어느 정도는 부드러워지지 않을까 싶다.

"꼭 심홍룡 분이 아니시더라도, 불 속성의 동포께서 이 용궁성을 방문하시는 일은 흔치 않습니다. 물론 환영하고말고요. 루우, 당신도 앉으세요. 지금 차를 타오겠습니다."

루우는 류키츠가 손수 차를 타오겠다는데도 말리지 않았다. 일반적인 왕후귀족들이 고용인들에게 맡기는 일들을 직접 해결하는 것이 류키츠의 방식인 것 같다.

찻그릇은 거북의 등에서 루우가 쓰던 그릇들보다 한층 고급스러웠다. 찻잎들의 향기도 거의 천계에서 사용하는 최고급 찻잎들에 가까울 정도였다. 지상에서 이보다 더 품질이 좋은 찻잎을 조달하는 것은 아마 불가능할 것이다.

"드란 공, 루우로부터 말씀은 전해 들었습니다. 정말로 너무나 그리운 이야기더군요. 오늘 이처럼 직접 뵙고 보니, 인간 아이의 육체에 용의 혼이 깃든 상태로 보이십니다. 당신은 전생자(轉生者)로군요."

"흠, 역시 통찰력이 대단하신 분이군요. 오는 길에 루우나 바제에게는 간단하게 설명했습니다만, 추측하신 대로 저는 인간으로 환생한 용입니다. 지금은 일개 인간으로서 생활하고 있습니다."

나는 존댓말이야 쓰고 있었지만 서도 류키츠를 앞에 두고 태연하게 대화를 나누고 있었다. 바제는 그런 내 모습을 보고 두 눈을 희번덕거리고 있었다. 이번 기회에 나를 다시 봐주면 좋겠는데 말이야.

나와 류키츠가 화기애애하게 대화를 나누고 있으려니, 바깥에서 대기하고 있던 궁녀 중 한 사람이 방울을 울리는 소리가 들려왔다.

"아무래도 준비가 끝난 것 같습니다. 조촐하게나마 두 분을 환영하는 연회를 별채에서 준비했습니다. 아무쪼록 즐거운 시간을 보내주시기를 바랍니다. 루우, 부탁드립니다."

"예, 류키츠 님."

"바제 양, 부담 없이 즐거운 시간을 보내시기를 바랍니다. 그건 그렇고 드란 공? 당신에게는 긴히 따로 드릴 말씀이 있습니다. 잠시 남아주실 수 있을까요?"

"알겠습니다. 바제야, 내가 따라가지 않으면 불안하겠지만 먼저 가서 기다리고 있으려무나."

"아, 음. 먼저 가 있겠다."

평소 같으면 보호자 같은 말을 건네는 나에게 길길이 날뛰며 불같은 분노를 드러낼 참인데, 지금의 바제는 류키츠가 발산하는 압도적인 존재감의 차이에 완전히 말려들어 꿔다놓은 보릿자루처럼 너무나 얌전했다. 생각보다 재미있는 구경거리였다.

나는 루우가 바제를 데리고 문을 열고 나가, 별채로 안내하는 모습을 마지막까지 지켜봤다. 나는 새삼스럽게 류키츠에게 고개를 돌렸다.

두 사람이 모습을 감추자마자, 내 시선에 들어온 류키츠가 바닥에 무릎을 꿇고 머리를 숙였다.

"방금 전에 저지른 수많은 결례를 부디 용서해주시기를 바랍니다. 가장 고귀하신 용이시여."

나는 무심코 쓴웃음을 지었다.

"흠, 그 말투로 판단하건대 내 정체에 관해서 대충 짐작이 가는 모양이로군. 결례 같은 건 신경 쓸 필요가 없으니 어서 일어나시게. 그대야말로 이 성의 주인이며, 나는 어디까지나 그대의 초청을 받은 일개 나그네이자 출신성분조차 정확치 않은 전생용에 불과하네."

나는 그렇게 말하며 류키츠의 손을 마주 잡고 그 몸을 일으켜서 의자에 앉혔다.

류키츠는 방금 전까지 유지하고 있던 온화한 분위기를 걷어치우고 아까 전의 바제보다도 더 긴장과 경외심으로 온몸을 딱딱하게 경직시킨 상태였다.

"언제 내가 「나」라는 사실을 깨달은 거지? 루우와 이야기하면서 전생의 이름을 밝힌 적도 없고, 모습 또한 그때와 같지 않을 텐데?"

"당신을 직접 뵙기 전까지는 깨닫지 못 했나이다. 저도 루우로부터 어린 시절의 이야기를 전해 듣고, 그 자리에 계셨던 여러분들 가운데 한 분일지도 모르겠다는 생각은 들었습니다. 하오나 이렇게 직접 옥체를 뵙고 그 혼이 내뿜는 광채와 눈빛, 그리고 힘의 태동을 느끼고 혹시나 하는 생각이 미친 것입니다. 우리들 용종 가운데에서도 가장 정점에 군림하시는 당신께서 돌아오셨다고요."

"그렇단 말이지? 하지만 지금의 나는 어디까지나 인간일세. 우연히 용의 분신체로 루우와 바제 사이에 인연을 맺기는 했으나, 또 다시 고신룡으로서 세상에 모습을 드러내는 것은 바라는 바가 아니야. 그러한 나의 개인적인 사정을 고려해준다면 고맙겠네."

"당신의 뜻을 따르겠습니다."

"그렇다면 단 둘이 있을 때라면 몰라도 다른 이들의 시선이 있을 때는 아까 전과 마찬가지로 그대를 윗사람으로 대할 생각인데 상관은 없겠지? 내 이름은 그저 드란이라고만 불러주시게나."

"그건, 하오나…… 예. 정녕 그러기를 바라신다면 뜻을 따르겠습니다."

머뭇거리는 류키츠의 표정으로부터 상당히 당황한 듯한 기척이 느껴졌다.

"솔직해서 좋군. 그건 그렇고, 모처럼 둘만 남았으니 잠시 애기나 하고 갈까? 류키츠여, 루우는 그대의 친딸이 아닌가?"

"역시 알아보시는 군요."

"눈가와 분위기가 빼다 박았거든. 루우는 스스로 그대를 섬기는 가문의 일원이라고 소개했는데, 바깥 세계를 돌아다니면서 쓸데없는 다툼에 말려들지 않도록 배려한 건가?"

류키츠는 나를 상대로 비밀을 유지하기는 힘들 것이라고 판단한 듯이 곤혹스러운 미소를 지었다. 그녀의 미소에서 느껴지는 매력은 그야말로 초월적이었다. 인간의 육체로부터 벗어나 사사로운 연애감정이나 욕정과 거리가 먼 지금의 나로서도, 무심코 마음이 끌리는 구석이 있을 정도였다.

"정확히 보셨습니다. 어리석은 계집의 잔꾀라고 비웃어 주십시오. 루우는 저와 지금은 고인이 된 남편 사이에 태어난 외동딸입니다. 대략적인 손재주와 무예 정도는 가르쳤습니다만, 결국 어미 된 몸으로 죽은 남편이 남긴 저 아이를 응석받이로 기르고 말았습니다. 바깥 세계를 다니다가 제 딸이라는 사실이 알려지면, 불필요한 편견을 사는 일도 생길 겁니다. 사악한 이들이 악의를 전혀 모르고 자란 저 아이의 힘을 악용하려 들 가능성도 적지 않겠지요. 그런 사태를 조금이라도 피하기 위해 제가 직접 루우에게 지시한 일입니다."

"흠, 어미의 마음이란 말인가?"

"예, 드란 님. 혹시 괜찮으시다면 루우에게 바깥 세상에 관해 가르쳐주실 수 있겠습니까? 본래의 입장을 감안하자면 저와 같은 이가 아무리 머리를 조아려도 감히 입에 담을 수 있는 부탁이 아니라는 사실은 명명백백합니다. 하오나, 부디 이 어리석은 어미의 마음을 참작해주실 수는 없겠는지요?"

나는 또 다시 그 자리에서 무릎을 꿇으려고 하는 류키츠를 손으로 제지하고, 새까만 석영이 스스로를 부끄러워할 정도로 아름다운 류키츠의 검은 눈동자를 똑바로 바라봤다.

"나라도 괜찮다면 루우를 돌보는 일이야 기꺼이 받아들이고말고. 허나 나 또한 세상일에 그다지 밝은 편은 아니라네. 인간으로 다시 태어나고 나서 16년 남짓을 살아왔다만, 태어난 마을 바깥으로 나간 적도 그리 많지 않거든. 그래도 상관없겠나?"

"감사합니다. 당신의 비호를 받을 수만 있다면, 아무리 모자란 딸이라도 안심하고 바깥 세계로 내보낼 수 있나이다."

류키츠가 찬란하고도 아름다운 미소를 지어보였다.

우리는 대화를 일단락 짓고 루우와 바제가 기다리고 있는 별채로 향하기 위해, 류키츠의 방에서 복도로 나왔다.

류키츠는 방금 전의 대화로 마음이 풀렸는지, 복도를 걸어가면서 줄곧 지상에 진룡(眞竜)들이나 용신(龍神)들이 남아있던 옛 시대에 관해 이야기꽃을 피웠다. 지상에 살고 있는 고룡(古龍)들 중에서 최고참에 해당되는 류키츠의 입장에서 보자면, 자신보다 격이 높고 오래 전의 이야기가 통하는 나와 같은 말상대는 그야말로 억만금의 금은보화보다도 귀중한 것이리라.

"최근엔 다른 고참 격의 용종들과 그다지 대화를 나눌 기회도 없고, 드란 님처럼 옛날이야기가 통하는 상대도 줄어들다 보니 너무나 적적하답니다."

"흠, 내가 용이었을 때도 그런 경향이 조금씩 보일 정도였으니 지금은 그 수가 더욱 줄었을 게야. 루우나 바제와 같은 젊은 용들은 아직 건재할지도 모르겠지만, 고대의 용들은 두드러지게 그 힘이 쇠약해졌단 말이지. 참으로 쓸쓸할 따름이야. 루우는 고룡 중에서도 순혈 종족인 것으로 보였는데, 남편은 어떤 사내였나?"

"예, 제 남편은 고룡(古龍) 종족의 일종인 창파룡(蒼波龍)이었습니다. 과거에 벌어졌던 고위 해마(海魔)와의 전쟁에서 심각한 부상을 입고, 제 뱃속에 루우의 알을 남긴 채 이 세상을 떠났습니다."

"그런가? 괴로운 기억을 떠올리게 해서 미안하네. 하지만 그 덕분에 루우가 나를 잘 따르는 이유를 알아낸 것 같아. 아마도 루우는 나에게서 형제나 아버지의 모습을 느끼고 있던 게 아닌가 싶군. 그렇다고 치면 저 아이가 인간으로 변신한 내 모습이 자신과 나이 차이가 별로 안 나는 소년의 외모로 변신하는 모양새를 보고 놀라는 것도 무리는 아니야. 용으로서 보여줬던 모습은 내가 루우보다 훨씬 나이가 많아 보였을 테니 더 말할 것도 없겠지."

"그 아이가 드란 님에게서 아비의 모습을 느꼈다는 건가요? 그럴지도 모릅니다. 제 가까이에 따르는 신하들은 인어나 용종 출신의 궁녀들이 대부분을 차지하고 있으니까요. 루우가 가끔 가다 만나는 남자 분들이라고 해봐야 어디까지나 신하의 도리를 지키는 무관이나 문관들뿐이니, 드란 님의 태도가 신선하게 느껴졌을 겁니다."

태어나기도 전에 아버지를 여의었을 뿐만 아니라 주변에 아버지 역할을 대신할 남자들도 없었기 때문에, 내 존재가 신선하게 느껴졌다는 건가? 오호라, 그렇단 말이지? 앞으로도 가능한 한 그런 식으로 행동하는 편이 루우를 기쁘게 할 수 있을 것 같다.

류키츠의 안내를 따라 복도를 나아가다 보니, 우리를 환영하는 궁녀들이 좌우로 즐비하게 늘어선 구역에 도착했다.

해저까지 뿌리를 내린 수생(水生)의 세계수(世界樹)에 난 줄기를 깎아내서 만든 문이 혼자 멋대로 열리면서 우리를 맞이했다.

어디까지나 사적으로 가까운 손님을 대접하기 위한 방인 것으로 보였다. 호화로운 가구들이 잔뜩 보이기는 했지만, 안은 그다지 넓지 않았다. 네다섯 사람 정도가 음식을 즐기며 대화를 나누기에 적합한 크기의 원탁이 별채 중앙에 버티고 있었다. 루우와 바제는 이미 자리에 앉아 기다리고 있었다.

식사 시중을 드는 궁녀들이 대기하고 있다고는 하나, 이 두 사람이 함께 앉아있어 봐야 이야기꽃을 피우기는커녕 시들어 죽지나 않으면 다행이었을 것이다. 바제가 내 얼굴을 보고 안도의 한숨을 내쉬었다. 루우 역시 모친이자 주군인 류키츠와 내 모습을 확인하고 굳게 다물고 있던 입가에 미소를 떠올렸다.

원탁의 상석에 류키츠가 앉고, 나는 남아있던 마지막 의자에 걸터앉았다. 류키츠는 사전에 내가 상석에 앉으라는 제안을 사양하자, 상당히 끈질기게 이의를 제기했다. 하지만 나도 양보할 수는 없었으니 내 뜻을 끝까지 밀어붙일 수밖에 없었다.

"많이 기다리셨습니다. 자, 바제 양, 드란 공. 바다에서 나는 진수성찬들을 잔뜩 준비했습니다. 용궁성 이외의 장소에서 거의 구경할 수 없는 진기한 음식들입니다. 마음껏 즐겨 주십시오."

식당에서 대기하고 있던 시중들이 손수레로 온갖 음식들을 운반해왔다.

원탁 위에 내가 지금까지 구경도 해보지 못한 온갖 식자재를 동원한 요리들이나 먹는 방법조차 짐작이 안 가는 신기한 요리들이 그야말로 빈틈없이 늘어서 있었다. 온갖 바다의 생물들을 본뜬 형상으로 정교하게 썰려 있는 다양한 종류의 찐 야채나 머리까지 한꺼번에 튀긴 물고기, 다진 고기나 하얀 덩어리를 건더기로 삼아 자극적인 냄새를 내뿜는 걸쭉한 수프도 있다.

술로 찐 조개류나 으깬 어육을 경단 모양으로 요리한 음식 등까지 포함해서, 내가 인간으로서 삶을 영위하는 동안 구경하기도 어려울 만한 호화로운 메뉴였다.

이 성의 주인인 류키츠의 허락이 떨어진 이상, 나도 망설임 없이 이 음식들을 향해 손을 뻗을 수 있었다.

류키츠와 루우는 각각 두 자루의 기다란 막대기— 젓가락이라는 명칭이라고 들었다 —를 사용했는데, 난생 처음 보는 낯선 도구였다. 그들은 나와 바제를 위해서 순은으로 만든 스푼과 포크도 물론 준비해놓고 있었기에 진기한 식사를 즐기는데 큰 문제는 없었다.

바제는 여전히 잔뜩 긴장한 표정으로 식탁 앞에 앉아있었다. 솔직히 말해서 나는 그녀가 지금까지 스푼을 써본 적이 있는지조차 장담할 수 없었지만, 간신히 식사를 진행하는데 특별한 문제가 생길 정도는 아닌 것 같이 보였다.

다행히 무탈하게 식사를 즐기던 도중에, 문득 류키츠가 갑자기 생각났다는 표정으로 나에게 화제를 돌렸다.

"그건 그렇고, 드란 공? 당신께서는 인간으로 환생하셨다고 말씀하셨는데, 인간이나 용으로서 호감을 가지고 계신 여성분은 계시나요?"

이유는 모르겠지만 그 자리의 분위기가 순간적으로 정지한 듯한 느낌이 들었다.

루우의 젓가락을 잡고 있던 손이 멈추고, 익숙하지 않은 스푼과 악전고투를 펼치면서 어육 경단을 입가로 옮기고 있던 바제도 손동작을 중단한 채로 나에게 시선을 돌렸다. 흠, 무슨 문제가 있는 것도 아니니 정직하게 대답하기로 하지.

"호감이나 애정을 느끼고 있는 여성이라면 몇 사람 정도는 있습니다만, 넓은 의미의 애정이나 우애와 비슷한 감각으로 느껴집니다. 애당초에 저는 연애라는 개념 자체가 예전은 물론이고 지금도, 어딘지 모르게 거리가 먼 일로 여겨지는군요."

류키츠는 내 대답이 상당히 의외였던 모양이다. 그녀는 소매로 입가를 숨기고 살며시 미소를 지었다. 내 말이 너무 순진한 시골 청년의 사고방식 같이 느껴지기라도 한 걸까?

"그러셨군요. 제가 보기엔 드란 공이시라면 인간이건 용종이건 상관없이 여성들한테 인기가 많으실 것 같은데요?"

"그 말씀은 너무 과대한 평가를 내리신 것 같습니다. 저는 이래 봬도 여성분들의 섬세한 마음을 도저히 이해하지 못 하는 멍청이로 유명하답니다."

나는 류키츠에게 그렇게 대답하면서 게 다리를 꺾고 그 속살을
물어뜯었다.

바제와 루우로부터 등이 따가울 정도의 시선이 느껴졌지만, 나
는 그 시선들을 얼버무리듯이 게의 껍질을 벗기는데 열중했다. 지
금 뜯으면서 깨달은 사실인데, 게를 먹을 때 말수가 줄어드는 이
유는 대체 뭘까?

게살의 맛을 만끽하고 나서, 나는 가로아 마법학원에 입학한다
는 계획을 그녀들에게 밝히기로 했다.

"류키츠 공의 초대를 받은 이 자리에서 사사로운 일에 대한 말씀
을 올리는 것이 과연 적절한 행동일지는 모르겠습니다만, 발언을
해도 되겠습니까?"

새삼스럽게 말을 꺼내기 시작한 나를 바라보면서, 류키츠도 진
지한 표정을 짓고 지그시 내 눈동자를 응시했다.

"진지한 표정으로 봐서, 보통 일이 아닌 모양이군요."

"이렇게 여러분과 인연을 맺는 행운을 누릴 수 있었습니다만,
머지않아…… 그렇군요. 한 달이나 두 달 이내로 루우나 바제와
만날 기회가 줄어들 것 같습니다."

루우가 내 말에 가장 먼저 반응을 보였다.

"잠깐만요, 드란 님? 그 말씀은 대체 무슨 뜻이죠? 갑자기 만나
지 못 하게 된다니…… 저는……."

지금 당장이라도 울음을 터뜨릴 듯한 표정의 루우가, 다른 이들
의 시선도 신경 쓰지 않고 매달려왔다. 어쩌면 살짝 호들갑스러운

반응이라고 할 수도 있었지만, 아무 예고도 없이 아버지로부터 이별을 통보당한 어린 딸의 심경인지도 모르겠다. 그건 역시 너무 나간 건가?

"루우야, 그렇게까지 당황할 필요는 없단다. 일단 심호흡을 해보거라. 내가 지금 한 말은 앞으로 두 번 다시 만날 수 없다는 뜻이 아니야."

"이유를! 이유를 여쭤 봐도 되겠습니까? 혹시 오늘 소첩이 무슨 실수라도 저질렀나요?! 만약 어리석은 제가 미처 깨닫지 못한 과오가 있었다면, 기탄없이 말씀해주세요."

마치 질 나쁜 남자한테 속아 넘어간 순진하기 그지없는 소녀가 애원하며 매달리는 모양 같이 보이는군. 나는 현재 상황에 그런 감상을 떠올리고 말았다. 하지만 그렇게 치면 이 경우엔 질 나쁜 남자라 함은 다름 아닌 나를 가리키는 건가? 그다지 납득은 안 가지만, 너무 깊이 파고드는 건 좋은 생각이 아닌 것 같다.

잠깐 시간적 여유를 두고, 나는 루우와 바제에게 천천히 설명을 시작했다.

"마음이 가라앉았느냐? 나는 올 봄부터, 학업을 위해 태어난 고향을 잠깐 떠나기로 했다. 당분간 새로운 터전에서 새로운 생활에 적응하기 위해 시간을 따로 내지 못할지도 몰라. 일이 그렇게 돌아가면 이렇게 두 사람과 만나기 위한 시간도 줄어들 테니, 사전에 양해를 구하려고 마음먹었단다. 갑자기 내 발길이 끊겨서 너희들이 놀라는 일이 없도록 말이지."

엉뚱한 방향을 바라보고 있던 바제가 나에게 다시 시선을 돌리더니, 대단히 시시하다는 듯이 중얼거렸다.

"흥, 네 녀석의 얼굴을 당분간 쳐다보지 않아도 된다면 오히려 속이 다 시원하다. 어디 한 번 왜소한 인간들의 생활이건 뭐건 한껏 만끽하고 와라. 네 녀석이 그렇게 게으름을 피우는 동안, 나는 네 녀석을 물리칠 수 있는 힘을 터득하고 말 테니까."

바제는 퉁명스럽게 내뱉었지만, 길게 뻗은 꼬리가 무슨 생각에 잠기기라도 한 것처럼 좌우로 조금씩 흔들거리고 있었다.

흠, 나는 이 동작이 바제가 망설이고 있을 때의 버릇이라는 사실을 이해하고 있었다. 말인즉슨, 그녀도 적잖이 망설이고 있다는 뜻인가? 나에게 던질 말에 대해서 고민하는 거냐? 아니면 앞으로 나를 상대할 때 어떤 태도를 취해야할지 감이 안 잡히는 건가?

"드란 님, 그 인간 세상의 학업이라는 일은 대체 얼마나 오랜 시간이 걸리는지요? 10년인가요? 아니면 50년? 혹시 100년? 어쩌면 그보다도 오랜 시간이 필요한가요?"

루우가 몹시 조심스럽게 질문을 던져왔다. 그러나 아직 평소의 침착성을 되찾은 건 아닌 모양이다. 인간이 학업에 100년이나 투자하다간, 필시 위대한 현자나 신선이 탄생하리라.

"아니, 잠깐. 루우야, 정신 차리고 어디까지나 인간의 수명으로 생각해 보거라. 경우에 따라 약간 지연될 가능성이 있을지도 모르겠지만, 기껏해야 1년이나 2년 정도를 예정하고 있다. 그리고 제대로 자리가 잡히기만 하면 가능한 한 시간을 내서, 너희들을 보러올 생각이다. 만약 루우가 무슨 곤경에 처하기라도 하면 당연히 네 문제를 우선적으로 해결할 거야."

"1년, 1년이라고 말씀하셨지요? 그 정도의 시간밖에 필요하지 않다면 정말 다행입니다. 그리 오래 걸리는 건 아니군요."

"그래. 내 개인적인 감정으로 따져 봐도 고향을 너무 오랫동안 비우는 건 불안하기 짝이 없으니까. 되도록 빨리 돌아올 수 있도록 최선을 다할 계획이야. 그리고 마을로 돌아온 후엔, 지금까지와 마찬가지로 자주 만날 수 있을 거다."

"흥, 성가신 녀석. 일일이 양해를 구할 필요도 없이 어디든지 맘대로 꺼져버리면 될 것 아닌가? 덤으로 곧장 돌아와서 또 낯짝을 들이밀겠다고? 이쪽 형편 같은 건 상관없다는 거냐?"

바제는 어이가 없다는 듯이 매섭게 쏘아붙였다. 하지만 그녀의 꼬리가 이번엔 느긋하게 상하좌우로 흔들리고 있는 모습이 내 시야로 날아 들어왔다.

과연 이 꼬리의 동작은 바제의 어떤 감정을 대변하고 있는 것일까?

"바제 양, 버릇없는 말씀은 삼가세요. 모처럼 드란 님께서 사전에 말씀해주신 것 만해도 너무나 감사한 일입니다."

루우가 지적하자, 바제는 누구에게랄 것도 없이 중얼거리듯 내뱉었다.

"흥, 내가 언제 부탁이라도 했나?"

류키츠가 눈앞에서 버티고 있는 만큼, 아까 전까지 두 사람 사이에 존재하던 험악한 분위기는 자취를 감추고 있었다. 하지만 그럼에도 불구하고 아직 부드러운 분위기라고 표현하기는 어려웠다.

"너희들은 정말 상극이로구나."

일단 두 사람에게 하려던 설명은 이걸로 끝이 났다.

루우와 바제, 그리고 류키츠와 맺은 인연은 내가 인간으로서 수
명을 마칠 때까지 유지할 생각이다. 따라서 용종인 그녀들의 입장
에서 보자면 정말로 아주 일시적인 시간에 지나지 않을 것이다.
그렇지만 그 동안만이라도 가능한 한 양호한 교우관계를 유지하고
싶다는 것이 나의 개인적인 바램이다.

　그 이후로도 나와 류키츠를 중심으로 이야깃거리는 끊이지 않았
기에, 오랜만에 동포들과 함께 하는 식사 시간을 만끽할 수 있었다.

　식후의 차를 대접받은 뒤, 우리는 용궁성을 뒤로하기로 했다.

　루우뿐만 아니라 류키츠까지 배웅을 나와, 우리에게 작은 선물
상자를 건넸다.

　크기와 무게는 겉보기와 마찬가지로 일반적인 작은 상자와 다를
바 없었으나, 거대 거북의 등껍질 위에 세워져 있던 가옥과 마찬
가지로 공간을 확장시키는 마법을 부여한 상자였다. 그 안에는 산
더미 같은 금은보화가 가득 들어차 있었다.

　"그다지 대단한 대접을 준비하지 못해, 면목이 없을 뿐입니다.
드란 공, 바제 양."

　류키츠가 가볍게 머리를 숙이면서 말을 건네자, 바제가 몹시 당
황하면서 세차게 고개를 가로저었다.

　"아, 아닙니다! 오히려 분에 넘치는 대접을……!"

　평소부터 이렇게 얌전히 지낸다면, 바제도 장래의 짝을 찾아낼
수 있을 것이다. 하지만 부모나 형제도 아닌 주제에 장래를 걱정
하다니, 나로서도 쓸데없는 참견이라는 사실을 인정할 수밖에 없

겠군.

"바제야, 아직도 그렇게 긴장하고 있느냐? 류키츠 공의 크나큰 그릇은 이제 충분히 알고도 남지 않았느냐? 너도 의외로 최소한의 예의범절은 지킬 줄 알더구나. 마지막 정도는 어깨의 힘을 빼고 감사 인사를 드리는 것이야말로 올바른 태도라고 할 수 있을 게야."

"……네 녀석은 정말로 어떻게 되먹은 신경인 거지? 수룡황을 앞에 두고, 어떻게 그렇게 태연하냐고?"

"그저 자연스러운 상태를 유지하고 있을 뿐이야."

흠, 내가 가슴을 펴고 대답하자 바제는 도저히 이해가 안 간다는 표정으로 힘없이 고개를 가로저었다. 이 암컷 용치고 흔치않은, 피곤하기 짝이 없다는 듯한 한숨을 내쉬었다. 류키츠는 나와 바제의 대화를 바라보며 단아하고도 조신한 미소를 흘렸다.

류키츠의 곁에 따라온 루우가 조심스럽게 앞으로 나와, 내 얼굴을 바라보면서 말했다.

"드란 님, 앞으로도 여러 가지로 의지하는 일이 많을 것으로 여겨집니다. 폐를 끼치는 것이란 사실은 알고 있습니다만, 아무쪼록 잘 부탁드립니다."

"굳이 더 말할 필요도 없다. 나는 류키츠 공으로부터 직접 신신당부를 들은 입장이란다. 거기다 이렇게 사랑스러운 루우를 돌보라니 오히려 내가 부탁을 드려야 할 정도야."

"어머나, 사랑스럽다니요. 너무 추켜세우지 마세요. 부끄럽습니다."

나와 루우의 대화를 조용히 지켜보는 류키츠의 시선은 틀림없는 어머니의 눈길이었다. 하지만 그 눈빛이 어딘지 모르게 쓸쓸한 빛을 띠고 있는 것은, 지금은 세상을 떠난 남편을 떠올리고 있기 때문일까?

"후후, 루우가 설마 이렇게 드란 공을 따를 줄이야. 이 류키츠도 그저 놀라울 따름입니다. 드란 공, 새삼스럽지만 루우를 잘 부탁드립니다."

"예, 미력하게나마 최선을 다 하겠습니다."

그리고 우리는 용궁성에 왔을 때와 반대의 절차를 밟아, 해저에 우뚝 선 성곽을 뒤로했다.

용궁성으로부터 지상으로 돌아가는 도중에 거대 거북 등껍질 위의 가옥 안에서 바제는 시종일관 말이 없었다. 그녀는 그저 선물상자를 만지작거리기만 했다. 우리는 바다 위로 돌아오자마자 용의 모습으로 돌아와, 바제의 보금자리인 모레스 산맥까지 날아갔다.

그녀를 바래다주고 헤어지려던 순간, 문득 바제가 나를 불러 세웠다.

바제가 살기를 띠지 않은 채로 나를 불렀다는 사실 자체가 매우 신기한 일이었다. 나는 바제를 류키츠와 만나게 함으로써 한 차례 콧대를 꺾은 효과가 벌써 나타났는가 싶어 은근히 기대했다.

"드란, 너는, 그, 뭐시냐."

이기적일 정도로 풍만하기 짝이 없는 미녀의 모습에서 본래의 다홍빛 비늘에 휩싸인 용의 모습으로 돌아온 바제가 입을 웅얼거리면서 말을 얼버무리고 있었다.

"으음, 너는 그, 짝, 짝을 말이다? 저기……."

"네가 그렇게 말을 더듬다니 별 일도 다 있구나. 혹시 물어보기

껄끄러운 일인가?"

"에이잇, 이렇게 성가실 때가 있나! 아무 것도 아니다. 다음에 만날 때야말로 네 녀석을 땅바닥에 엎드리게 해주마. 류키츠 님과 알현하게 해준 일에 대해선 일단 감사하겠다만, 네 녀석과의 결투는 별개 문제다! 나는 둥지로 돌아가서 자겠다. 네 녀석도 당장 인간들이 기다리는 거처로 돌아가서 잠이나 자라!"

내가 미처 대답도 하기 전에, 바제는 지체 없이 날개를 펄럭이면서 산맥을 향해 날아갔다.

"영문을 모르겠군. 저 녀석은 대체 무슨 말을 하고 싶었던 거지?"

결국 바제는 지금까지와 그다지 변함이 없을 듯하다. 하긴 그런 태도도 저 아이 나름의 장점이기도 하니까, 일단 넘어가기로 하자. 나는 그렇게 결론짓고, 백룡의 분신체를 구성하고 있던 마력을 인간의 본체로 환원시켰다.

제3장 새로운 생활의 시작

그날, 조금 커다란 봉투에 담긴 편지가 베른 마을에 도착한 것은 변경 마을의 상식으로 볼 때 굉장히 흔치 않은 일대 사건이었다. 물론 그 편지의 발신인은 마법학원이며, 수신인은 다름 아닌 나였다.

내가 마법학원을 방문한지 제법 긴 시간이 경과했다. 나와 같이 학기 도중에 편입하는 학생이라는 사례가 별로 없는 건지, 아니면 여러 가지로 번거로운 절차가 필요했는지 확실하지 않았다. 하여간 제반 사정으로 인해 합격 여부를 통지하기 위한 시간이 필요했던 것 같다.

나는 배달업자인 켄타우로스 남성으로부터 편지를 받아들었다. 마침 집 앞에서 농사일에 열중하던 시간대였다.

나는 괭이를 다루던 손을 멈추고, 흙투성이의 손을 작업복으로 대충 닦아내고 나서 편지 봉투를 뜯었다. 휴식을 겸해서 밭 부근에 위치한 나무 그루터기 위에 걸터앉아, 편지의 내용을 확인했다.

문득, 나는 편지를 움켜쥔 자신의 손가락에 필요 이상으로 힘이 들어가 있다는 사실을 깨달았다. 아무래도 적잖이 긴장하고 있던 모양이다.

이거야 원, 과거에 적대하던 최고위의 마신(魔神)과 마주쳤을 때도 티끌만큼도 긴장한 적이 없었던 내가 고작 학교의 합격 여부 하나로 이런 꼬락서니를 보일 줄이야.

고신룡도 변하기 마련이구나. 내 가슴 속에 불가사의한 감회가 솟아났다.

결과를 거의 뻔히 알고 있는 거나 다름이 없는 상황인데도 불구하고, 이렇게 실제로 통지서를 받아보니 바로 그 긴장감이라는 감각이 온몸을 지배했다. 정작 시험을 볼 때는 긴장 따위 전혀 하지 않았는데, 참으로 묘한 현상이로군.

"흠."

나는 편지의 내용을 전부 읽고 한 차례 한숨을 내쉬었다. 그리고 시험 결과를 전하기 위해 친가 쪽으로 발걸음을 옮겼다.

내가 찾아가자 한창 농사일에 열중하고 있던 가족들 전원이 곧바로 집 안에 집합했다.

가족들의 시선이 나를 뚫어지게 쳐다보고 있었다. 숨을 죽이고 있는 주위의 긴장감이 따가울 정도로 전해져 와서 나는 살짝 한숨을 내쉬었다.

긴박한 분위기에 견디다 못해, 딜런 형이 군침을 집어 삼키면서 결과를 물어왔다.

"어, 어, 어떻게 됐냐, 드란? 합격이냐? 아니면 불합격이야?"

딜런 형이 이렇게 당황하는 경우는 흔치 않았다. 나는 마음속으로 기가 막혔지만, 평소의 입버릇을 내뱉으면서 주위를 진정시키기 위한 시간을 조성해보기로 했다.

"흠."

"아니, 흠이 아니고 말이다."

진정해, 딜런 형. 여자들은 성급한 남자를 싫어한다고 하지 않았나? 하긴 딜런 형은 아내인 란 이외의 여자에겐 눈길 한 번 돌린 적이 없으니 그녀만 잘 간수한다면 다른 여자들은 아무 상관없을 것이다.

"드란 형, 제발 부탁이니 이상한 뜸 좀 그만 들여. 결과를 말해 달라고."

마르코까지 조르기 시작했다. 이거야 더 뜸을 들여 봤자 소용없겠는걸. 나는 순순히 통지서에 적힌 결과를 발표하기로 했다.

"합격이야. 나는 2학년부터 편입할 예정이다. 기숙사 안내 같은 자료도 동봉되어 왔더군."

나는 마치 오늘의 날씨를 전하는 듯이 무심한 말투로 그러한 사실을 설명했다. 가족들이 그 의미를 이해할 때까지 잠깐 시간이 필요했다.

합격이라는 결과에 대해 내 반응이 너무나 담백했다는 것이 그런 결과를 초래했던 모양이다.

아뿔싸. 평범한 인간이라면 최소한 「해냈다! 합격했다고! 야호!!」 정도의 기쁨을 보여야 하는 장면이었나? 나는 그런 식으로 기쁨에 겨워하는 스스로의 모습을 상상해봤다. 아무리 생각해봐도 꺼림칙한 느낌 이외의 그 어떤 감정도 떠오르지 않았다. 앞으로도 그런 짓만은 삼가해야하겠다는 생각이 들었다.

내가 잠시 상상의 나래를 펼치고 있던 동안, 그제야 가족들도 내 말뜻을 이해하고 일제히 함성을 질렀다. 나는 자기도 모르게 그 함성 소리에 몸을 움찔거리고 말았다.

약간 볼품없는 꼴을 보이고 말았군. 나는 마음속으로 살짝 당황하고 있었기 때문에, 어머니가 내 앞으로 걸어와서 온힘을 다해 끌어안을 때까지 미처 반응을 보이지 못 했다.

어머니의 갑작스런 행동으로 인해 뭐가 뭔지 분간도 못 하는 동안, 이번엔 아버지가 등 뒤로 걸어와서 내 어깨에 손을 올린 채로 내 몸을 흔들어 대면서 연거푸 고개를 끄덕였다.

흠, 아무래도 두 분은 내가 마법학원에 합격한 일에 대해 칭찬하려는 의도인 것 같다. 나는 그제야 간신히 상황을 파악했다.

나 역시 가족이나 친구들과 서로 끌어안는 행위를 대단히 기쁘게 여기는 것은 다른 이들과 마찬가지다. 하지만 가능하다면 끌어안으면서 동시에 말도 건네주기를 희망한다. 그러는 편이 나도 상대의 뜻을 이해하기 쉽기 때문이다.

그런데 그런 내 마음의 소리가 닿기라도 했는지, 어머니가 약간 흥분한 얼굴로 말을 쏟아내기 시작했다.

"축하해, 드란. 사실은 얼마나 굉장한지도 잘 모르겠지만, 마법학원에 합격한 거지? 이제 너도 왕국의 인정을 받는 어엿한 마법사가 될 수 있을 거야. 네 노력이 인정받은 거야!"

사실은 잘 모르겠다니, 어머니는 정말 너무나 솔직하게 그러한 사실을 고백했다. 하긴 평범한 농민의 입장에서 보자면 마법학원 같은 건 완전히 딴 세상일이나 다름없다. 얼마나 굉장한지 느낌이 잘 오지 않는 것은 자연스러운 일이었다.

어머니에 이어, 아버지도 나에게 축하의 말을 건넸다.

"난 네가 해낼 줄 알았다. 드란, 네가 마을을 떠나야 한다는 사실은 쓸쓸하지만, 지금은 네 노력이 결실을 맺었다는 일을 축하해야 하는 순간이구나."

부모님과 딜런 형, 마르코가 만면의 미소를 짓고 나를 바라보고 있었다. 나는 이번에야말로 자신이 축복을 받고 있다는 사실을 강하게 실감했다.

"고마워. 어머니, 아버지."

지금 내 얼굴은 틀림없이 진심에서 우러나온 미소를 짓고 있을 것이다.

그날, 우리 가족은 서둘러 밭일을 일단락 지었다. 그리고 즉시 내 합격 소식을 마글 할머니나 촌장에게 전하러 다녔다. 그 후엔 학원으로 갈 짐을 싸기 시작했다. 밤이 다가오자, 온 가족이 마을에서 유일한 여관 겸 술집인 「퇴마의 방울 식당」으로 외식을 갔다.

소문을 전해들은 마을 이웃들도 내 입학을 축하하기 위해 퇴마의 방울 식당을 연달아 찾아오더니, 나를 헹가래치기도 하고 머리를 쓰다듬다 못해 수세미로 만들어 가면서 축하의 말을 건넸다.

우리 가족이 비축해두고 있던 식자재나 입학을 축하하기 위해 이웃들이 지참한 식자재로, 그날 밤은 야단법석을 떨면서 큰 연회를 열었다. 밤늦게까지 퇴마의 방울 식당에서 「잘 했다」나 「이제부터 진짜야」, 「마을의 자랑거리다」 같은 격려의 말들이 울려 퍼졌다.

합격이 결정 난 이상, 마계 사건 이후로 친밀한 관계를 맺고 있는 검은 장미의 정령 디아드라나 우드 엘프 종족의 피오와 같은 엔테의 숲에 사는 새로운 친구들에게도 알려야 할 것이다.

다행히 그녀들은 합격 통지서가 도착한 바로 다음 날, 물물교환을 위해 우리 마을을 찾아왔다. 나는 마을의 중앙 광장에서 두 사람을 발견하고 말을 건넸다. 우리는 광장 구석에 설치된 긴 의자에 함께 앉았다.

커다란 나무의 가지가 그림자를 드리워, 우리가 앉은 자리에 딱 알맞은 그늘을 만들어준 덕분에 몹시 선선했다.

엘프 소녀와 검은 장미의 정령이 나뭇잎 사이로 비치는 햇빛을 온몸으로 받는 그 모습은, 만약 이 한 순간을 한 폭의 그림으로 남길 수만 있다면 전 재산을 내던져서라도 구입하려는 이들이 끊이지 않을 만큼 아름다웠다.

긴 의자에 피오, 디아드라, 나의 순서로 앉아 잠시 동안 서로의 근황 등을 보고했다. 이런 일은 괜히 미뤄봤자 좋을 것이 없기에, 나는 바로 마법학원 입학에 관한 이야기를 꺼내기로 했다.

"사실은 두 사람에게 보고할 일이 있어."

디아드라는 평온한 미소를 지은 채 지금까지 잡담에 참가하고 있었지만, 내 목소리 속에서 약간의 긴장감을 감지하고 그 인간을 초월한 미모에 의아하다는 빛을 띠면서 나에게 시선을 돌렸다. 피오도 마을에서 구입한 막대사탕을 입에 물고 디아드라 너머로 이쪽을 바라보면서 다음 말을 기다렸다.

"얼마 전에 가로아 마법학원의 입학시험에 응시했어. 다행히 합격할 수는 있었는데, 며칠 후엔 베른 마을을 떠나 마법학원의 기숙사에서 생활을 시작해야 해. 그러니까, 당분간 두 사람과 만날 수 없을 거야."

"으엥?! 뭔 소리야? 너무 갑작스러운 거 아냐?"

피오가 입에 물고 있던 막대사탕을 뽑아 들더니, 굉장히 놀란 표정으로 되물었다.

"갑작스럽게 결정이 난 건 사실이야. 그리고 두 사람의 경우엔 마을 사람들과 달리 매일 같이 얼굴을 보는 게 아니다 보니 곧바로 보고하기도 힘들었어. 미안해."

"아니, 딱히 드란을 나무라는 건 아닌데……. 역시 좀 갑작스러워서 깜짝 놀랐을 뿐이야. 그치, 디아드라도 마찬가지 아냐?"

디아드라는 순간적으로 말문이 막힌 것처럼 보였지만, 피오가 의견을 묻자 천천히 입을 열었다.

"……그래. 놀란 건 나도 마찬가지야. 가로아 마법학원이라고? 아마 크리스티나가 다닌다고 하던 장소였지? 그렇다면 드란은 앞으로 크리스티나와 같은 학원에 다니게 되는 건가?"

"맞아. 크리스티나 양에겐 아직 합격 사실을 전하지 않았으니, 그쪽에 도착하고 나서 말할 생각이야. 마법학원엔 짧으면 1년, 길면 2년 정도 다니게 될 거야."

피오나 디아드라는 인간과 차원이 다른 수명을 보유한 종족이다. 그녀들의 시점에서 보자면, 1년이나 2년 정도는 그리 긴 시간으로 느껴지지 않을 것이다.

그러나 피오는 모처럼 생긴 이종족 친구인 나와 당분간 만나지 못 한다는 사실에 불만스러운 기색을 숨기지 않았다.

마계의 군단이 쳐들어오는 비상사태라도 벌어지지 않는다면, 평소의 피오는 하고 싶은 말을 안 하거나 감정 표현을 자제하는 성격이 아니다. 피오는 절반 정도 녹아내린 호박색 막대사탕을 혀끝으로 가지고 놀듯이 핥으면서, 표정과 시선에 노골적인 불만을 드러냈다.

"아니 꼭 인간 친구가 드란만 있는 건 아니지만, 이만큼 스스럼없이 대화를 나누는 상대는 사이웨스트 사람들 이외엔 드란이나 세리나 정도란 말이지. 드란이 우리를 버리고 인간 나라의 도시로 가 버린데, 디아드라—."

피오가 흑흑거리면서 어설픈 울음 흉내를 내기 시작했다. 그리고 디아드라의 오른쪽 어깨에 얼굴을 기대는가 싶더니 그대로 그 가슴에 얼굴을 묻었다. 디아드라는 매달려오는 피오에게 따뜻한 눈길을 보내면서 마치 타이르듯이 오른손으로 피오의 머리를 쓰다듬었다.

디아드라가 내 눈동자를 똑바로 바라보면서 새빨간 입술을 열었다.

"한 번 그 마법학원에 입학하면, 졸업할 때까지 계속 가로아라는 도시에서 지내는 건가? 그 동안 여기로 돌아오진 않을 거야?"

"아니. 봄과 여름, 겨울에 긴 방학이 있으니까 시간이 날 때마다 가능한 한 돌아올 생각이야. 마을 사람들은 물론이고, 너희들과 만나지 못 하는 건 견디기 힘든 일이니까."

"그렇다는데? 피오, 드란은 딱히 우리를 내버리고 갈 생각은 없는 모양이야. 그러니까 그 어색하기 짝이 없는 거짓 울음은 그만하는 게 어때?"

디아드라가 그렇게 내뱉으면서 피오의 머리를 가볍게 두드리자,

피오가 새하얀 가슴에 묻고 있던 얼굴을 들어올렸다. 그녀의 눈가엔 눈물 한 방울 맺혀있지 않았다. 방금 전까지 흐느껴 울던 모습이 어디까지나 거짓 울음에 지나지 않았다는 사실을 숨기려고 하지도 않았다.

"음~, 디아드라가 그렇게 말한다면야 어쩔 수 없지. 나나 디아드라의 입장에서 보자면 1년이나 2년 정도는 눈 깜짝할 사이니까, 가끔 가다 돌아와 주기만 한다면 용서해줄게. 이따금 숲 쪽에도 얼굴을 보여주러 올 거지?"

"물론이지. 들를 때마다 맛있는 거라도 사 가지고 갈게."

"듣던 중 반가운 소리네. 그건 그렇고 마법학원이라고? 그 크리스티나가 다닐 정도니까, 다른 학생들도 상당히 엄청나겠지?"

피오는 마법학원의 학생들 가운데 크리스티나 양에게 필적하는 실력자들이 많을지도 모른다고 생각하는 모양이다. 하지만 아무리 그래도 그럴 리는 없다.

크리스티나 양의 실력은 선천적으로 타고난 특이 체질과 전투에 관한 천부적인 재능, 그리고 냉정한 성격으로 인한 면이 크다. 마법학원의 교육이 아무리 효과적이라고 해도, 모든 학생들을 그녀만큼 단련시키는 일은 불가능할 것이다.

"일단, 크리스티나 양은 예외적인 사례라고 생각해. 하지만 그녀 이외에도 다양한 인물들과 만날 수 있을 거라는 생각은 들어. 지금으로선, 바로 그 새로운 만남들이야말로 내가 가장 기대하고 있는 일일지도 몰라."

"그렇다면 드란에게 버림받는 우리들은, 드란이 가로아에서 멋진 만남과 마주하기를 기도하면서 밤마다 눈물로 베개를 적시도록 할까?"

디아드라는 이 세상의 어떤 남자라도 매혹에 빠뜨릴 만한 미모의 입술로 있는 한껏 비아냥거렸다. 나는 어깨를 으쓱거리면서 대답할 수밖에 없었다.

이 아름다운 검은 장미의 정령은, 때때로 사람의 가슴에 가시를 꽂는 말투를 구사할 때가 있다.

"마치 내가 두 사람을 나쁜 길로 끌어들인 악당이라도 되는 듯한 말투로군. 디아드라는 가끔 그런 말을 꺼낸단 말이지."

"어머나? 그렇게 들렸다면 스스로도 짚이는 구석이 있다는 뜻 아니야? 후후, 하지만 말이 살짝 지나쳤을지도 몰라. 너와 당분간 만나지 못해 토라진 여자가 내뱉은 허튼 소리로 여기고 용서해주겠나?"

"디아드라가 그렇게 갸륵한 여성이라는 생각은 들지 않지만, 일단 그런 걸로 해두지."

"섭섭한데? 이래봬도 난 일편단심이 장점인 여자야."

"그랬단 말이지? 내 눈은 장식품이었던 모양이군. 일편단심 디아드라의 사랑을 받는 남자는 필시 대단한 행운아일 거야."

"맞아, 어쩌면 세계 제일의 행운아일지도 몰라."

디아드라가 의미심장하면서도 짓궂은 미소를 나에게 보였다. 흠?

그 표정이 의미하는 바가 신경 쓰이기는 했지만, 우리는 그 화제를 더 이상 추궁하지 않고 계속 이야기꽃을 피웠다.

†

디아드라와 피오에게 인사를 마쳤으니, 이제 남은 일은 세리나를 가로아 마법학원에 데리고 가기 위해 그녀와 사역마의 계약을 맺는 것뿐이다.

내가 세리나에게 사역마에 관해 설명하자, 그녀는 살짝 망설이면서도 기대가 깃든 표정으로 「드란 씨의 사역마라면 상관없어요」라고 대답했다.

그리고 그날 저녁, 사역마의 의식을 거행하기로 했다.

각각 주인과 사역마가 될 양쪽이 합의를 나눈 이상, 계약 의식 그 자체는 그다지 어렵지 않은 걸로 알고 있다.

우리가 집행하는 계약은 제3자의 중개를 통해 사역마와 주인 사이에 정신적인 연결 관계와 지식이나 오감, 마력을 공유하고 서로의 잠재의식에 주종 관계를 주입하는 의식이다.

의식은 마글 할머니와 그 딸인 디나 아주머니에게 부탁하기로 했다.

의식을 거행하는 장소는 마글 할머니가 마법약의 조합에 사용하는 별채였다. 바닥에 새하얀 특수소재로 지은 양탄자를 깔고, 그 위에 푸르스름하게 빛나는 도료로 마법진을 그렸다.

그 양탄자는 평소에 마글 할머니의 수업을 받을 때는 본 적이 없는 도구였다. 창고 안에 깊숙이 모셔져 있던 것을 일부러 꺼내왔다고 한다.

나와 세리나가 양탄자 위에 그려진 마법진 중심에 서자, 의식이 시작됐다. 마글 할머니가 계약 마법에 대한 지식이 담긴 마도서를 한 손에 들고, 계약을 관장하는 신 라 벨타의 이름으로 나와 세리나의 이름을 선언하기 시작했다.

빛나는 원과 계약신(契約神)의 신성문자로 구성된 계약진(契約陳)이 나와 세리나를 에워싸듯이 바닥으로부터 푸르른 빛으로 변해 떠올랐다. 그리고 몇 겹이나 겹쳐져 우리 주위를 격렬하게 회전하면서 깜빡이기 시작했다. 주위를 둘러싼 빛으로 인해, 나는 마글 할머니나 디나 아주머니의 눈동자를 확인할 수가 없었다.

실내의 분위기가 변하면서, 피부 위에 따끔거리는 감각이 점차 강해졌다.

깊게 주름진 얼굴의 마글 할머니가 그 입술을 희미하게 움직이자, 심오한 목소리가 별채 안에 퍼져나갔다.

"계약의 신 라 벨타의 이름으로 거짓 없이 절대적인 계약을 여기에 맺겠나이다. 왜소한 인간 드란과 마(魔)의 뱀에게 저주받은 소녀 세리나, 이들 두 개의 혼에 왜소한 인간을 주인으로 삼는 주종관계의 운명을 부여하오소서."

마글 할머니의 영창이 진행됨에 따라 계약진이 발산하는 힘의 순도가 높아지면서, 한층 고차원적인 힘으로 승화되고 있었다.

육체가 아니라 혼으로 주종관계의 계약을 맺기 위해서는 일반적인 마력만으로는 부족하다. 양보다도, 질적으로 한층 더 높은 차원에 해당하는 고위의 힘이 필요하다.

마글 할머니의 실력은 전혀 손색이 없었다. 아마도 여러 차례에 걸쳐 사역마의 계약 의식을 경험했던 것이리라. 영창이나, 영창을 보조하기 위해 손가락으로 만들어낸 표식의 동작도 매끄럽기 그지없었다.

계약진이 일곱 계층에 걸쳐 분열을 일으키면서, 우리의 혼에 대한 간섭이 시작됐다.

마글 할머니의 영창에 따라, 지상보다도 고차원의 세계에 존재하는 라 벨타가 지상 세계에 그 권능을 발현시키기 시작한 것이다.

"흠."

라 벨타가 세리나에 이어 내 혼에 간섭하기 위해 다가오다가 굉장히 곤혹스러운 기색을 보였다. 나는 물론 그 기척을 감지할 수 있었다.

결국 우리들 중에 이 기척을 깨달은 건 나뿐인가?

나의 혼은 본래 지니고 있는 고신룡의 혼에 인간의 혼을 본뜬 껍질을 씌우고 있는 거나 다름없는 상태였다. 그런 고로 신의 힘을 빌려 혼에 직접적인 영향을 끼치는 계약을 거행하자면, 라 벨타에게 이 거짓된 혼의 껍질 정도는 간파당할 수밖에 없었던 것이다.

계약을 다스리는 라 벨타는 아직 환생한 나의 존재를 파악하지 못 했던 걸로 알고 있다. 따라서 그녀가 갑작스럽게 고신룡의 혼과 마주쳐 깜짝 놀라는 것도 무리는 아니다.

라 벨타가 내 존재를 깨달은 것은 생각하기에 따라서 오히려 나에게 유리한 상황일지도 모른다.

계약진을 경유해서 사념만으로 나누는 대화이기는 했지만, 나는 상대에 대한 예의로서 인간의 혼이라는 껍질을 벗어던졌다. 그리고 고신룡의 혼이라는 본색을 드러낸 채로 라 벨타에게 말을 걸었다.

라 벨타와 그다지 면식은 없었지만, 특별히 적대관계였던 적도 없다. 라 벨타가 이 계약에서 융통성을 발휘해줄지의 여부는, 그녀의 성격과 내 교섭 방법에 달려있을 것이다.

그다지 어려운 교섭이 되지 않기를 희망하면서, 나는 스스로의 정신을 과거에 용으로서 존재했던 시절에 준하는 상태로 전환시켰다.

「계약을 관장하는 신, 라 벨타여.」

라 벨타의 사념이 정체를 드러낸 나의 거대한 혼에 전율하면서, 부름에 응했다.

전생에 살아있을 때보다 약체화된 상태라고는 하나, 신들의 기준에서 보더라도 내 혼은 아직도 상당히 강력한 수준을 유지하고 있는 모양이다.

인간과 마물 사이에 맺어지는 사역마의 계약을 성사시키기 위해 불려왔는데, 뚜껑을 열어 보니 신들조차 능가하는 강대한 혼이 나타난 것이다. 라 벨타가 경악하는 것도 무리는 아니다.

「그대는…… 일곱 빛깔로 빛나는 용의 혼이라니, 설마?」

내 뇌리에 도달한 라 벨타의 목소리는, 마치 고요한 밤에 불어오는 밤바람과 같이 조용했다. 인간이나 아인 같은 지상의 백성들이 이 목소리를 들었더라면, 차원이 다른 고위 존재의 목소리에 그 혼이 벌벌 떨다가 기절했을지도 모른다.

라 벨타는 계약이라는 행위와 그 관리를 관장하는 여신이다. 내 기억이 확실하다면 천계와 지상 세계 사이에 펼쳐진 공간의 틈새에 스스로의 영역을 창조하여, 그 자리에서 자신의 이름으로 거행된 계약들을 관리하면서 지내는 것으로 알고 있다.

하급 신들을 권속으로 거느리지 않고 고고의 존재로서 군림하는 여신이며, 선량한 신들과 사악한 신들 사이에 벌어진 태고의 대전에도 적극적으로 개입하지 않고 끝까지 중립을 지켰다.

「그 설마가 정답이라네. 기이한 인연으로 인해 인간으로서 삶을 영유하고 있네.」

「이해했다. 허나 그대들의 계약에 지장은 없다. 그대는 이 계약을 바라는가?」

내가 존재를 유지하고 있었다는 사실에 대한 놀라움은 이미 사라졌다. 라 벨타는 어디까지나 자신의 역할을 완수하기 위해 담백한 태도로 의식을 계속했다.

「그렇다네. 그러나 그 전에 그대에게 부탁이 있네. 나와 세리나 사이에 맺는 계약 중에서 세리나의 정신에 끼치는 영향을 무효화해 주게. 다른 이들이 그 사실을 깨닫지 못 하도록 은폐도 필요하지.」

「애당초 나에게 요구한 계약의 내용과 어긋나는 부탁이다. 그대의 바램은 받아들이기 어렵다.」

역시 계약의 신이란 말인가? 그녀는 나의 요구에도 불구하고 엄격하게 계약의 내용을 지키려고 했다.

「그렇다면 내 요구에 따른 새로운 계약을 희망하지. 계약의 대가인 마력은 내가 직접 바치겠네. 우리를 대상으로 하는 첫 번째 계약의 직후, 내가 원하는 내용으로 갱신해줄 수 있겠나?」

마글 할머니를 통해 맺는 사역마의 계약을 내가 바라는 내용으로 갱신해달라는 내 요구에 대해, 라 벨타는 잠시 동안 심사숙고를 한 뒤에 대답했다.

「계약의 갱신이라…… 알겠다. 그 대가로 필요한 힘은 인간의 몸으로 치면 막대한 양이나, 그대라면 지장이 없을 것이다.」

「고맙네. 더 이상 부탁하기도 미안하다만, 내가 환생했다는 사실은 함부로 발설하지말기를 바라네. 나로 인해 쓸데없는 다툼이 발생하는 것은 바라는 바가 아니라서 말이야.」

말은 그렇게 했지만, 이미 마이라르와 카라비스가 내 환생을 알고 있다. 또한 마계의 장수 게오르그와 전투를 벌이면서 마계로 전이해 일시적으로 용의 권능을 떨친 적도 있다. 사악한 신들이나 선량한 신들이 나의 환생을 알아채는 것도 시간문제나 다름없었다.

「납득했다. 그대의 존재는 내가 관여할 바가 아니다. 그리고 나는 원래부터 다른 이들과 섞여 사는 존재가 아니다.」

「정말로 고맙네. 그저 감사할 따름이야. 그러나 그대도 다른 이들과 약간은 어울리는 편이 삶을 즐길 수 있지 않겠나? 나라도 괜찮다면 시간이 날 때마다 말 상대 정도는 해줄 수 있는데.」

「쓸데없는 참견이다.」

흠, 붙임성은 없지만 직접 상대하다 보니 생각보다 융통성이 있는 상대였다.

나는 라 벨타에게 감사의 뜻을 전하고, 정신을 육체로 되돌렸다. 이제 마글 할머니가 거행한 사역마의 계약을, 내가 요구한 계약 내용으로 갱신함으로써 세리나의 정신에 막대한 영향을 끼칠 일은 없어졌을 것이다.

"흠?"

내가 라 벨타와의 교섭을 실로 순조롭게 끝내고 와서 일단 안심하고 있으려니, 마글 할머니가 어딘지 모르게 의아한 표정을 짓고 있다는 사실을 깨달았다.

아마도 계약의 체결이 완료될 때까지 걸리는 시간이, 일반적인 계약보다 살짝 지연되고 있다는 사실에 위화감을 느끼고 있는 것이리라. 나와 라 벨타가 사념을 통해 교섭하고 있던 시간은 결코 길지 않았지만, 기본적으로 순조롭게 끝나는 계약의 체결에 근소한 시간차가 발생하는 것까지 막을 수는 없었던 모양이다.

다행히 마글 할머니가 의아하게 여긴 다음 순간, 첫 번째 계약이 체결되면서 마법진이 내뿜던 빛이 잦아들기 시작했다. 나와 세리나의 혼에 주인과 사역마로서의 연결 관계가 각인된 것이다.

그리고 마글 할머니조차 눈치채지 못할 만큼 빠른 속도로, 계약 내용이 내가 요구했던 대로 갱신됐다.

이제 나와 세리나 사이에 맺어진 사역마의 계약은, 내가 바라던 대로 변한 것이다.

마글 할머니는 역할을 완수한 계약진의 소멸을 확인하고, 나와 세리나에게 각각의 심장 부근을 확인해보도록 권유했다.

"두 사람 다 자신의 가슴 부근을 확인해 보려무나. 사역마의 계약이 체결됐다는 증거가 있을 거다."

우리는 마글 할머니의 말에 따라 옷 사이로 자신의 심장 부근을 확인했다. 동전 한 닢 정도 크기의 자그마한 라 벨타의 문장이, 푸르른 빛을 발하며 피부 위에 떠올라 있었다.

"두 사람의 가슴에 새겨진 그 문장이야말로 마법학원에서 인정하는 계약 마법 가운데 하나인 라 벨타 신의 이름으로 체결된 계약의 증거란다. 드란이 정식으로 마법학원의 학생이라는 신분을 입수한 후, 세리나도 학원에서 공인하는 사역마임을 보장하는 메달을 받게 될 거야. 세리나는 그 메달을 주위로부터 보이는 곳에 달고 다녀야 한다. 그러지 않으면 주위에서 사역마라는 사실을 알 수가 없을 테니까 말이야. 묘한 착각을 한 족속들이 무슨 짓을 할 지 짐작도 안 가거든."

세리나가 마글 할머니의 말을 듣고 약간 불안한 표정을 지었다.

"만약 세리나가 무슨 일을 당하기라도 한다면, 누가 상대라 하더라도 반드시 보복할 거야. 나는 세리나에게 상처를 입히는 상대를 용서할 수 없어."

나는 세리나의 손을 잡고 다시금 선언했다.

"드란 씨가 그렇게 말씀해주시는 건 너무나 기뻐요. 하지만 저를 위해서 무모한 행동을 하실 필요는 없어요. 드란 씨는 앞으로 해야만 하는 일이 잔뜩 있잖아요?"

"흠. 그건 사실이지만, 세리나가 다치도록 내버려 둘 수 있을 리가 없잖아? 물론 마법학원의 학생들이 다 세리나에게 몹쓸 짓을 할 정도로 철이 없지는 않을 거야."

세리나가 내 말을 듣고 쑥스럽다는 듯이 고개를 숙였다.

디나 아주머니가 내 옆에서 가볍게 손가락을 휘두르면서 무슨 마법을 사용했다. 내 몸에 지극히 미량의 마력이 통과하는 것을 감지했다. 디나 아주머니는 아마도 대상을 검사하기 위한 종류의 마법을 사용한 것이리라. 이 마법은 기본적인 육체의 감각으로 대략적인 일들을 전부 다 파악할 수 있는 내 입장에서 보자면, 필수적으로 터득해야 하는 마법은 아니었다. 하지만 나름대로 응용할수 있는 기술로 보이니 마법학원에서 익혀두는 것도 나쁜 생각은아닐 것 같다.

"사역마의 계약은 아무 문제도 없이 끝났습니다. 이제 세리나양을 가로아로 데리고 가도 이의를 제기하는 이는 없을 겁니다."

디나 아주머니는 마법의 반응을 감지하고 계약의 성립을 확인한모양이다.

일단 나는 마글 할머니에게 의식의 종결을 확인했다.

"사역마의 계약 의식은 이걸로 끝난 건가요?"

"그래, 아무 문제도 없다. 이미 시험은 통과했으니까. 이제 남은건 우리 바보 아들놈이 보내는 마차를 타고 마법학원으로 가는 것뿐이란다."

그렇게 결론짓고, 마글 할머니는 가볍게 세리나를 포옹했다.

"세리나. 네가 라미아인 이상, 인간이나 아인들이 주민의 대부분을 차지하는 가로아 같은 도시에서는 여러 가지로 불쾌한 경험을 할 수도 있을 거야. 하지만 네 곁엔 언제나 드란이 따라다닐 테고, 괴로운 일을 겪으면 언제든지 여기로 돌아와도 된단다. 세리나는 이 늙은이에게 있어서, 우수한 제자인 동시에 네 번째 손녀딸이나 마찬가지야."

마글 할머니는 세리나를 풀어주더니, 나를 똑바로 응시하면서말했다.

"알겠니, 드란? 너는 아까 스스로 입에 담은 그 말을 거짓말로만들지 마라. 세리나에게 상처를 입히는 상대가 나타난다면 누가 됐건 간에 물러서지 말거라. 하긴, 나는 네가 물러서는 모습 같은 건 본 적이 없으니 걱정할 필요도 없겠구나."

"예, 굳이 말씀하실 필요도 없어요. 총독부건 왕도건 간에, 설령 마계라고 해도 쳐들어갈 겁니다."

나는 망설임 없이 호언장담했다. 세리나는 내 모습을 보고 또 다시 쑥스럽다는 듯이 머뭇거리면서 사랑스러운 몸짓을 보였다.

그리고 우리는 마글 할머니와 디나 아주머니에게 거듭 감사의 말을 전하고, 별채를 뒤로했다.

태양이 서쪽 지평선 너머로 기울고 있었다. 나와 세리나는 어깨를 나란히 하고, 각자 자택으로 향하고 있었다.

바람에 새하얀 꽃잎들이 나풀거리는 꽃밭들은 물론, 풍성한 결실을 맺고 머리를 숙이고 있는 황금빛 보리들까지도 마치 다른 세계에 발을 들여놓은 듯한 착각을 불러일으키는 어스레한 색깔로 물들어 있었다.

세리나는 때때로 하얀 블라우스 옷깃을 잡아당겨 가슴에 새겨진 사역마의 낙인을 확인했다. 새하얀 밀랍처럼 보드라운 피부가 어렴풋이 붉게 물들어 있는 모습이, 어슴푸레한 저녁노을 밑에서도 뚜렷하게 시야에 들어왔다.

문득 세리나가 나에게 고개를 돌렸다.

"이제 드란 씨와 함께 가로아로 갈 수 있는 거지요? 저는 정말 너무나 기뻐요. 마을 사람들과 헤어지는 건 물론 슬픈 일이지만, 드란 씨와 만나지 못 하는 건 더 슬픈 일이니까요."

특별히 의식해서 입에 담은 말은 아닌 것 같지만, 지금 세리나가 내뱉은 대사는 거의 고백이나 다름없었다.

만약 내 혼의 나이가 조금이라도 더 젊었더라면, 지금 이 한 마디로 사랑에 빠졌을 지도 모른다. 솔직히 말해서 살짝 뺨을 붉게 물들이고 있는 세리나의 미소와 그 고백에 마음이 크게 흔들리고 있다는 것이 느껴졌다.

"흠. 세리나, 지금 한 말은 상당히 만만치 않은, 아니, 대단히 결정적인 한 마디로군. 하마터면 세리나에게 반해버릴 뻔 했어."

세리나는 내 대답을 듣고 어리둥절이라는 표현의 견본과도 같은 표정을 지으며 정지했다.

"예?"

"역시 의식적으로 내뱉은 말은 아니었나? 세리나는 라미아치고 다른 종족을 매료하는 기술이 서툰 편이라고 생각했는데, 역시 라미아는 라미아가 틀림없군. 숨 쉬듯이 자연스럽게 나를 유혹할 때가 있단 말이지."

정말로 이 뱀 소녀는 가끔 가다가 예상조차 못한 말을 꺼낼 때가 있다. 그 덕분에 함께하면서 즐겁기도 하지만 말이야.

약간 약 올리는 듯한 의미를 담은 내 한 마디가, 천천히 세리나의 마음에 스며든 것 같다.

세리나의 피부가 머리꼭대기부터 꼬리 끝까지 빨갛게 물들었다. 서서히 스스로가 내뱉은 말의 의미를 깨닫기 시작한 모양이다.

흠, 앞으로 당분간은 방금 전과 같은 섣부른 말투는 자제해야할 텐데 말이야. 혼기가 다 된 처녀가 빈번히 남자들을 홀리는 말을 입에 담는 건 그다지 좋은 일이 아니거든.

특히 가로아 마법학원은 한창 때의 10대 청소년들이 북적거리는 장소이기도 하다. 다른 종족을 유혹하는 특성을 지닌 라미아의 경우, 엄격한 감시 대상으로 분류될지도 모르는 일이다.

"아, 으, 저기, 드란 씨! 저는 딱히 말이죠? 그런 뜻으로 한 말은 아니고요, 그렇게 드란 씨를 유혹하려는 건……!"

"딱히 화를 내고 있는 건 아니야. 나하고 세리나의 사이가 아닌가. 단지 마법학원에 가면 약간 조심스러운 말투를 쓰는 게 어떤가 싶을 뿐이지. 세리나 같은 미소녀가 귓가에서 달콤하게 사랑의 말을 속삭이기라도 하면, 대부분의 인간 남자들은 저항다운 저항도 못 해보고 순식간에 그냥 넘어와 버릴걸?"

"아으, 하, 하지만 드란 씨는 순식간에 안 넘어오잖아요?"

그 말은 꼭 내가 순식간에 넘어오기를 바라는 듯이 들리는데? 흠, 역시 그런가? 이게 만약 내 착각이라면, 나는 그야말로 어처구니없을 정도로 과도한 자신감의 소유자라는 뜻이다.

"후후, 나는 약간 메마른 구석이 있거든. 만약 서큐버스와 같은 몽마(夢魔)의 족속에게 유혹을 당한다고 해도 아무 것도 느끼지 못 할지도 몰라. 일단 오해가 없도록 말해두겠는데, 육체 쪽은 건강하기 짝이 없으니 아마 정신 쪽에 문제가 있는 걸 거야."

"드란 씨는 아직 열여섯 살이잖아요? 저보다도 나이가 어린데 벌써 메…… 메마르다니, 으으……."

"창피를 무릅쓰고 괜히 입에 담을 필요는 없어. 그리고 세리나, 내가 너에게 해야 하는 말이 하나 더 있어."

세리나는 부끄러워하며 무심코 양손으로 자신의 얼굴을 숨기고 있었다. 그녀는 내가 또 무슨 소리를 해서 잇따라 추격타를 걸어 올지도 모른다고 여겼는지, 손가락 사이로 조심스럽게 내 얼굴을 살폈다.

"또 뭔가요?"

세리나는 완연한 경계심을 숨기지 않았다. 나는 살며시 미소를 지으면서 속에 담고 있던 마음을 거짓 없이 털어놓았다.

"세리나가 함께 가로아로 가고 싶다고 말해줘서, 나는 정말로 기뻤어. 역시 가족이나 친한 친구들과 떨어져서 혼자 가로아로 간다는 건, 생각했던 것보다 훨씬 쓸쓸했던 모양이거든? 세리나가 사역마 계약을 받아들이면서까지 동행해주는 덕분에, 나는 가로아로 가서도 고독을 느끼지 않아도 돼. 그러니까 나는 세리나에게 진심으로 감사하고 싶어. 고마워, 세리나."

세리나는 숨을 죽이고 내 말을 듣고 있었다.

"드란 씨……. 감사의 말씀은 필요 없어요. 제가 드란 씨와 함께하고 싶어서 부탁드린 일이니까요. 이렇게 감사를 받을 만큼 대단한 일을 한 게 아니에요."

"하지만 그 덕분에, 나는 정말로 구원을 받았어. 그러니까 고맙다고 밖에 달리 할 말이 없는 거지."

"후후, 그런가요? 그렇다면 순순히 감사의 말씀을 받아들이는 편이 좋겠네요. 드란 씨를 위해서 뭔가 할 수 있었다면, 저는 그것만으로도 만족해요."

"세리나가 기쁘다면 나도 기뻐."

"저기요, 드란 씨? 하나만 부탁드려도 될까요?"

나는 무슨 결심이라도 굳힌 듯한 세리나에게, 고개를 끄덕이며 대답했다.

세리나에 대한 감사의 마음은 진짜였다. 그리고 이 소녀의 성격을 고려해볼 때, 그다지 호들갑스러운 부탁을 하지는 않을 것이다. 물론 나는 내 힘이 닿는 대로 그녀의 소원을 이루어주고 싶다.

"그러니까, 손을…… 잡아도 될까요?"

세리나가 조심스럽게 자신의 왼손을 나에게 내밀었다. 생채기나 잡티라고는 전혀 찾아볼 수가 없는 아름다운 손가락과 손바닥이, 내 대답을 기다리고 있었다.

"손을 잡기만 하면 될까? 갈림길도 얼마 안 남았으니, 그리 오랫동안 잡고 갈 수도 없을 텐데?"

"괜찮아요. 지금은 손을 잡기만 해도 충분해요."

"그래? 실로 세리나다운, 상당히 귀여운 소원이로군."

나는 세리나의 손을 꼭 마주잡고, 기쁨에 겨운 미소를 짓는 세리나와 함께 귀갓길을 걸었다. 지평선을 향해 막 지기 시작한 태양이, 나와 세리나가 손을 잡으면서 생긴 그림자를 길게 드리웠다.

†

나와 세리나가 가로아 마법학원으로 향하기 위해 마을을 떠나야 하는 날이 찾아왔다.

여행길에 오르기 알맞은 멋진 날씨였다.

하늘은 우리의 여행을 축복하듯이 맑고 푸르게 개여 있었고, 온기를 띤 상쾌한 바람이 뺨을 쓰다듬었다.

여기저기에 떠오른 새하얀 구름의 움직임은 너무나 완만한 나머지, 사뿐한 봄기운에 졸고 있는 양들을 연상시켰다. 오늘만큼은 마물들이나 맹수들도 싸움을 잊고 꿈나라로 떠난 게 아닐까?

나와 세리나를 배웅하러 우리 가족 다섯 사람과 친구인 알버트, 촌장과 그 딸인 셴나 누나, 그리고 아이리, 리샤 자매와 그 어머니인 디나 아주머니까지 포함해서 많은 사람들이 따라왔다.

오늘도 나는 평소와 다를 바 없이 일반적인 농민의 차림새였지만, 학원에 도착한 후엔 지정된 교복을 지급받게 될 것이다. 학원 바깥으로 외출할 경우에도 교복을 착용하면 문제가 없다고 한다. 옷값이 따로 필요하지 않다니 듣던 중 반가운 소리였다. 나야 교복을 입고 다니면 된다지만, 가로아에서 세리나가 입고 다닐 옷을 새로 마련하기 위해 필요한 자금도 빠르게 조달해야하기 때문이다.

마법학원은 경제적인 여유가 없는 학생들을 지원하기 위해 모험가 길드나 총독부와 제휴를 맺고 마법약이나 마법도구, 마법무구를 작성하는 의뢰를 알선한다고 한다. 학생들의 용돈 벌이를 인정하고 있다고 볼 수 있다.

아마 학생의 모험가 등록까지도 허용하고 있는 걸로 알고 있다.

흠. 학업 이외의 일에 쓸 수 있는 시간이 얼마나 있을지는 모르겠지만, 베른 마을보다 돈을 벌기 쉬운 환경일지도 모르겠다.

황금빛 태양이 머나먼 저편의 능선에서 은근히 얼굴을 보이기 시작한지 얼마 지나지 않았지만, 이미 출발 시각이었다.

어머니가 모두를 대표해서 한 걸음 걸어 나와 입을 열었다.

"드란, 알겠니? 모르는 사람을 따라가면 안 된다. 도시에는 맛있는 음식을 먹여준다면서 애들을 납치해가는 나쁜 사람들이 잔뜩 있다고 하더구나."

어머니는 내 코를 오른손 집게손가락으로 쿡쿡 건드리면서 어렸을 때 매일 같이 들려주던 이야기를 또다시 거듭해서 입에 담았다.

나는 알았으니까 그만하라고 고개를 끄덕이면서 속으로 쓴웃음을 지을 수밖에 없었다. 귀에 못이 박힐 정도로 들은 얘기였기 때문이다.

어머니가 나를 걱정하는 마음은 깊이깊이 전해져 왔지만, 아무리 그래도 내가 납치범한테 끌려갈 정도로 어린 아이 같이 보인단말인가? 어머니의 눈으로 보자면 자식은 몇 살을 먹어도 어린 아이로 보이는지도 모르겠다.

나 역시 옛날과 마찬가지로 무표정하게 고개를 끄덕였다. 어머니는 아무리 말해도 모자라다는 듯이, 계속해서 정말 괜찮겠냐고 물어왔다.

한편, 아버지 고라온의 경우엔 지금까지 내가 구경해본 적도 없는 진귀한 반응을 보이고 있었다. 아버지는 세리나에게 아들을 잘부탁한다는 말을 건네고 있었다. 기본적으로 아버지는 말수가 거의 없는 사람이기에 나에겐 몹시 신기한 광경이었다. 지금까지 세리나와 아버지가 대화를 나누는 모습을 본 적이 없었지만, 두 사람의 관계가 양호하다는 것은 크게 환영할 만한 일이었다.

"어머니, 알아들었어. 괜찮아. 나는 지금까지 어머니나 아버지의 말을 어긴 적이 없어. 마법학원에서 열심히 공부하고 올게."

걱정이 너무나 심한 나머지, 어머니는 나를 놓아주려고 하지 않았다. 촌장이 보다 못해 말을 거들었다.

"아르세나, 네 아들을 걱정하는 건 헛수고나 다름없다. 이 아이는 상당히…… 음, 여러 가지로 이상한 아이긴 해도 머리도 잘 돌아가는데다가 아주 다부진 녀석이야. 틀림없이 가로아에서 더욱 성장해서 돌아올 거다. 이럴 때는 아들을 믿고 내보내는 것이야말로 어머니의 진짜 역할일 거야."

물론 나는 더욱 성장해서 이곳으로 반드시 돌아올 생각이다. 나는 촌장의 말을 들으면서 크게 고개를 끄덕였다.

"아버지의 말이 맞아요, 아르세나 아줌마. 드란은 오히려 자신을 속이려 한 상대를 기겁하게 하는 애잖아요? 다음에 마을로 돌아올 때는 재밌는 얘기를 잔뜩 들고 올 거예요."

셴나 누나도 촌장의 맞장구를 치면서 나를 엄호했다. 촌장의 말엔 여러 가지로 의미심장한 속뜻이 담겨 있는 것 같기도 했지만, 일단 두 사람의 도움에 감사할 따름이다.

"어머니, 마차를 너무 기다리게 하는 것도 예의가 아니니까 그만 하자. 도착하면 꼭 편지를 쓸 테니까."

"응, 그렇구나. 엄마인 내가 너를 믿어야지 누가 너를 믿겠니. 그럼, 드란? 아이리나 다른 사람들한테도 작별 인사를 하고 가거라."

어머니의 등 뒤로 마글 할머니의 손녀인 아이리가 보였다.

어머니가 아이리에게 고개를 돌리자, 어젯밤 내내 울다가 눈가가 붉게 부어오른 아이리가 또 다시 새로운 눈물방울을 머금고 나를 바라보고 있었다.

"아, 아이리? 여기서 헤어진다고 영영 못 보는 것도 아니니까, 너무 울 필요는……."

아이리는 지금 당장이라도 또 다시 울음을 터뜨릴 것만 같았다. 어머니도 그 모습을 보고 황급히 그녀를 달랬다.

나도 아이리를 너무 자극하지 않도록, 가능한 한 부드러운 목소리로 말을 건넸다.

"아이리, 잠깐 마을을 떠나있을 뿐이야. 반드시 돌아올 테니까 걱정하지 마."

아이리의 어머니인 디나 아주머니가 은근슬쩍 그녀의 등을 떠밀자, 아이리가 내 눈앞까지 다가와서 멈춰 섰다. 밑에서 내 얼굴을 올려다보는 아이리의 표정은, 붉은 털의 아기고양이가 토라진 듯한 모습을 연상시켰다.

"돌아올 수 있을 때는 아무리 바빠도 꼭 돌아올 거지? 그러지 않으면, 요, 용서 안 할 테니까."

아이리는 목 메인 상태에서도 있는 힘껏 허세를 부리면서 말을 이어나갔다. 나는 정성스럽게 그녀의 요구에 대답했다.

"긴 휴일이 생기면 꼭 시간을 내서 마을로 돌아올게."

"마을을 떠나면서까지 마법학원으로 가는 거니까……."

"1등을 해야지. 당당한 모습으로 돌아올게."

"반드시 그럴 거지? 약속을 안 지키면 아무리 드란 오빠라도 용서 안 해. 그리고, 그리고 말인데, 드란 오빠가 돌아올 때쯤 되면 난 굉장한 미인이 되어 있을 거야."

이거야 편지 보내는 걸 잊어먹었다간 아이리 화산이 대폭발을 일으키겠는 걸? 나는 그런 확신이 들었다.

리샤가 언니답게 아이리의 자그마한 몸을 등 뒤에서 껴안은 채로 그녀를 위로했다.

사랑해 마지않는 언니의 따스한 온기와 향기에 휩싸여 조그맣게 코를 훌쩍였다. 그리고 시무룩한 표정으로 내 얼굴을 응시했다. 리샤도 아이리에 이어 입을 열었다.

"드란, 아이리하고 한 약속은 반드시 지켜야 해. 만약 잊어버리기라도 하면 아무리 드란이라고 해도 아이리의 언니로서 용서하지 않을 테니까."

"리샤를 화나게 하면 무서우니까 말이야. 명심하도록 하지."

나는 그녀들과 대화를 하면서 가슴속이 따뜻한 온기로 차오르는 것을 느꼈다.

소꿉친구인 알버트는 지금까지 팔짱을 끼고 조용히 쳐다보고만 있었다. 그가 어딘지 모르게 언짢은 표정으로 입을 열었다.

"드란, 난 널 친구라고 생각한다. 정말 오랫동안 알고 지낸 사이니까, 배웅할 땐 무슨 말을 건넬지 나름대로 고민도 많이 했거든?"

"흠?"

알버트는 눈을 가늘게 뜨고 무서운 표정을 짓더니, 내가 예상조차 못 했던 말을 꺼냈다.

"아니 도대체가 말이다, 넌 정말 부러운 걸 뛰어넘어서 진짜 밉상이다. 넌 그러니까, 가로아에 가서 한 번 혼쭐이나 나고 와라."

"알버트, 하고 싶은 말이 뭔데? 좋은 말은 해주지 못할망정 너무

한 거 아닌가?"

"시끄러, 인마. 너 말인데, 네 주변을 다시 한 번 자세히 둘러봐라. 여자애들이 네 주위에만 잔뜩 모여들어서, 마을 남자애들이 얼마나 부러워하는지 알기는 하냐?"

흠, 그러고 보니 나는 마을에서도 가장 인기 있는 세 사람— 리샤, 아이리 자매와 세리나 — 가운데 최소한 한 사람과 행동을 함께하는 경우가 많다. 마을에서도 나보다 약간 나이가 많은 청년들로부터 질투와 선망이 섞인 시선을 한 몸에 받고 있다는 사실은 나도 자각하고 있었다.

알버트 역시 그들과 비슷한 불만을 품고 있으리라는 것까지는 어렴풋이 짐작하고 있었지만, 하필이면 오늘 같은 날에 그런 소릴 굳이 꺼낼 필요는 없지 않나? 사랑스럽고 작은 내 인간 친구여.

"틀림없이 마을에서 인기 있는 여성들과 친한 편이지만, 우리 마을엔 그녀들 말고도 미인이 많지 않나? 예를 들면, 센나 누나도 훌륭한 미인이야. 그리고 레티샤 양은 성직자이기는 해도, 마이라르 교는 결혼을 허락하고 있는 걸로 아는데?"

"흥! 레티샤 양은 남자한테 전혀 흥미가 없어 보이는데다가, 마을 애들이 센나 누나는 상대하기 껄끄럽다고 하는 걸 너도 뻔히 알잖아?"

"흠, 하지만 그 사실을 뻔히 센나 누나가 듣고 있는 곳에서 입에 담는 녀석이 있을 줄은 미처 몰랐다."

"……어."

알버트는 내 지적을 듣고 그제야 스스로 실언을 내뱉었다는 사실을 깨달았다. 그리고 황급히 입을 틀어막았지만, 때는 이미 늦었다. 셴나 누나가 안경 안쪽에서 눈웃음을 치면서 입가에 싱글벙글 미소를 짓고, 그의 등 뒤에 서 있었기 때문이다.

"알버트? 애들이 나를 어떻게 생각하는지, 나중에 빠짐없이 들려줄래?"

흠, 알버트여. 나중에 엉덩이를 두들겨 맞던지, 주먹으로 머리를 얻어맞던지 자신의 가벼운 입을 반성해라.

그건 그렇고. 친구와 농담 따먹기를 즐기는 것도 결국 중단해야만 하는 때가 찾아왔다. 이제 정말 출발해야 한다. 나와 세리나는 대기하고 있던 마차에 드디어 올라탔다.

"언제까지나 얘기하고 있으면 끝이 없으니까, 이제 갈게. 다들, 배웅 나와 줘서 고마워. 병에 걸리거나 다치지 않도록 조심해. 무슨 일이 생기면 곧장 마법학원에서 여기로 달려올 테니까."

나는 마차에서 얼굴을 내밀고, 새삼스럽게 배웅을 나온 사람들의 얼굴을 둘러보면서 살짝 머리를 숙였다. 사람들은 손을 흔들면서 나에게 반응했다. 세리나도 감격에 겨운 표정으로 베른 마을에 이별을 고했다.

"여러분! 짧은 시간이었지만, 정말로 고마웠어요! 꼭! 반드시 돌아올 테니까, 그때까지 안녕히 계세요!"

잠시 후, 마차가 움직이기 시작했다. 우리는 창문에서 얼굴을 내밀고, 멀어지는 마을 사람들이 보이지 않을 때까지 손을 흔들면서 태어나고 자란 베른 마을을 떠났다.

인간으로 다시 태어나고 지내온 16년 동안― 이미 오래 전에 흥미와 빛을 잃은 용의 삶으로 치면 몇 만 년에서 몇 억 년, 그 이상의 황금빛 기억이 나의 뇌리를 스쳐지나갔다. 나는 나잇값도 못하고 눈가에 차오른 눈물을 닦아내야만 했다.

✝

나는 성곽 도시의 웅장한 위용을 자랑하는 가로아의 제1성벽과 제2성벽 사이에 위치한 가로아 마법학원을 다시 찾아왔다.

그 정문에서 작은 마름모 형태의 푸른 수정이 부착된 금속제 카드와, 세리나를 위한 사역마의 메달을 지급받았다.

금속제 카드는 신분증으로서, 마법학원의 학생이라는 신분을 증명한다. 부착되어 있는 수정에 학생에 관한 정보가 기록되어 있으며, 카드의 표면에도 그 정보가 문자로 각인되어 있다.

이 시기의 마법학원은, 수많은 학생들로 붐벼 매우 활기찬 장소였다.

학생들 가운데 대부분은 인간이었지만, 가끔 랜드 런너나 엘프뿐만 아니라 수인의 모습까지 눈에 들어왔다. 마법학원의 개방적인 특성을 보여주는 광경이라고 할 수 있으리라.

일단 마물로 간주되는 라미아는 모르겠지만, 뱀의 눈과 혀를 지닐 뿐만 아니라 목덜미나 사지에 뱀의 비늘이 나 있는 사인족(蛇人族) 학생도 있었다. 어쩌면 라미아도 의외로 별 문제없을지도 모른다.

마법학원 학생들이 착용하고 있는 교복은 흰색 바탕에 마법학원의 학교 휘장이 꿰매져 있고, 소매와 목깃의 경계선을 검은 실과 금실로 수놓은 디자인이다. 남자는 상의와 같은 색깔의 바지를 착용하며, 여자는 롱스커트를 입는다.

넥타이나 리본의 색깔이 학년마다 다르기 때문에, 교복을 확인하기만 해도 그 학생의 학년을 곧바로 식별할 수 있다.

내가 입학하는 고등부 2학년의 색깔은 푸른색이다. 학생증의 수정과 똑같은 색이다.

그리고 학생들 가운데 개나 고양이, 사슴, 까마귀와 같은 소형 동물을 데리고 다니는 이들의 모습도 보였다. 그 동물들이 사역마라는 사실은 쉽게 예측 가능했다.

우리를 태운 마차는 정문으로부터 더욱 안으로 나아가더니, 4층으로 지어진 고등부 남자기숙사 앞에 정차했다.

나와 세리나가 짐을 들고 마차에서 내리자, 기숙사 현관 앞에 마법학원의 고용인으로 추정되는 통통한 체형의 여성이 우리를 환영했다.

"네가 드란이구나? 나는 남자기숙사의 관리인을 맡고 있는 다나란다. 마법학원에 온 걸 환영한다."

다나는 백발이 드문드문 섞여 있는 갈색 머리카락을 머리 뒤에서 경단 모양으로 묶고, 움직이기 편해 보이는 남빛 옷 위에 주머니가 여러 개 달린 에이프런을 걸치고 있었다. 마법학원에서 지정한 여성 고용인들의 제복인 것으로 보인다.

나는 힘차게 손을 내민 다나와 악수를 나눴다. 빨래나 부엌일, 바느질 등으로 상한 거칠고도 두툼한 손의 감촉이 느껴졌다.

어머니나 변경의 여자들과 다를 바 없는, 어엿한 일꾼의 손이다. 작은 생채기투성이의 그 손이, 나는 너무나 아름답게 느껴졌다. 아내로 삼는다면 바로 이런 손을 지닌 여성을 선택해야 한다는 것이 변경의 농민 남자들 사이에 전해져 내려오는 속설이다.

"앞으로 잘 부탁드립니다. 베른 마을의 드란입니다."

내가 살짝 머리를 숙이며 그녀에게 인사하자, 뒤를 따라오던 세리나도 나를 따라서 머리를 숙였다.

다나는 라미아 소녀에게 시선을 돌리더니, 그 얼굴에 상냥한 미소를 지어 보였다. 내가 사역마로 라미아를 데리고 온다는 사실은 사전에 연락을 받았을 것이다. 하지만 아무리 그렇다고 하더라도 라미아를 앞에 두고 놀라는 기색조차 보이지 않을 정도로 대담한 성격은 오랫동안 마법학원에서 근무해온 경험의 산물인가?

담력이 대단하다고 한다면 세리나에게 실례일까?

다나의 반응으로 판단하건대, 학원의 교사들만큼의 실력이 있다면 정령이나 마물을 거느리고 있는 사람이 있을지도 모르겠다.

"라미아인 세리나입니다. 앞으로 크게 신세를 지겠습니다."

"응, 인사도 잘 하고 아주 착한 아이로구나. 원래 사역마들은 전용 마구간에서 지내는 게 보통이지만, 여자애를 마구간에서 동물들과 함께 머물게 할 수도 없는 노릇이니 드란과 같은 방에서 지내도록 하렴. 라미아와 혈기왕성한 젊은 남학생을 동거시키는 일에 대해 상당히 오랫동안 논의가 오고갔지만, 사역마 계약을 맺고 있다면 문제가 없을 거라는 판단이 떨어졌거든."

다나는 그렇게 말하면서 우리를 기숙사 안으로 받아들였다.

"방 크기는 아마 충분하겠지만, 실제로 확인해보는 게 빠를 거야. 일단 방에 짐을 옮기고 나서 학교 쪽은 나중에 안내할게. 두 사람 다 따라오렴."

우리는 남자기숙사의 시설을 견학하면서 방으로 향했다.

기숙사 입구의 바로 오른편에 기숙사를 이용하는 학생들의 출입을 관리하는 사람들의 창구가 설치되어 있었다. 다나 이외의 남성 고용인들이 그곳에서 근무하고 있는 모습이 보였다.

복도의 창가 쪽에는 광정석(光精石)이 내장된 촛대가 규칙적으로 늘어서 있었고, 복도의 돌바닥은 윤이 날 정도로 깨끗하게 물청소를 끝낸 상태였다. 나와 다나의 신발 소리나 세리나가 뱀의 몸으로 기어가는 소리가 주위에 울려 퍼졌다.

1층은 고용인이나 경비원용의 방이나 창고, 식당과 목욕탕 등이 대부분의 공간을 점유하고 있는 것 같다.

넓은 현관의 정면 끝에 2층과 지하로 이어지는 계단이 있고, 거기서 또 다시 좌우를 향해 복도가 뻗어있다.

각각의 복도 안쪽에 학생들이 모여서 대화를 나눌 수 있도록 비교적 넓은 휴게실이 설치되어 있었다. 휴게실엔 여러 개의 책상과 의자가 비치되어 있다.

복도나 휴게실에서 몇 명 정도의 남학생들이 이쪽을 바라보고 있었다. 세리나가 기어가는 소리를 듣고 살짝 동요한 표정으로 우리를 쳐다보는 이들도 없지 않았다. 그들의 놀라는 표정을 구경하는 것은 꽤 통쾌한 경험이기도 했지만, 동시에 앞으로 세리나가 겪을 지도 모르는 불쾌한 일들에 대한 불안한 예감을 환기시키기도 했다.

"식사는 하루에 세 번이야. 기숙사 식당은 아까 지나왔던 계단의 왼쪽 옆이란다. 점심과 저녁은 기숙사 식당에서 먹기보단 학교에 있는 학생식당에서 먹는 아이들이 많아."

다나는 2층으로 올라가지 않고 현관 입구로부터 오른쪽 복도로 나아가 모퉁이를 돈 장소에 위치한 창고로 보이는 커다란 문 앞까지 우리를 안내했다.

우리 두 사람이 함께 지내기 위한 공간을 확보할 수 있는 방이, 남자기숙사에서 이곳밖에 없었다는 뜻이리라.

"여기가 너희들의 방이란다. 원래 창고로 쓰던 방이긴 한데, 너희들이 여기서 산다고 해서 쓸데없는 잡동사니는 전부 다른 곳으로 옮긴데다가 청소도 빈틈없이 해놨으니까 아주 깨끗할 거야."

다나는 그렇게 장담하면서도 어딘지 모르게 미안한 듯한 기색을 내비쳤다. 유명한 마법학원의 학생으로 하여금 창고였던 방을 쓰게 한다는 사실에 대해 찜찜한 구석이 있는 모양이다.

기본적으로 원래 창고였던 만큼, 벽면에 커다란 창문이 하나 달려있을 뿐이라서 약간 답답한 느낌의 방이기는 하다. 하지만 실내가 충분히 넓었기 때문에, 우리가 실제로 생활하면서 비좁다고 느낄 일은 없을 것 같다.

짧지 않은 역사를 느끼게 하는 천장의 들보에 거미줄이 보이지 않는 것을 보면, 청소를 끝낸 상태라는 말은 거짓이 아니었다.

창문 부근에 나를 위해 준비된 침대가 놓여 있었고, 다른 편 벽면에 책상과 램프, 텅 빈 책장과 옷장이 진열되어 있었다. 그리고 한쪽 구석에 의자들을 쌓아올린 상태였다. 우리는 아직 생활감이 느껴지지 않고 살풍경스러운 원래 창고였던 방 한 가운데에, 마을에서 지참한 짐을 내려놓기로 했다.

"짐은 그게 다니? 그럼 다음으로 학원을 안내해줘야겠네. 도중에 매점을 들러서 네 교복을 지급받아야 해. 치수에 착오가 있을 경우엔 바로 말해주렴. 길이가 맞지 않는 교복을 입고 있으면 볼품이 없거든."

"예."

"그리고 미안한데, 안내는 내가 아니라 너희들과 아는 사이라는 여학생이 자원해서 담당하기로 되어 있단다. 지금쯤 현관에 도착해서 기다리고 있을 테니 어서 가보렴."

우리가 알고 있는 마법학원의 학생은 오직 하나뿐이다. 은발 적안의 미모를 지닌 마법검사의 얼굴이 자연스럽게 뇌리에 떠올랐다.

곧바로 현관으로 향하자, 아니나 다를까 내가 예상했던 바로 그 인물이 남학생들의 시선을 한 몸에 받으면서 우리를 기다리고 있었다. 우리와 함께 엔테의 숲에서 마계의 존재들과 사투를 벌였던, 아름다운 미소녀 검사 크리스티나 양이 그곳에 서 있었다.

크리스티나 양은 우리의 존재를 깨닫고 허리까지 내려오는 은발을 왼손으로 쓸어 올리며 커다란 장미가 꽃을 피운 듯한 아름다운 미소를 지었다. 교복의 가슴 부분에 매달린 리본은 붉은색으로, 나보다 한 학년 위인 3학년이라는 사실을 시사했다.

"정말 오랜만이군. 드란, 세리나. 드란은 예전과 변함없이 건강해 보이니 다행이야. 세리나도 여전히 미인이라 안심했어."

친밀감을 숨기지 않는 크리스티나 양의 인사말에, 세리나가 싹싹하고도 가련한 미소로 대답했다.

지금까지 기숙사에서 지나치는 사람들이 보내오던 호기심으로 가득 찬 시선에 노출되어 있던 만큼, 드디어 얼굴을 아는 상대와 만나면서 긴장이 풀린 것이리라. 이것만으로도 크리스티나 양에게 크게 감사할 만 하다.

"크리스티나 양, 오랜만이에요. 건강해 보이셔서 다행이네요. 또 만나게 되서 정말 기뻐요."

세리나가 다소곳하게 머리를 숙이면서 인사를 마칠 때까지 기다렸다가, 나 역시 가볍게 머리를 숙이면서 크리스티나 양에게 인사말을 건넸다.

"세리나의 말마따나 건강해 보여서 다행이야. 역시 크리스티나 양은 마법학원의 교복이 잘 어울리는군. 그런데 그 교복은 남학생용이 아닌가?"

그렇다. 크리스티나 양은 남학생들과 똑같은 교복 바지를 착용하고 있던 것이다.

스커트 차림의 여학생들 중에는 평범하게 짧은 길이의 양말을 신고 있는 이가 있는가 하면 허벅지 가운데 부분까지 올라오는 긴 양말이나 롱부츠, 허리까지 올라오는 스타킹을 신고 있는 이까지 각양각색이다. 크리스티나 양이라면 그 중 어떤 양말을 신는다고 해도 그 우아한 각선미로 주위 사람들을 매료할 수 있을 것이다.

"그대는 정말로 여전하군. 나는 몸을 움직이는 걸 선호하다 보니 스커트를 입고 다니기는 여러 모로 불편해서 말이야."

크리스티나 양의 미소를 목격하고, 먼발치에서 우리를 바라보고 있던 남학생들이 조심스럽게나마 「오오!」라는 경악에 찬 비명소리를 냈다.

흠, 그러고 보니 베른 마을을 찾아 온지 얼마 지나지 않은 시점의 크리스티나 양은 상당히 그늘진 인상의 여성이었다. 모르긴 몰라도 마법학원에서도 마찬가지였으리라.

바로 그 크리스티나 양이 이렇게 쾌활한 미소를 짓고 있는 모습을 보고 주위에서 놀라는 것도 지극히 당연한 일일 것이다. 그녀가 이런 표정을 지을 수 있게 된 원인이 베른 마을에서 지냈던 덕분이라고 생각하면, 나는 실로 자랑스러웠다.

"그건 그렇고, 언제까지나 현관에 버티고 서서 얘기를 나누는 것도 좀 그러니 이제 슬슬 안내를 시작해볼까?"

시원스럽게 걷기 시작한 크리스티나 양의 은빛 머리카락이 바람에 펄럭였다. 그녀가 지나간 자리에 마치 은빛 모래라도 뿌린 듯한 광채가 남아있는 것처럼 보였다. 그것은 크리스티나 양이라는 절세의 미소녀가 지닌 존재의 광채였다.

그렇기 때문에 그녀를 따라가는 우리를 향해 주위의 학생들이 보내오는 시선은, 선망과 의혹과 질투가 뒤섞여서 피부가 따가우리만치 날카로웠다.

크리스티나 양은 우선 학교 현관 옆에 위치한 게시판 앞으로 우리를 안내했다.

일말의 빈틈조차 남기지 않겠다는 듯이 정교한 조각이 새겨진 설화석고(雪花石膏)^{알라바스터} 패널에 수많은 종이들이 나붙어 있었다. 그리고 안과 밖을 유리칸막이로 구분하고 있다.

우리 이외에도 게시판 앞에 서 있는 학생들의 모습을 확인할 수 있었지만, 그들은 크리스티나 양에게 넋이 나간 듯한 시선을 보내다가 그녀를 따라온 우리의 존재를 깨닫고 몹시 긴장했다. 다들 인간들의 번화가에 모습을 드러낼 리가 없는 라미아와 마주쳤다는 사실에 경악하다가, 세리나가 목에 걸고 있는 사역마의 메달을 확인하고 나서야 간신히 긴장을 풀었다.

흠, 성가신 일이나 쓸데없는 설명을 강요당하는 일은 일단 이 메달 덕분에 피할 수 있을 것 같다. 만일의 상황이 벌어진다고 해도 크리스티나 양이 중재해준다면 큰 문제는 없을 것이다.

"여기가 본 교사(校舍) 정문의 게시판이야. 대부분의 소식이나 행사와 관련된 사항은 여기에 기재되니까, 가능한 한 자주 확인을 하는 편이 좋아. 그리고 이런 식으로 검색할 수도 있지."

크리스티나 양이 게시판 앞에 몇 개 정도 배치되어 있는 받침대로 다가가서 단아한 손가락으로 표면을 건드렸다. 그러자 공중에 공용어 글자가 빛을 내뿜으면서 떠올랐다.

"확인하고 싶은 사항의 글자를 선택해서 입력하면, 굳이 게시판을 구석구석까지 뒤져보지 않아도 자동 검색이 가능해. 시험 삼아…… 그렇군. 그대가 소속할 학급에 관해서 검색해볼까? 학생증에 숫자가 적혀있지? 그다지 타인에게 알려져서 좋을 일은 없는 정보니까, 스스로 검색해 보도록 해."

상당히 편리한 기능이로군. 나는 크리스티나 양의 말에 따라 바지 주머니에서 학생증을 꺼내 표면에 조각된 숫자를 확인했다.

크리스티나 양이 한 걸음 옆으로 물러서고, 내가 학생증을 한 손에 든 상태로 검색 화면을 손가락으로 건드리자 공중에 떠올라 있던 화면이 다른 화면으로 바뀌었다.

나는 학생증 번호를 검색하는 항목을 선택한 후, 번호를 입력했다. 그리고 검색을 실행했다.

잠시 시간이 지나고 표시된 화면 속에, 내가 소속된 고등부 2학년 학급의 명단이 나타났다. 그리고 내 이름 역시 그 명단 속에서 확인할 수 있었다.

"찾았다. 2학년 로제스 클래스의 13번이군. 대단한데? 로제스 클래스는 가장 우수한 학생들이 모이는 클래스야. 지정된 학급만 봐도 학원에서 그대의 실력을 얼마나 인정하고 있는지 알겠군."

크리스티나 양이 내 어깨너머로 들여다보자, 살짝 움직인 머리카락에서 좋은 향기가 났다.

세리나도 있는 힘껏 뱀의 하반신을 뻗어 와서, 내 얼굴 왼쪽으로 불쑥 얼굴을 내밀었다.

아무래도 세리나 역시 새로운 동급생들이 어떤 사람들인지 신경 쓰이는 듯하다.

어지간히 몸집이 커다란 경우가 아닌 이상에야, 마법학원에서는 사역마의 수업 참석을 인정하고 있었다. 따라서 세리나도 나와 함께 수업을 받을 예정이다.

"주위로부터 묘한 시샘을 사지나 않으면 좋겠군."

나는 무심코 눈썹을 찌푸리며 우려를 얼굴 표정으로 드러내고 말았다. 크리스티나 양이 곧바로 납득했다는 표정으로 고개를 끄덕였다.

"오호라, 일리가 있는 말이야. 틀림없이 그럴 가능성도 있겠는데? 그대에 관한 소문은 내 귀에까지 들어올 정도거든. 이번에 고등부에 입학하는 학생은 덴젤 선생님의 총아(寵兒)인데다가 사역마로 라미아를 거느리고 있고, 그 유명한 변경의 마법의사 마글의 애제자라면서 열심히 떠들어대는 학생들도 있더군. 다들 소문이라고 하면 사족을 못 쓰니까, 그대에 관한 소문은 이미 퍼질 대로 퍼졌을 거야."

"흠, 어차피 입학한 이상에야 늦건 빠르건 알려질 수밖에 없는 일이었으니까 쓸데없이 고민해봤자 소용없나? 입학하는 과정에서 덴젤 아저씨의 후원을 받은 건 틀림없는 사실이고, 무슨 소리를 듣는다고 해도 어쩔 수 없는 구석도 없지 않아 있어. 일단 내 흠을 잡히는 건 아무 상관없지만, 세리나에게 피해가 가는 건 그다지 달갑지 않군."

"학생들 가운데 공명심이나 장래의 출세를 위해서 순위나 성적에 집착하는 이들이 많은 건 사실이야. 그대에게 쓸데없는 질투나 선망의 감정을 품는 인간이 생겨도 이상할 일은 없다는 뜻이지. 그런 이들 중에는 자신의 성적을 올리기보다 타인의 평판을 깎아내려서 상위권을 차지하려는 작자들도 있을 거야. 나도 가능한 범위 내에서 그대를 돕도록 하지. 그대들이 입학하기 전부터 꼭 보답을 하고 싶다는 생각을 품고 있었던 참이거든."

"그런 일이 생길 경우엔 잘 부탁드립니다."

세리나가 크리스티나 양에게 부탁했다.

하지만 아까 전부터 주위에서 느껴지는 학생들의 시선으로 판단하건대, 아무래도 크리스티나 양과 친하게 지내는 것만 해도 주위의 시기를 살 원인이 되고도 남을 것 같다.

내가 마음속으로 탄식하고 있다는 사실을 크리스티나 양은 모르겠지만, 벌써부터 신세 한탄을 시작해봤자 소용없는 일이다.

우리는 그 이후로 학교 건물을 견학하면서 식물원, 동물원, 광물원, 수생원, 각종 실험 시설이 모여 있는 실험동, 수많은 장서를 보유하고 있는 도서관 등을 돌아다녔다.

크리스티나 양은 더할 수 없이 즐거운 표정으로 우리를 안내했다. 하지만 역시 주위 사람들의 세리나에 대한 시선은 호의적일 수가 없었다. 때때로 어두운 표정을 미처 숨기지 못하는 세리나를 바라보면서 나 역시 마음이 아팠다.

실제로 세리나와 대화를 나눠보기만 해도 평범한 인간 여성과 그다지 다를 바 없는 성정의 소유자라는 사실은 금방 알 수 있겠지만, 애당초 마물을 상대로 대화를 시도하려 할 만큼 담력이 있는 이들은 그리 많지 않을 것이다. 매우 곤란한 상황이다.

"학원의 주요 시설은 대충 이 정도야. 이제 남은 곳은 사무국 정도인가? 지금까지 소개한 시설들에 관해 궁금한 건 없나?"

크리스티나 양은 팔짱을 끼고, 우아한 곡선을 그리는 턱에 손가락을 가져다 대면서 나에게 고개를 돌렸다. 흠, 나는 한 박자 뜸을 들였다가 그녀에게 질문을 던졌다.

"지나가는 사람들이 다들 크리스티나 양을 쳐다보고 있었는데,

역시 대단한 인기로군. 일전에 덴젤 아저씨도 크리스티나 양은 대단히 우수한 학생이라고 칭찬을 아끼지 않았고, 엔테의 숲에서 벌어진 전투에서도 굉장했지."

"그대의 칭찬은 기쁘게 받아들이겠다만, 개인적으로 타인의 시선을 모이는 건 별로 좋아지 않아. 전에도 말하지 않았나? 내가 알지도 못 하는 곳에서 혼자서 멋대로 소문이 퍼져나가는 건 그다지 유쾌한 일이 아닌데다가, 나 스스로는 자신이 그만큼 대단한 인간이라고 생각하지 않거든. 주변에서 상상하는 나와, 실제의 나는 완전히 동떨어진 별개의 존재지."

그렇게 말하는 크리스티나 양의 얼굴에 어렴풋이 우울한 그늘이 드리우는 모습을, 나는 놓치지 않았다.

그녀는 삶의 가치를 거의 모르겠다는 표정을 짓고 있었다. 스무 살도 채우지 못한 소녀가 지을 표정이 아니다. 나는 마음속으로 탄식을 내뱉었다.

"흠. 멋대로 기대하다가 멋대로 실망하고, 급기야는 증오하기까지 하지. 흔하기 그지없는 평범한 인간의 반응이 아닌가?"

과거에 용이었을 때부터 인간들을 관찰하면서 빈번하게 목격했던 광경이다. 물론 지금도 거의 다를 바 없다. 인간이라는 종족은 학습능력이 없는 건지도 모른다는 생각이 들 정도였다.

동경이라는 감정은, 상대의 실체와 동떨어진 개인적인 착각이나 망상을 주요 성분으로 삼고 있는 경우가 많다.

마법학원 학생들의 입장에서 보자면, 크리스티나 양은 그 인간을 초월한 미모와 뛰어난 능력으로 동경의 대상이 되기에 충분한 존재였다. 그러나 그녀는 주위의 상상과 현실의 자신 사이에 존재하는 차이 때문에 고민하고 있었다.

이 아가씨도 본인 나름대로 고뇌에 찬 인생의 길을 걷고 있는 것 같다. 자기도 모르는 사이에 짊어지게 된 무거운 짐을 별거 아니라고 웃어넘기든지, 도저히 견딜 수 없다고 탄식할지는 개개인이 스스로 책임지고 결정할 일이다.

"인간……이라. 그건 그렇고 역시 그대를 겉모습만 보고 판단할 수는 없겠다는 생각이 드는군. 때때로 보이는 노숙한 분위기나, 인생을 달관한 듯한 말투는 처음 보는 사람들은 꽤나 어리둥절할 거야."

크리스티나 양의 목소리가 나를 현실로 되돌려놨다.

"그야 뭐, 사고방식이나 분위기 같은 건 쉽게 고칠 수 있는 게 아니야. 일단 그렇게 변명해두도록 하지. 음, 하지만 크리스티나 양도 베른 마을을 찾아왔을 때와 떠났을 때를 비교해보면 분위기가 많이 변하지 않았나?"

"그럴지도, 몰라. 학원에 돌아왔을 때는 주변에서 다들 깜짝 놀라더군. 전보다 성격이 밝아졌다고 말이야. 과거의 내가 그렇게까지 어두운 인간이었는지 돌아보는 시간이 필요했어."

나는 어깨를 으쓱하면서 대답하는 크리스티나 양에게 입가에 쓴 웃음을 지어 보였다.

학원 견학을 마치고, 우리는 교내 매점에서 여름과 겨울에 입을 교복 등이 들어있는 종이봉투를 받아들었다.

그리고 남자기숙사 현관까지 돌아와서, 점심식사 시간에 재회할 약속을 나누고 크리스티나 양에게 일시적인 작별을 고했다.

베른 마을을 떠나 가족들과 멀리 떨어져 지내게 된 것은 쓸쓸한 일이었지만, 다시 크리스티나 양과 만날 기회가 늘어난 것은 반대로 반가운 일이었다. 그리고 새로운 생활에 대한 기대까지 더해져, 나의 가슴도 조금씩 두근거리기 시작했다.

나와 세리나는 방으로 돌아와, 베른 마을에서 지참한 짐들을 방에 배치하는 작업을 시작했다.

세리나는 하반신이 커다란 뱀의 형태였기 때문에, 침대라는 가구가 별로 몸에 맞지 않았다. 우리는 마루에 여러 개의 쿠션을 깔았다.

작업을 끝내고, 나는 방 한 구석에 쌓여 있던 의자 하나를 꺼내 걸터앉아 한 숨 돌렸다.

맥이 풀려 완전히 나른한 자세로 세리나와 함께 앞으로 우리 앞에 기다리고 있을 학원 생활의 전망에 관해 대화를 나눴다. 한동안 그러고 있으려니, 마법학원의 각처에 설치된 종들이 큰 소리로 울려 퍼지기 시작했다.

대화를 나누다 점심시간이 다된 모양이다. 우리와 마찬가지로 정말 많은 학생들이 기숙사에서 나와 본 교사에 위치한 학생 식당으로 향하고 있었다.

지나치는 학생들이 가끔 얼떨떨한 표정으로 이쪽을 바라보는 거야 아까와 마찬가지였지만, 그 와중에 한 사람의 학생이 내 시야에 들어왔다.

주홍빛 양탄자가 깔려 있는 학교 복도를 혼자서 걸어가는 그 학생은, 멀찍이 지나치는 다른 학생들로부터 강한 공포와 경외심이 담긴 시선을 한 몸에 받고 있었다.

그런 주위의 시선에 아랑곳하지 않는 그 학생은, 내 시선을 깨닫지 못한 채 학생식당으로 이어지는 복도를 당당히 걸어갔다.

올곧은 생머리는 마치 폭포처럼 등줄기를 타고 허리까지 내려왔으며, 그 색깔은 땅에 드리워진 그림자나 달과 별이 빛나지 않는 밤과도 같은 어둠의 빛이었다.

별똥별의 꼬리와 같이 흘러내린 가느다란 눈썹 밑에서 빛나는 눈동자는 머리카락과 마찬가지로 깊고도 어두운 빛으로 물들어 있었고, 자기 주변의 학생들을 마치 길거리에 굴러다니는 돌멩이처럼 보는 듯이 무관심해보였다. 그야 돌멩이들이 아무리 주목해봤자 아무 생각도 안 드는 건 당연한 일이다. 그녀가 주위의 시선에 전혀 개의치 않는 것은 그래서일 것이다.

자그마한 입술이나 오똑한 콧날에 커다란 눈과 눈썹의 배치는, 이름 높은 인형사(人形師)가 지니고 있는 기술을 총동원해서 만들어낸 인형처럼 가지런했다. 하지만 인간적인 감정이 거의 느껴지지 않다 보니, 오히려 여학생의 비인간적인 성격을 강조하는데 한 몫을 담당하고 있었다.

하지만 내가 그 여학생을 바라보면서 가장 주목할 수밖에 없었던 것은, 그 외모가 아니라 그 혼이었다.

이 여학생은 크리스티나 양과 또 다른 의미로, 지극히 특이한 존재였다. 나는 한 눈에 그녀의 본질을 간파했다.

이 순간이, 이후에 내가 마법학원에서도 특히 깊은 관계를 맺는 가로아 4강(強)— 아니, 가로아 「4괴짜」 가운데 한 사람인 레니아를 최초로 목격한 순간이었다.

그리고 나중에 안 사실이지만 크리스티나 양도 4괴, 어흠, 「4강」 가운데 한 사람이었다. 하긴 그녀도 보기에 따라서 얼마든지 괴짜라고 할 수도 있으니까 말이야. 묘하게 납득해버렸다는 사실은 본인 앞에선 반드시 비밀로 할 일이다.

†

나와 세리나에게 배정된 방은 원래 창고였기 때문에, 다른 학생들이 옆방에 살지는 않았다. 따라서 일부러 인사치레로 옆방을 방문할 필요는 없었던 셈인데, 전교의 모든 학생들이 모이는 학생식당에서는 과연 우리를 어떻게 받아들일까?

세리나를 식당이나 교실 등의 장소에 데리고 가기 위한 허가는 사전에 덴젤 아저씨를 통해 받아놓은 상태였다. 하지만 세리나의 입장에서는, 본 교사에 발을 들여놓는다는 것은 적잖이 용기가 필요한 일이었던 모양이다.

불행 중 다행이었던 것은, 크리스티나 양과 점심 식사를 함께하기로 약속했던 것이다. 나는 출발하기 전에 아까 매점에서 받은 마법학원의 교복으로 갈아입었다.

세리나는 처음으로 보는 나의 교복 모습에 몹시 흥미가 동하는 모양이다.

"너무 잘 어울리세요, 드란 씨. 모두 다 함께 똑같은 옷을 입고 있는 모습을 보고 기묘한 느낌을 받았는데, 집단의식을 기르기 위한 걸까요?"

"흠, 세리나의 의견도 일리가 있는데? 그리고 이 교복은 마력을 부여한 옷감으로 만든 옷인 것 같아. 강록초(鋼綠草) 정도는 아니지만, 겉보기보다 우수한 방어성능을 지니고 있어. 이 한 벌을 만드는 데만 하더라도 상당한 수고와 돈이 필요할 거야."

이 교복은 마법학원이라는 장소에 걸맞게 강력한 방어 술식을 부여받은 마법도구였다.

물론 강철 갑옷에 필적할 정도로 강력한 마법 방어 술식은 아니지만, 그래도 전교생의 인원수만큼 준비하는 작업은 대단히 어려웠을 것임이 틀림없다.

우리가 기숙사 복도를 걷고 있으려니, 지나치는 남학생들로부터 노골적인 시선이 느껴졌다.

그들의 시선으로부터 신기한 경우를 쳐다보면서 생기는 호기심과 마물과 마주쳤다는 경악이나 공포, 그리고 10대 청소년들이 지닐 수밖에 없는 이성을 향한 성욕이 섞여 있다는 것이 느껴졌다.

기숙사는 남녀별로 따로 존재한다고 하지만, 기본적으로 학교 수업은 남녀 공학이라고 들었다. 남학생들도 특별히 여자에 굶주린 상태는 아닐 텐데?

곧장 본 교사에 위치한 학생식당으로 가서, 크리스티나 양과 합류하는 것이야말로 최선의 방법이리라.

"약간 껄끄러운 느낌이 들어요. 그렇게 빤히 쳐다볼 필요도 없을 텐데."

세리나가 거북한 표정으로 황금빛 머리카락을 만지작거리면서,
나에게 속삭였다.

나는 방에서 나오자마자 먹구름이 끼기 시작한 세리나의 마음을
타이르기 위해, 일부러 농담조로 대답했다.

"흠, 라미아의 경우엔 이종족 남성을 매료하는 힘을 지니고 있
으니까 무의식중에 그 힘을 사용하고 있는 게 아닌가? 꼭 그게 아
니더라도 세리나는 미인이니까, 아무 짓도 안 해도 남자들의 시선
을 모으는 건 어쩔 수 없는 일이야. 미인이라서 내는 세금이라고
생각하고 용서해주도록 해."

"여기 와서 그런 능력은 쓴 적이 없거든요?"

세리나는 살짝 뽀로통한 표정으로 대답했지만, 내 입에서 미인
이라는 말이 나와서 어느 정도 마음이 가라앉은 것 같다.

우리는 복도에서 지나치는 남학생들의 시선들로부터 헤어 나와
드디어 현관에 도착했다. 하지만 현관에서는 또 현관대로 우리를
기다리고 있던 크리스티나 양이 주위의 이목을 크게 집중시키고
있었다. 평소에 남자기숙사와 같은 장소로 찾아올 리가 없는 그녀
의 모습을 목격하고, 지나가는 남학생들의 발걸음이 느려졌다.

크리스티나 양 본인은, 혼자서 기다리고 있기가 거북한 듯이 씁
쓸한 표정을 짓고 있었다.

하지만 아무리 언짢은 표정을 짓고 있어도 그녀의 미모에 조금
도 영향을 미치지 못 했다. 역시 초인적인 미모라고밖에 달리 할
말이 없었다.

크리스티나 양이 도착한 우리의 모습을 확인하고, 그제야 그 미모에 한 숨 돌린 듯한 표정을 떠올렸다.

"기다리다 못해 지쳤다, 드란. 교복으로 갈아입은 건가? 꽤 그럴듯한데? 그대라면 당연히 눈치챘겠지만, 학원의 교복에는 방어 술식이 부여되어 있기 때문에 평범한 나이프 공격 정도는 간단히 막아낼 거야. 그럼 빨리 출발하도록 하지. 여기는 서 있기가 거북하거든."

"아마도 학생식당에 가봤자 마찬가지라는 예감이 드는 건 나뿐인가?"

크리스티나 양도 나와 비슷한 생각을 했던 모양이다. 그녀는 내 의견에 동의하면서 나나 세리나와 함께 쓴웃음을 공유했다.

"그건 그래. 일단은 익숙해지라고. 다들 신기해서 쳐다보고 있을 뿐이야. 이러다가 지겨워지면 그만두겠지."

도저히 그렇게 될 수가 없을 것 같은데? 나의 우려는 유감스럽게도 정확히 적중하고 말았다.

본 교사의 1층에 위치한 학생식당은 광업이나 수공업 분야에서 가장 우수한 종족으로 알려진 드워프의 설계를 통해, 수많은 조각이 새겨진 우아하고도 아름다운 외관을 자랑하는 장소였다. 호화스러우면서도 고급스럽기까지 한 내부 장식이 두드러지게 눈에 띄었다.

교직원들의 식사를 위한 장소는 식당의 2층에 설치되어 있으며, 1층의 커다란 테이블에서 식사를 하는 학생들을 내려다 볼 수 있는 구조였다.

방학 기간 중에 친가로 귀성했던 학생들도 거의 전원이 마법학원으로 복귀한 상태였기 때문에, 식당은 오랜만에 동급생들과 재회하는 학생들로 몹시 붐비고 있었다.

나는 2층의 교직원 식당으로 시선을 돌렸지만, 면식이 있는 덴젤 아저씨나 올리비에의 모습은 보이지 않았다.

이미 테이블 여기저기서 학생들이 자리에 앉기 시작했다. 그들 중에는 작은 동물을 사역마로 데리고 온 학생들도 있었다. 나는 그 모습을 보고 일단 사람의 상반신을 지닌 세리나를 식당에 데리고 오는 건 문제가 없다는 생각이 들었다. 나는 안도의 한 숨을 내쉬며 가슴을 쓸어내렸다.

우리는 그다지 눈에 띄고 싶지 않았기 때문에, 크리스티나 양의 안내에 따라 식당 입구로부터 오른쪽 두 번째 테이블 끝자리에 걸터앉았다.

테이블의 배치에는 일단 정해진 규칙이 있다고 한다. 선배인 크리스티나 양이 간단하게 설명을 시작했다.

"식당의 테이블은 학년별로 나뉘어져 있어. 입구에서 볼 때 왼쪽 끝에 있는 테이블이 중등부 1학년이고, 입구에 가까워질수록 2학년, 3학년의 테이블이야. 그리고 고등부 1학년, 2학년, 3학년의 순서로 배치되어 있지. 학년만 지킨다면 앉는 장소는 학생들의 자유야. 자리에 앉기만 하면 고용인들이 요리를 운반해 오니까, 식전의 기도를 기다렸다가 식사를 개시하면 돼."

"크리스티나 양은 학년이 다른데, 우리와 같은 자리에 앉아도 되는 건가?"

"자리는 약간 여유가 있는 편이거든. 나 한 사람 정도는 문제없을 거야."

학년만 지키면 된다면서 그조차도 철저히 지켜지고 있지는 않은 것 같다. 나는 약간 기가 막혔지만, 크리스티나 양을 따라 얌전히 자리에 앉았다.

예상하고 있던 일이지만, 우리가 자리에 앉자마자 주위의 학생들이 숨죽인 목소리로 경악성을 질렀다. 그 소리는 잇달아 주위로 전파되면서, 이윽고 식당 전체가 웅성거리기 시작했다.

세리나에 대한 경계심은 물론이거니와, 크리스티나 양에 대한 시선도 대단했다. 크리스티나 양이 이 마법학원에서도 타의 추종을 불허하는 최고의 미녀라는 사실은 틀림없겠으나, 겨우 그것만 가지고 이만한 반응을 일으킬 수 있단 말인가?

엔테의 숲에서 피오 일행과 함께 술자리를 가졌을 때 크리스티나 양 본인이 언급했듯이, 지금까지 마법학원에서 타인과 가까이 하지 않고 고고한 생활태도를 보여 왔다는 것이 주위 학생들의 놀라움의 원인인 것 같다.

어쩌면 크리스티나 양은 지금까지 다른 학생들과 식사를 함께 한 적이 거의 없는 게 아닐까? 그런 그녀가 라미아를 데리고 나타난 신입생과 같은 식탁에 앉았으니, 주위 사람들의 경악은 내가 상상도 못할 정도로 클 것이 틀림없다.

학생들의 반응은 그렇다 치고, 소위 메이드복이라고 일컬어지는 고용인복을 착용한 젊은 여성들이 손수레로 운반해온 요리를 테이블 위에 진열하기 시작했다. 메이드들은 우리가 앉아있는 자리에도 곧바로 좋은 냄새가 나는 요리들을 운반해왔다.

하지만 이 과정에서도 음식을 나르던 메이드가, 의자에 앉지 않고 똬리를 튼 하반신 위에 걸터앉은 세리나를 보고 반사적으로 온몸을 긴장시키는 모습을 보였다. 주위의 학생들과 크게 다를 바 없는 반응이었다.

제발 조금 이러다가 익숙해졌으면 좋겠는데 말이야. 나는 곤혹스러운 표정으로 온몸이 굳어있는 메이드에게 말을 걸어 배식을 재촉했다.

"괜찮습니다. 세리나는 정말 착한 아이랍니다. 처음 보신다면 놀라시는 것도 어쩔 수 없지만, 당신에게 피해를 끼칠 일은 없을 겁니다. 자, 신경 쓰지 마시고 요리를 날라주세요."

"아, 으, 예. 정말 죄송합니다."

솔직히 고백하자면 내가 그녀에게 배식을 재촉한 이유는, 아까 전부터 학생식당 안을 지배하고 있는 음식 냄새가 내 식욕을 마구 자극하고 있었기 때문이다. 뱃속에서 빨리 먹고 싶다면서 아우성치고 있다. 나의 몸이긴 하지만 한창 성장기에 접어든 몸의 게걸스러운 식욕은 놀라울 따름이다.

내 목소리를 신호 삼아, 메이드는 어색한 동작으로나마 요리 접시를 진열하는 작업을 재개했다.

식사는 전채 요리나 수프, 메인 요리가 한 접시씩 제공되는 형식이 아니라 한꺼번에 모든 요리를 진열해 버리는 형식인 것 같다.

인간들의 예의범절은 시대나 지역에 따라 다르고 다방면에 걸쳐

져 있다. 뿐만 아니라, 나는 인간으로 환생한 후로 거의 베른 마을에서 나와 본 적이 없다. 그러다 보니 최신식 예의범절에 그다지 박식하지는 않았다. 따라서 이 식사 형식은 솔직히 말하자면 굉장히 고마운 처사였다.

나는 불로 잘 데운 새의 다리 살에 감귤 계통의 과즙 소스를 뿌린 요리의 접시를 가지고 온 메이드에게, 최대한 우호적인 미소를 짓고 감사 인사를 전했다.

"고맙습니다."

"저희에겐 상관 마시고, 음식은 얼마든지 준비되어 있으니 맛있게 드세요."

메이드가 방금 전보다는 긴장이 풀린 표정으로 대답했다.

내가 눈짓을 하자, 세리나도 살며시 미소를 띤 채 메이드에 대한 감사의 말을 입에 담았다.

"정말 감사합니다. 앞으로 여러 모로 신세를 많이 질 것 같은데, 아무쪼록 잘 부탁드립니다."

나는 인사와 감사야말로 타인과 접하면서 반드시 필요한 기본자세라고 교육을 받았다. 세리나도 마찬가지였던 모양이다.

"아, 아닙니다. 저는 이만."

세리나는 얼굴만 보면 흔치않은 미모의 소유자이기 때문에, 그녀를 위해 음식을 운반하던 메이드는 같은 여성임에도 불구하고 뺨을 붉게 물들이며 시선을 외면할 수밖에 없었다.

메이드들이 드디어 모든 요리를 다 날랐다. 일을 마치고 허둥지둥 달아난 메이드가 동료 메이드들과 합류하자마자 이야기꽃을 펴우기 시작하는 모습이 시야에 들어왔다.

　나는 벌써부터 피로를 느끼기 시작한 머릿속을 갈아엎고, 테이블 위에 진열된 요리들로 시선을 옮겼다.

　한창 먹을 나이인 학생들에게 배려한 건지, 접시마다 담긴 요리의 양은 상당히 많았다. 새나 물고기는 물론 야채까지 온갖 식자재들을 잔뜩 사용한 요리들이었다. 그리고 요리가 담겨 있는 식기들부터가 상당한 고급품들이다.

　용궁성에서 류키츠에게 받은 환대와 달리 왕국식의 메뉴였지만, 귀족이라면 몰라도 평민 출신인 내 경우엔 마법학원에 입학하지 않았더라면 평생 동안 인연이 없었을 호화로운 메뉴들이었다.

　바구니에 담긴 빵 하나만 놓고 보더라도, 16년 동안의 인생에서 본 적이 없을 만큼 새하얗다. 이 색깔은 최고급 밀가루를 아낌없이 사용하지 않고서야 나올 수가 없는 색이다. 나, 아니 정확히 말하자면 평민들의 입장에서 빵이라는 음식은 잡곡이 섞여있는 경우가 지극히 일반적이다.

　호화로운 메뉴를 앞에 두고 식욕을 자극받는 내 옆에서, 크리스티나 양이 무슨 생각에 잠긴 듯한 표정으로 고민하고 있었다. 세리나가 그 사실을 깨닫고 그녀에게 말을 걸었다.

　"크리스티나 양, 무슨 문제라도 있나요?"

　"그대들은 메이드들이 요리를 운반해 왔을 때 감사 인사를 하지 않았나? 창피한 일이지만 나는 이곳에서 지내기 시작한 이래, 그녀들이 요리를 나르는 일이 너무나 당연해진 나머지 지금까지 감사의 인사를 입에 담은 적이 없었거든. 새삼스럽게 스스로의 태도를 부끄러이 여기고 있는 참이야. 어렸을 적엔 어머니로부터 귀에 못이 박힐 정도로 들은 당부였는데, 지금까지 그런 가르침조차 잊고 있었다니 정말 어이가 없지 않나."

흠, 귀족 출신인 것으로 추정되는 크리스티나 양의 경우엔 어쩔 수 없다는 생각이 드는데 말이지.

하긴 크리스티나 양은 귀족답지 않은 면도 많은 사람이고, 저렇게까지 침울해진 데는 아직 내가 알지 못하는 개인적인 이유도 있어보였다.

"그 정도로 호들갑스럽게 받아들일 일은 아니지 않을까요? 저나 베른 마을 사람들을 상대하실 때와 똑같이 하시기만 해도 아무 문제없을 거예요."

"후후, 고맙군. 그럼 슬슬 식사 전의 기도를 드리도록 할까? 기도가 끝나면 식사를 시작하도록 하지."

우리 왕국 백성들 가운데 대부분이 마이라르 교의 신자였다. 하지만 마법학원의 경우, 다른 신을 숭배하는 아인종(亞人種) 학생들도 재적하고 있는 관계로 식전의 기도는 특정한 신에 대한 것이 아니라 인간이나 아인들이 기본적으로 신앙을 바치는 선량한 신들에 대한 공통적인 문구를 채용하고 있었다.

내 경우엔 고향에서 이 식전의 관습에 따라 마이라르에게 기도를 올리다가 그녀에게 다시 태어난 나의 존재를 알려버리고 말았는데, 여기서 또 다른 형식의 기도를 올렸다간 또 다른 신들이 나의 존재를 알아차릴 수도 있다. 전생에서 우호적인 관계를 맺었던 신들도 많았지만, 나를 꺼려하거나 증오하는 신들도 결코 적지 않았다.

따라서 여기선 일단 입을 대충 웅얼거리면서 기도 문구를 흉내 내는 시늉이나 하자.

그리고 세리나의 경우엔 먼 옛날 라미아 시조에게 걸려있던 불면(不眠)의 저주를 풀어준 신의 이름을 중얼거리며 기도를 올리고 있었다. 식전의 기도는 세리나의 고향이나 베른 마을에서도 오래 전부터 전해져 내려오는 전통적인 관습이다.

"그럼, 잘 먹겠습니다."

나는 식당을 전체적으로 둘러보고 식전의 기도가 끝났음을 확인한 뒤, 포크와 나이프를 들고 눈앞을 가로막고 있는 요리의 군단에게 용감히 도전했다.

"흠."

나는 격렬한 전투에서 보기 좋게 승리를 거두고, 만족스러운 숨소리를 내뱉었다. 모조리 텅 비워버린 접시의 산은 이미 메이드들이 치워 간지 오래였다. 나는 식사 전보다 상당히 부풀어 오른 배를 부드러운 손길로 문질렀다.

"정말 배불리 먹었네요, 드란 씨."

식후의 홍차가 담긴 컵을 입김으로 불어 식히면서, 세리나가 중얼거렸다.

"맞아. 먹고 있는 동안엔 주위의 시선도 신경 쓰이지 않다 보니, 그저 묵묵히 식사에 열중하고 말았군."

"옆에서 보기 유쾌할 만큼 잘 먹더군. 한창 먹을 나이긴 하지만,

나온 요리를 전부 먹어치우는 경우도 드문데 말이야."

그렇게 말하는 크리스티나 양 본인도, 모든 접시를 깨끗이 비운 상태였다.

"흠? 이렇게 맛있는 음식을 남기는 사람이 있단 말인가? 내가 보기엔 크리스티나 양도 남기지 않고 깨끗이 먹어치운 것 같은데?"

"나는 아무리 먹어도 군살이 잘 안 생기는 체질이라 양을 신경 쓸 필요도 없고, 몸을 움직이는 걸 좋아하다 보니 간신히 먹을 수 있었을 뿐이야. 하지만 주위를 둘러보라고. 다른 학생들 중 대다수가 음식을 남기고 있을 걸?"

그녀의 말에 따라 의자에서 몸을 내밀고 주위를 둘러보자, 우리를 바라보면서 서로 뭐라고 속삭이는 학생들이 앉아있는 테이블 위에 절반 이상 남아있는 요리가 눈에 띄었다. 메이드들이 절도 있는 동작으로 그 잔반들을 테이블 위에서 치우고 있었다.

뭐라고? 이럴 수가, 이곳에선 식사를 남기는 게 당연하단 말인가? 믿어지지 않는다.

아니지. 언제 들이닥칠지 알 수도 없는 마물이나 도적떼의 습격을 두려워하면서 날씨가 약간 변덕을 부리기만 해도 순식간에 농작물들을 수확할 수 없게 되는 변경과 달리, 여기선 식사가 다 먹어치울 수 없을 만큼 나오는 게 당연한 일인가?

같은 나라에 태어난 같은 인간이면서, 이만큼 생활이나 사고방식뿐만 아니라 가치관까지 차이가 날 줄이야. 하지만 아무리 그래도 이건 너무 심하지 않나? 나는 메이드들이 신속하게 치우고 있는 요리 접시들을 보다 못해 중얼거렸다.

"아깝다. 너무나 아까워. 어떻게 이럴 수가."

저 잔반으로 남은 요리들을 평생 동안 구경도 못 하고 일생을 마치는 사람들이 얼마나 많을까?

크리스티나양이 흥미롭다는 눈빛으로 마치 이 세상의 끝을 선고받은 듯이 탄식하는 나를 바라보고 있었다.

학생들 가운데, 나와 마찬가지로 깊은 한숨을 내쉬면서 고개를 가로젓는 이들이 없지는 않다는 것이 그나마 유일한 위안일까? 저들은 나와 마찬가지로 평민 출신이거나, 평민에 가까운 생활환경 속에서 성장한 하급 귀족 출신일 것이다.

아마도 그들이야말로 이 마법학원 학생들 중에서 비교적 내가 교류를 맺기 쉬운 상대일 것이다. 나는 그들의 얼굴을 기억해 두었다.

제4장 파티마와 네르네시아

자, 이제 점심 식사 후의 잡담 시간도 끝났다. 드디어 내가 마법 학원에서 받게 될 첫 수업 시간이 찾아온 것이다.

학생식당에서 크리스티나 양과 헤어진 후, 일단 나는 방으로 돌아와 교과서나 필기도구 등이 담긴 작은 가죽 가방을 들고 나왔다.

그리고 세리나도 나와 마찬가지로 필기도구와 종이다발을 들고 나를 따라왔다. 사역마 자격으로 동행하는 형식이기는 하지만, 일단 세리나도 수업을 받을 수 있는 신분이다. 모처럼 좋은 기회라고 일부러 따로 준비한 도구였다.

"드란 씨, 너무 긴장하지 마세요."

세리나는 내가 교실 문 앞에서 발걸음을 멈추는 모습을 보고, 긴장 때문이라고 오해한 것 같다. 하긴, 그렇게 받아들인다고 해서 이상한 반응은 아니다.

교실 안에서 기다리고 있는 이들은 중등부 시절부터 이 학원에 재적하고 있는 학생들이기 때문에, 서로 아는 사이가 많을 것이다. 그러나 내 경우엔 그런 상대가 없었다.

흠, 긴장의 여부는 어찌됐든 간에 들어가서 곧바로 인사를 해야 할지 교사가 올 때까지 기다려야 할지 고민스럽기는 하군.

드르륵, 나는 소리를 내며 교실 문을 열었다.

교실은 수업이 시작되기 전의 소란으로 충만한 상태였다. 칠판으로부터 후방을 향해 계단 형태로 올라가는 듯한 구조였다.

내가 얼굴을 내밀고 교실을 전체적으로 둘러보자, 동급생들은 잇달아 나로부터 시선을 외면했다.

교실의 남녀 비율은 대충 반반 정도였다. 크리스티나 양의 조언에 따라 게시판에서 동급생들을 검색하면서 확인했을 때와 똑같은 멤버들이 즐비하게 늘어서 있었다.

앞으로 1년 동안 함께 학문에 힘쓸 동급생들을 앞에 두고, 나는 인간으로 환생했기 때문에 얻게 된 그들과의 인연에 대해 몹시 깊은 감회를 느꼈다.

만약 내가 용으로서 계속 살아있었다면 이름이나 얼굴을 외우기는커녕, 애당초 만나지도 않았을 이들이 대부분이었을 것이기 때문이다.

교실의 자리 순서는 출석번호 순서대로였다. 사역마를 동반한 수업 참가에 관한 학원 규칙은 이하와 같다. 교실에 동반시킨 사역마가 작은 동물일 경우엔 자기 자리 근처에 대기시킬 수 있고, 보다 커다란 동물일 경우엔 교실 뒤나 실외에 대기시킨다고 한다.

자리를 자유롭게 선택할 수 있다면 바로 옆에 앉히고 싶은 참이지만, 세리나는 수업 시작 후엔 교실 뒤로 이동해야만 했다.

내가 세리나와 함께 들어가자, 학생들의 시선이 한꺼번에 집중되는 것이 느껴졌다.

물론, 앞으로 1년을 함께 지낼 새 동급생이 나타나는 셈이니 누구나 처음엔 주목하는 것이 당연한 반응이리라. 하지만 이런 경우엔 언제까지나 함부로 쳐다보는 게 아니라 금세 일상회화로 복귀하는 것이 일반적일 텐데, 일시적으로 나를 외면했던 그들의 시선은 다시금 우리를 뚫어지게 쳐다보기 시작했다. 뿐만 아니라, 여기저기서 소곤거리는 목소리가 들려왔다.

설마 교실 안에서 대놓고 욕설을 내뱉을 배짱이 있는 녀석은 없겠지만, 뒤에서 험담을 하는 패거리라면 당연히 존재할 수밖에 없으리라. 벌써부터 한 남학생 집단이 목소리를 낮추고 서로 대화를 나누는 소리가 들려왔다.

"저 녀석이 바로 소문이 자자한 편입생인가? 저기 봐, 진짜로 라미아를 데리고 왔는데?"

"진짜 라미아를 본 건 처음이야. 정말로 하반신이 뱀이구나. 얼굴만 보면 굉장히 예쁘장하지만, 역시 뱀의 몸통은 흉측한 것 같아."

"정말 사역마로 삼고 있는 건 맞는 건가? 라미아는 강력한 마물이야. 교실 안에서 날뛰기라도 하면 우리가 한꺼번에 덤벼도 애를 먹을 걸?"

"사실은 저 녀석이야말로 라미아한테 홀려있는 거 아냐?"

"야, 들리면 어쩌려고 그래. 라미아를 정말로 복종시키고 있다면, 아무리 같은 클래스라고 해도 우리와 차원이 다른 실력일 거야. 희귀한 몬스터 테이머야. 그것도 선천적인 재능을 지닌 진짜라고."

흠, 세리나를 모욕하는 소리를 지껄인 희멀건 말라깽이 녀석. 동급생의 인연으로 한 번까지는 용서해주마. 허나 그 헛소리를 또다시 입에 담는 처사는 용으로서의 내 이름을 걸고 용서하지 않겠다. 자손 대대로 저주⋯⋯하는 건 자손이 불쌍하니, 너만 저주해주마.

하지만 내가 진지하게 저주를 걸면 이 세계에 여러 가지로 중대한 영향이 발생할 것 같다. 나의 저주가 여러 가지 영적인 존재들에게 영향을 끼친 결과, 지상의 모든 땅을 아우르는 영적 재앙이 발생하는 미래가 어렵지 않게 떠올랐다.

흠, 역시 실제로 저주를 거는 건 자제하고 마지막 수단으로서 마음속에 담아놓도록 하자.

"나 사실, 파충류 계통은 전반적으로 질색이야!"

"하반신은 뱀이지만, 다른 종족을 유혹할 필요가 있으니까 역시 예쁜 얼굴이 달려 있네."

"정말이야. 허리부터 윗부분은 인간처럼 보여. 거기다 저 금발도…… 부러울 정도야."

"나도 라미아는 처음 보는데, 저기 봐. 굉장히 안절부절못하네? 우리 시선 때문에 굉장히 민감해진 걸지도 몰라."

흠, 여학생들 사이에서 세리나는 벌써부터 주목의 대상으로 등극한 모양이다. 이 정도는 어쩔 수 없는 일이니 감수하도록 하자. 아마 시간이 지나면 그녀들도 싫증이 나서 말에 오르는 일도 점차 없어지리라.

"세리나, 너무 신경 쓰지 마."

세리나의 손을 쥐고 위로의 말을 입에 담았지만, 나는 배정된 자리에 앉기 위해 일단 그녀와 떨어질 수밖에 없었다.

"예. 저는 괜찮아요. 이 정도는 각오했던 일이니까요."

세리나는 베른 마을에서도 대놓고 흉측하다는 소리를 들은 적이 없었다. 입으로는 신경 쓰지 않는다고 하면서도, 실제로는 상당히 낙담하고 있다는 것 정도는 쉽게 예상이 갔다.

세리나가 다른 사역마들이 대기하고 있는 교실 뒤까지 가는 모습을 지켜보고 나서, 나는 내 자리를 향해 시선을 돌렸다.

교실 안에는 세로로 다섯 개 늘어선 책상이 세 줄로 배치되어 있었고, 책상 하나마다 두세 사람 정도가 앉는 모양이다.

내 자리는 복도에서 가장 가까운 줄의 맨 앞 책상이었는데, 이미 다른 동급생이 자리에 앉아있었다.

일단은 제대로 인사를 해야겠다 싶어서 내가 입을 열려던 순간, 그 동급생이 먼저 선수를 쳤다.

"안녕~. 파티마 크리스테 디시디아야. 잘 부탁해~."

태평스럽기 그지없는 미소와 함께, 그녀가 나에게 자그마한 손을 내밀었다.

햇볕을 쬐며 조는 강아지를 연상시키는 한가로운 목소리가 서글서글한 인상을 주는 소녀였다. 나는 편안하게 그녀의 손을 맞잡고 악수했다.

싱글벙글 부드러운 미소를 띤 그 소녀는, 내 또래치고 상당히 몸집이 작았다. 마치 그 속에서 여러 개의 별이 빛나고 있는 듯한 연보랏빛 눈동자가 온화한 눈웃음을 짓고 있었다. 입술이나 코의 생김새는 체격에 걸맞게 무척이나 앳된 느낌이다.

빛의 각도에 따라 엷은 복숭아 빛으로 보이기도 하는 머리카락을, 빨간 리본으로 양쪽 귀 윗부분에서 각각 묶어놓고 있었다. 머리카락은 리본을 풀면 어깨에 닿을 정도의 길이로 보였다.

깨끗하게 손질한 머리카락이나 피부의 윤기, 그리고 상처는 물론 가볍게 튼 흔적조차 보이지 않는 깔끔한 손가락이 눈에 들어왔다. 이 소녀가 빨래나 부엌일 등을 전혀 해본 적이 없는, 일반적인 평민들과 완전히 동떨어진 생활환경에서 성장해왔다는 확실한 증거였다.

외모와 분위기, 그리고 다른 무엇보다도 성씨를 지니고 있다는 사실이 파티마라고 자기소개를 한 소녀가 귀족 태생임을 증명했다.

교복 사이즈가 그다지 맞지 않는 모양으로, 소매가 약간 남아서 늘어뜨린 상태였다. 소맷부리 사이로 손가락 끝이 살짝 보일 정도였다.

고등부 2학년이니 나이는 열다섯이나 열여섯 전후일 텐데, 체격이 너무 작아서 열한 살이나 열두 살 정도로 보인다. 외모로만 따지면 내 동생인 마르코보다도 어려 보였다.

"베른 마을에서 왔습니다. 드란입니다. 잘 부탁드립니다."

설마 맞잡은 손을 뿌리치진 않겠지? 내가 약간 우려하면서도 대답하자, 파티마는 한층 활짝 미소를 짓고 맞잡은 손을 있는 힘껏 위아래로 흔들었다.

흠, 아무래도 교실 안에 우리를 호기심의 대상으로 삼는 이들만 있는 건 아닌 듯하다. 그 사실을 확인할 수 있었다는 것이, 이 교실로 들어온 후로 얻어낸 최고의 수확이라는 생각이 들었다.

"그렇게 딱딱하게 굴지 마. 자, 어서 앉아."

나는 파티마의 말을 받아들여 의자에 앉아 가죽 가방으로부터 수업에 필요한 필기도구 등을 꺼냈다.

파티마는 방금 전부터 몸을 내밀고 나를 뚫어지게 쳐다보고 있다. 신기한 물건을 쳐다보는 눈빛이긴 했지만, 그녀의 부드러우면서도 느긋한 분위기 덕분에 불쾌한 느낌은 전혀 없었다.

나는 그녀에게 고개를 돌리면서 시선의 의미에 관해 물었다.

"제 얼굴에 뭐라도 묻어있습니까, 파티마 님?"

일단 귀족을 상대하고 있으니 「님」이라는 존칭을 붙였는데, 파티마는 바로 그 호칭에 대해 놀란 듯한 표정을 지었다.

"아니, 아무 것도 안 묻었어. 그치만 파티마 님이라고 불린 게 오랜만이다 보니까 깜짝 놀랐을 뿐이야."

흠? 크리스티나 양도 상하관계에 그다지 개의치 않는 편이었지만, 이 파티마도 혹시 마찬가지인 걸까? 만약 그렇다고 한다면, 나로서는 더더욱 반가운 동급생일 텐데…….

"흠, 파티마 님이라고 불리신 적은 있는 거지요? 아마도 귀족님이실 테니 말투를 조심하려고 했습니다만……."

"저기 말인데? 드란은 아직 이곳의 룰에 관해 잘 모를 테니까 어쩔 수 없겠지만, 이 마법학원에서 공부하는 동안엔 신분이나 종족 같은 건 그다지 신경 쓸 필요가 없어. 초대 학원장 선생님이 당시의 국왕 폐하나 귀족들의 동의를 얻어 마법학원에서 학문에 매진하는 학생들은 모두 평등해야 한다는 규칙을 만들었거든. 그러니까 신경 쓰지 않아도 괜찮을 거야. 그리고 나도 지금은 이 학원의 분위기에 완전히 적응해 버려서, 자신이 귀족이라는 사실조차 가끔 잊어먹을 때가 있어."

에헤헤, 파티마는 쑥스러운 듯이 머리를 긁었다. 그 동작은 마치 자그마한 애완동물이 재롱을 부리는 듯이 사랑스러웠다. 무심코 머리를 쓰다듬거나 꼭 안아주고 싶다는 충동을 불러일으켰다. 사람을 잘 따르는 강아지와 같은 소녀였다.

"흠, 그러는 편이 저로서도 편합니다. 고마운 일이군요."

"아하하하, 존댓말도 쓸 필요 없어. 중등부 때부터 평민 애들하고 같이 수업을 받았지만, 다들 그냥 평범하게 친구 사인 걸? 나도 그냥 파티마라고 불러줘. 「님」이나 「양」 같은 것도 필요 없어. 그냥 파티마."

친구 사이라. 사랑스러운 얼굴로 그런 소릴 하니, 그냥 받아들일 수밖에 없다는 생각이 들었다. 흠, 파티마는 어려 보이는 외모와 말투가 일치하다 보니 그저 순수하게 귀엽다는 생각이 든단 말이지.

"그렇습니까? 흠, 좋아. 그렇다면 나도 평범하게 말을 놓도록 하지. 같은 또래의 귀족님과 대화를 나누는 건 거의 처음이나 다름없다 보니, 많이 긴장했거든."

휴우. 약간 연기처럼 보였을지도 모르겠지만, 파티마는 내가 크게 한 숨을 내쉬는 모습을 보고 천진난만하게 웃었다.

"후후. 서쪽과 남쪽의 천재들과 싸우기 위한 대항마라고 하는 바람에 굉장히 엄청난 애가 오는 게 아닌가 싶었는데, 드란은 그렇게 개성적인 애로 보이진 않는데? 라미아 언니를 데리고 나타난 순간엔 깜짝 놀랐지만 서도~."

"학원에서 높게 평가해주는 건 기쁘지만, 정작 나는 그 서쪽과 남쪽의 천재들을 직접 알지는 못 하다 보니 뭐라고 대답하기 어렵군."

"응~, 나도 그다지 자세히 아는 건 아니야. 그러니까 1년에 딱 한 번씩 각 학원이 모여서 연구 성과의 발표회를 개최하는데, 그

때 전투 마법의 평가 시험이라는 제목으로 시합을 벌여. 전에 벌어진 학원 대항 시합, 아, 경마제(競魔祭)라고 하거든? 나도 그 두 사람이 싸우는 걸 봤다~. 천재와 천재의 싸움이라고 하니 다들 주목을 안 할 수가 없었어."

아무리 천재라고 해도, 결국 그 힘은 인간의 범주에서 벗어나지 못 할 것이다. 하지만 내 비교대상이 될지도 모르는 상대에 대한 정보는 기회가 되는대로 입수하고 싶은 참이었다.

"다른 용건이 없다면 수업이 시작되기 전에 그 천재들에 관해 가르쳐주지 않을래? 나중을 대비해서 알아두고 싶어."

"응. 서쪽의 천재는 예쁜 금발의 남자애였어. 정령 마법을 엄청나게 잘 썼지. 네 가지 속성의 정령 마법을 동시에 행사할 수 있을 정도로 대단한 애야. 보통은 다른 속성을 동시에 두 개만 쓸 수 있어도 대단한 건데."

흠, 모든 속성의 정령으로부터 힘을 한꺼번에 빌리는 것 정도는 용 시절의 나에게 도전했던 과거의 정령술사라면 당연히 가능한 일이었다. 하지만 마법학원에서 한창 배우고 있는 학생들에게 그 정도의 역량을 기대하는 건 너무 가혹한가?

정령 마법의 다속성 동시 행사는 그렇다 치고, 나도 덴젤 아저씨로부터 들은 얘기가 있다. 고위의 마법사들끼리 전투를 벌일 경우, 일단 여러 겹의 마법 장벽을 전개한다. 그리고 마법을 사용한 비행이나 고속 이동을 병행하는 동시에, 서로 공격 마법을 발사하는 방식으로 싸운다고 한다.

말하자면 1급 마법사라고 자칭하기 위해서는 전투 중에 이동,

방어, 공격을 위해 세 가지 마법을 동시 행사할 필요가 있다는 뜻이다.

"흠, 서쪽의 천재는 뛰어난 정령 마법의 명수란 말이지? 그렇다면 남쪽의 천재는?"

"걔는 진짜 대단하다고밖에 달리 표현할 길이 없는 마법전사였어. 신체 강화 계통의 마법을 깜짝 놀랄 정도로 잘 다루고, 무기에 마력을 부여해서 평범한 마법이나 장벽 같은 건 그걸로 잘라버려. 마법전사들은 거의 다 마법사와 전사의 장점을 어중간한 수준까지밖에 발휘하지 못하니까 크게 성공하긴 힘들다고 하잖아? 근데 남쪽의 천재는 진짜로 전문적인 전사와 마법사가 무색할 만큼 굉장했어. 두 자루의 검을 쓰는데, 너무 빨라서 움직임이 보이지 않을 정도였거든."

내가 마법전사라는 단어를 듣고 우선적으로 떠올리는 인물은, 두 사람이다. 예전 같으면 나의 심장을 용멸(竜滅)의 성검(聖劍)으로 꿰뚫은 용사를 떠올렸을 것이며, 최근 만난 이들 가운데 두드러지는 인물은 역시 크리스티나 양이다.

크리스티나 양도 나이와 인간종— 엄밀히 따지면 인간종이라고 하기 어려운 부분도 있지만 —이라는 종족을 고려하자면, 흔치않은 잠재능력의 소유자라고 할 수 있을 것이다.

"선생님들도 깜짝 놀랄 만큼 대단한 싸움이 벌어졌는데, 결국은 남쪽의 천재가 이겨서 작년 경마제는 남쪽 마법학원이 우승했어. 아, 그렇지. 우승자는 마법학원으로부터 희귀한 마법도구와 마법서를 수여받아. 그리고 대회에서 우수한 성적을 거뒀다는 실적이 있을 경우엔 궁정 사람들로부터도 높은 평가를 받는다고 해. 그러니까 참가하는 애들은 다들 최선을 다해."

"흠, 그렇단 말이지? 출세를 목표로 삼는 이들의 입장에서 보자면 점수를 획득하기에 최고의 기회일 것 같군. 혹시 파티마도 참가했었나?"

그런 질문을 던지면서도, 나는 이 상냥한 소녀가 그런 행사에 참가했을 리가 없다고 확신하고 있었다. 온화하다거나 선량하다는 단어가 이만큼 잘 어울리는 인간도 드물 것이다.

"아하하하, 나는 그런 쪽은 별로 잘 하는 편이 아니라서 구경 전문이야. 나는 싸우는 것보다는 마법도구 같은 걸 제작하는 쪽을 좋아하고 더 잘 해~. 마법을 써서 그림이 환영으로 튀어나오는 그림책이라든가 시원하거나 따뜻한 바람을 내뿜는 도구라든가 식자재의 신선도를 유지하는 저장고 같은 거. 손가락을 튕기기만 해도 불이 켜지는 램프도 있어. 드란은 마법학원에서 무슨 공부를 할 생각이야?"

"나는 고향 사람들의 보탬이 되는 공부를 하러 왔으니까, 우선 파티마처럼 마법도구를 제작하는 방법을 배우고 싶군. 그 이외엔 농업이나 상업, 그리고 전투에 관해서도 조금 더 지식을 쌓을 예정이야. 최근에도 고향 마을 부근에서 맹수들이 출몰해서 사상자가 생길 뻔 했거든."

싸움과 같은 거친 분야와 철저하게 인연이 없어 보이는 파티마는, 내 말을 듣고 풀 죽은 듯한 표정을 지었다.

그녀의 입장에서 보자면, 맹수나 야만족의 습격이 일어나는 생활은 그야말로 머나먼 세계의 일처럼 느껴질 것이 틀림없다. 그리고 나는 그 머나먼 세계로부터 찾아온 이세계(異世界)의 주민이었다.

"글쿠나. 드란은 굉장히 가혹한 곳에서 살다가 왔구나? 그럼 진짜 공부를 열심히 해야겠다."

"물론이지. 배울 수 있는 지식은 전부 다 배울 생각이야. 그러지 않으면, 여기까지 온 의미가 없으니까."

"으~응, 아버님이 입학하라고 해서 입학했을 뿐인 나로선 좀 찔리기도 해."

파티마가 자기도 모르게 쓴웃음을 지었다.

하지만 귀족 자제로서 그녀의 입학 경위는 지극히 평범한 축에 속한다고 본다. 마법학원에 입학하는 사람들의 사연은 그야말로 각양각색일 테니, 내가 거기에 대해서 비난할 권리는 물론 도리도 없다.

"아, 선생님 오셨다~. 계속 떠들고 있으면 아마 화내실 테니까, 이제 조용히 하자."

바로 내 눈 앞의 교실 문을 열고 들어온 이는, 면접시험을 보면서 만난 적이 있는 푹신푹신한 체형과 자상해 보이는 얼굴이 특징적인 40대 여성 교사였다.

토파즈빛 눈동자에 약간 눈꼬리가 처져 있고, 왼쪽 눈에는 자그마한 쌍둥이 눈물점이 있다. 다른 동급생들도 곧바로 입을 다물고 긴장했다.

솔직히 말해 나는 전생은 물론, 이번 생까지 포함해도 처음으로 받게 되는 수업이라는 새로운 경험에 대해 은근히 기대를 품고 있었다.

여성 교사가 계단 형태로 이루어진 교실의 가장 밑에 위치한 교단에 섰다. 그녀는 스스럼없는 미소를 지은 채로 실내를 둘러보더니, 한 박자씩 사이를 두고 세리나와 나를 향해 시선을 보냈다.

그 시선에 여러 가지 다른 의미가 있다고 생각해야 하나, 아니면 단순히 큰 기대를 받고 있다고 기뻐해야 하나? 지금은 너무 깊이 생각하지 말자.

"여러분, 오늘과 같은 좋은 날에 새로운 친구를 맞이할 수 있었던 일에 대해 위대한 신들께 감사를 드립시다. 이미 여러분께 말씀드렸습니다만, 오늘부터 새롭게 수업에 참가하는 친구가 있습니다. 자, 드란 군? 친구들에게 자기소개를 해보실래요?"

나는 그들의 시선이 마치 궁수들이 진을 치고 일제히 발사한 화살과도 같이 내 몸에 꽂히는 것을 느끼면서 일어났다. 그리고 등 뒤를 돌아보며 호기심에 가득 찬 시선으로 나를 바라보는 동급생들의 얼굴을 둘러봤다.

다들 귀하게 자라서 그런지, 고생에 찌든 표정을 짓고 있는 이는 그리 많지 않다.

베른 마을처럼 세 살배기 어린아이가 검이나 창을 다루는 방법을 배워야 하는 환경은, 결코 제대로 된 환경이라고 할 수는 없을 것이다. 하지만 나는 베른 마을에 태어났다는 사실을 후회하기는 커녕, 오히려 자랑스럽게 생각한다. 따라서 나는 그들에게 열등감이라고는 전혀 느끼지 않았다. 인간은 다 제각각 주어진 환경에서 어떻게든 살아가는 법이다. 자신에게 없는 것을 바라거나 부러워

하기보다는, 자신이 지닌 것을 소중히 하며 살아가는 쪽이 발전적
일 뿐만 아니라 내가 선호하는 사고방식이다.

나는 일단 당당하게 가슴을 펴고 첫 인사말을 입에 담기로 결심
했다.

"여러분, 처음 뵙겠습니다. 베른 마을에서 온 드란입니다. 성은
없습니다. 편하게 드란이라고 불러주세요. 이러한 장소에서 지식
을 배우는 건 처음인지라, 아직 모르는 게 많습니다. 제가 무슨 착
각을 하거나, 무지로 인해 여러분께 실례되는 일을 저질렀을 경우
엔 가르쳐주시면 감사하겠습니다."

나는 말을 이어 나가면서 교실 뒤에 대기하고 있던 세리나에게
시선을 돌렸다.

"그리고 제 사역마를 소개합니다. 라미아인 세리나입니다. 라미
아는 일단 마물로 취급되는 종족이다 보니, 여러분이 놀라시는 것
도 무리는 아닙니다. 하지만 정말로 착한 아이이므로 너무 무서워
하지 마십시오. 제 고향 마을에서도 마을의 일원으로서 아무런 문
제도 일으키지 않고 잘 지냈습니다."

세리나가 베른 마을에 정착한 과정까지 이 자리에서 구구절절
설명할 필요는 없을 것이다. 내 소개로 인해 동급생들의 시선이
일제히 세리나에게 집중됐다. 그녀는 살짝 당황하다가도 예의 바
르게 머리를 숙였다.

여성 교사는 우리의 자기소개를 끝까지 듣고, 또 다시 입가에 부
드러운 미소를 지었다. 저 미소를 보면 제자들에게 지식을 가르치
는 것이 그녀의 천직이 틀림없다는 생각이 든다.

"예, 정말 훌륭한 자기소개였습니다. 여러분도 아시다시피, 드란 군은 특례를 받아 중등부가 아니라 고등부부터 편입할 만큼 우수한 학생입니다. 하지만 그는 아직 학원 생활에 익숙하지 않습니다. 여러 가지로 호기심이 끊이지 않는 건 이해하지만, 여러분은 이 마법학원에서 배움을 먼저 시작한 선배로서 그에게 배려를 해주실 걸로 믿습니다. 물론 드란 군의 사역마인 숙녀 분께도 실례를 저질러선 안 됩니다."

학생들에게 그렇게 선언한 뒤, 여교사는 다시금 나에게 고개를 돌렸다.

"드란 군, 자기소개가 늦었군요. 저는 고등부의 수업 가운데 하나를 담당하고 있는 아르네이스 류시네라고 합니다. 이 기초 이수 클래스의 담임을 맡고 있습니다. 잘 부탁드립니다."

흠, 일단 첫 인상은 좋다. 옆자리에 앉아있는 파티마도 싱글벙글한 미소를 지으며 아르네이스 교사의 자기소개를 듣고 있다.

"제가 담당하고 있는 기초 이수 클래스에서는 일반교양 이외에 마법을 다루면서 가장 중요하면서도 가볍게 볼 수 없는 기초적인 항목을 배웁니다. 이미 중등부에서 3년 동안 마법의 기초를 배운 학생들의 입장에서는 새삼스럽게 느껴질지도 모르지만, 마도(魔道)를 추구하던 위대한 선구자들도 기초적인 수련을 소홀히 하지 않았기 때문에 심오한 경지에 도달할 수 있었던 거랍니다."

아르네이스 교사는 교실을 둘러보면서 만족스러운 표정으로 고개를 끄덕였다.

"그럼, 다음으로 여러분이 드란 군에게 자기소개를 할 차례군요. 우선 옆자리의 미스 디시디아께 부탁드리도록 하지요."

파티마가 교사의 지명을 받아 힘차게 손을 들어 올리면서도, 어딘지 모르게 느긋한 동작으로 자리에서 일어났다.

나는 파티마와 교대하듯이, 한 차례 일을 끝낸 기분으로 한숨을 내쉬면서 의자에 걸터앉았다.

파티마를 시작으로, 나와 마찬가지로 전 학생의 자기소개가 계속됐다. 그리고 아르네이스 교사는 복습의 의미까지 겸해서, 향후 1년 동안 이루어질 수업 예정을 설명하는데 시간을 투자했다.

내가 태어나서 처음으로 경험하는 수업은, 딱히 특별한 강의가 시작되기도 전에 끝이 났다. 본격적인 수업은 다음 선택 이수 과목부터라고 봐야 하나?

"드란, 어때? 역시 긴장돼?"

수업 종료를 알리는 종소리가 울림과 동시에, 파티마는 의자에 앉은 채로 나에게 바싹 다가와서 말을 걸었다.

"흠, 긴장은 하지 않았어. 아직 본격적이 내용이 아니었기 때문에 그랬던 것도 있겠지. 그리고 세리나가 괜찮을지 신경 쓰여서 집중이 안 되더군."

"저 라미아 언니가 걱정되는 거야? 으~음. 솔직히 말해서 나도 놀라긴 했지만, 역시 주목을 받는 건 어쩔 수 없는 것 같아. 다른 수업을 받을 때도 비슷하지 않을까?"

"그럴지도 몰라. 2, 3일 정도로 주위에서 적응해주기를 바랄 뿐이야. 방금 전 수업에서는 아르네이스 선생님이 나를 위해서 시간을 따로 할애해주신 걸로 보였는데, 지금까지는 어떤 내용이었지?"

"마력의 기본 조작하고 그 이외엔 일반교양이 주된 수업 내용이 니까 역사라든가 문학, 수학 같은 분야를 복습하는 경우가 많아. 드란은 중등부를 다니지 않았지만, 교과서에 적혀있는 해답만 알 고 있으면 선생님의 지명을 받아도 문제없을 거야~."

파티마는 나를 안심시키려는지, 손을 뻗어서 마치 어린아이를 타이르듯이 내 머리를 쓰다듬었다. 조금 멋쩍은 자세였지만, 그녀 의 행동은 아무런 계산이나 속셈이 없는 순수한 호의에서 나온 결 과였기 때문에 그저 고맙게 받아들이기로 했다.

"흠, 그렇다면 아무 문제없겠군. 교과서의 내용은 전부 암기했 으니까, 선생님이 무슨 질문을 하더라도 전부 대답할 수 있어."

"응, 글쿠나. ……응? 전부?!"

생글거리며 웃고 있던 파티마가 머리를 쓰다듬던 손을 멈추고 놀란 표정이 되었다.

흠? 사전에 교과서를 지급받았으니 내용을 훑어보는 것 정도는 당연하다고 생각했는데, 내가 무슨 이상한 말이라도 했나?

당연히 파티마 역시 교과서에 실린 내용 정도는 전부 암기하고 있을 것이다. 교사들은 그 내용을 가지고 보다 실천적이면서도 독 창적인 해석을 선보이면서 수업을 진행하지 않을까 싶었는데, 혹 시 내 예상이 빗나간 건가?

아차, 그리고 보니 느긋하게 잡담을 나눌 만큼 시간이 많지는 않 았다. 다음 수업에 나갈 준비를 해야 했기 때문이다.

다음 수업은 전투에 관한 선택 이수 과목이었기 때문에, 나는 파티마와 일단 헤어져야 했다.

마법학원의 부지 안에는, 전투 마법의 행사나 실험용으로 특별한 시설이나 공터가 설치되어 있다. 내가 선택한 전투 마법 관련 수업도 그러한 전용의 부지에서 이루어진다. 나와 세리나도 다른 학생들과 함께 집합해 있었다.

표적에서 빗나간 마법이 주위의 건물에 피해를 끼치거나 학생들에게 부상을 입히지 않도록, 사방의 벽에 안과 밖으로부터 들어오는 마법을 차단하는 결계가 설치되어 있었다.

발밑엔 고르게 정돈된 땅바닥이 노출되어 있었고, 벽으로 둘러싸인 부지 한가운데에 마법 표적용으로 여러 개의 허수아비가 서 있었다. 그 이외엔 딱히 눈에 띄는 설비는 없었다. 여기는 어디까지나 간단한 마법의 훈련을 위해 마련된 장소라는 뜻이리라.

전투 마법 수업은 선택 과목이기 때문에, 다른 클래스의 학생들도 많았다.

섬세한 구석이 있는 세리나는, 또 다시 새로운 학생들로부터 쏟아지는 호기심의 시선을 받고 완전히 위축된 상태였다. 세리나는 풀이 죽어 움츠러든 채로 내 등 뒤에 숨으려고 했지만, 아무래도 하반신이 커다란 뱀의 모습이다 보니 전혀 효과가 없었다. 약간 어설퍼 보이는 지금의 모습도 사랑스럽게 보이는 건 나한테 문제가 있는 건가?

나는 조금이나마 그녀의 위안이 되도록, 세리나의 손을 꼭 움켜쥐었다.

우리와 거리를 두고 멀리서 관찰하고 있는 학생들 중에는, 교실에서 봤던 얼굴도 적잖이 섞여 있었다.

아마 이름은 벨크였던 걸로 기억한다. 날렵한 몸매와 금빛 곱슬머리가 특징적인 그 소년이 낮은 목소리로 중얼거리며 말문을 열었다.

"저기 봐. 드란 녀석, 이 수업을 선택한 것 같은데?"

"변경 출신이라고 하잖아. 야만족이나 마물들과 싸워본 적도 많을 거야."

벨크의 말에 살짝 무뚝뚝한 태도로 대답한 녀석은, 딱 벌어진 어깨와 우람한 가슴을 자랑하는 늠름한 소년이다. 짧게 깎은 붉은 머리카락 밑으로 보이는 수려한 이마나 다부진 턱선, 넓게 벌어진 코. 외견은 거의 어른이나 다름없었다. 이쯤 되면 소년이라고 표현하는 것이 조금 무리수라는 생각이 들었다. 이쪽의 이름은 아마 제논이었을 것이다.

두 사람 다 귀족이기는 한 것 같다. 하지만 사소한 몸짓이나 몸에 밴 분위기로 판단하건대, 신분이 그다지 높은 편은 아닌 모양이다. 영지가 없는 하급 귀족 태생이리라는 것이 내 추측이다.

하급 귀족들의 경우, 개중에는 일반적인 농민보다도 가난한 생활을 하는 이들도 있다고 한다.

"아하, 전투 방식을 배우는데 절실한 사정이 있다는 거구나. 그건 그렇고 이 수업에도 라미아를 데리고 왔는데?"

"그야 사역마니까, 그다지 이상한 일은 아니잖아? 저 녀석 말고도 사역마를 데리고 온 녀석들은 많아."

"쟤도 참 하반신이 뱀이라는 게 옥에 티야. 가슴도 크고 허리는 날씬하고 얼굴도 예쁘고 다 좋은데, 딱 저 하반신이 진짜 아까워."

두 사람 다 귀족치고 상스럽다고 할까? 나이에 걸맞게 경박한 느낌이 들었다.

이 녀석들이 품평하는 대상이 세리나만 아니었다면 평범한 마을 소년들과 다를 바가 없었으니, 나도 그냥 웃어 넘겼을지도 모르는 일이다.

"나 참, 넌 진짜 가리는 게 없구나? 지금 그게 중요한 게 아니야. 드란은 점심식사 시간에 미스 알마디아와 함께였다고."

"그래."

이 대목에서 그들의 목소리는 한층 더 낮아졌다. 미스 알마디아라는 건 크리스티나 양을 가리키는 말인가? 아무래도 두 사람은 크리스티나 양을 동경하고 있는 것 같다.

"정말 괘씸한 녀석이야."

"응, 진짜 부럽다……."

"내 말이 그 말이야. 대체 평민인 저 녀석이 어떻게 미스 알마디아 같은 분과 알고 지내는 거지? 난 그 분의 화사한 얼굴이 미소를 짓는 모습을 오늘 처음 봤다고."

"나도 그래. 모르긴 몰라도 지금까지 학원에서 미스 알마디아가 그런 표정을 짓는 모습을 본 녀석은 다섯 손가락으로 꼽을 정도밖에 없을 걸? 저 녀석은 대체 미스 알마디아랑 어떻게 친해진 거야?"

"부럽다."

"열 받아."

흠, 그렇단 말이지. 그들의 관심이 세리나에게서 멀어졌다는 의미로 보자면 의도치 않게 크리스티나 양의 덕을 본 셈이다. 그러나 그런 한편에서 크리스티나 양과 어떻게 지내냐에 따라서, 그녀를 동경하는 학생들로부터 눈엣가시 취급을 받을 수도 있다는 건가?

잠시 후, 담당 교사가 학생들이 적당히 모일 때까지 가늠한 듯한 순간에 모습을 드러냈다. 그가 크게 기침을 하면서 우리의 이목을 집중시켰다.

내 시험 감독을 담당했던 알리스타 선생이 이 과목의 담당 교사였다. 그는 인간의 껍질을 씌워 놓은 골렘처럼 무표정한 얼굴로 학생들을 둘러봤다.

"지금부터 수업을 시작한다. 금일은 하위 공격 마법의 실기 연습이다. 순수한 마력을 화살 모양으로 발사하는 에너지 볼트는 제군들이 최초로 배운 공격 마법이지만, 마력의 추출, 압축, 성형, 방출, 조작이라는 기본을 배우는데 가장 적절한 마법이기도 하다. 따라서 금일은 복습을 겸해서, 이 에너지 볼트 내지는 각각 적성에 맞는 속성의 마법 화살을 행사하는 방법을 다시 배우기로 한다. 이미 중등부에서 배운 마법이기는 하지만, 결코 방심하지 말고 세심한 주의를 기울이도록."

【에너지 볼트】로 대표되는 하위의 화살 마법은, 그 어떤 공격 마법의 사용자라 하더라도 가장 먼저 습득하는 기술이다. 그야말로 기본 중의 기본이다.

기본이기 때문에 가벼이 여기는 이들도 적지 않지만, 1류 마법사일수록 이 마법 화살의 행사를 물 흐르듯이 자연스럽게 시전하는 법이다.

"그렇다면, 여러 가지로 주목을 모으고 있는 것 같기도 하니 학생 제군의 기대에 부응할 필요가 있겠군. 드란, 우선 자네가 시범을 보이게."

어라, 이 무표정한 교사는 내가 생각한 만큼 고지식한 인물은 아닌 것 같다.

알리스타 선생의 발언으로 인해 우리를 멀리서 바라보고 있던 학생들의 열띤 시선이 다시 모여들었다. 마치 살갗이 타는 듯한 착각을 느낄 정도였다.

"알겠습니다. 변변찮은 마법입니다만, 모처럼 지명을 받았으니 기꺼이 따르지요. 세리나, 잠깐 다녀올게."

"드, 드란 씨! 히, 히, 힘내세요!"

세리나는 마치 스스로가 앞으로 나오라는 말을 들은 것처럼 극도로 긴장한 나머지 긴 뱀의 혀가 꼬이고 말았다.

"후후, 원한다면 세리나가 사람들에게 본보기를 보이는 게 어때?"

내가 농담을 던지자, 세리나가 당장이라도 울음을 터뜨릴 듯한 표정으로 고개를 가로저었다.

"아, 아, 아, 아니요! 전 도저히 못 해요!"

목과 함께 뱀의 하반신까지 함께 도리질을 치는 모습은 정말이지 너무나 사랑스러웠지만, 세리나의 정신 상태를 고려하자면 더이상 놀리는 것도 가여우니 농담은 이쯤 해두자.

세리나는 라미아라는 종족의 특성상 흙과 물 속성에 우수한 적성을 보유하고 있으며, 본인의 재능까지 더해서 마법사로서의 역량은 상당한 수준이었다. 따라서 학생들의 훌륭한 본보기가 될 수 있다는 건 결코 허튼 소리가 아니다.

나는 맞잡고 있던 세리나의 손을 놓고, 알리스타 선생의 옆자리까지 나아가 지팡이를 잡았다.

내가 잡은 지팡이는 마법학원에서 교복과 함께 지급한 지휘봉과 같은 형태의 마법 지팡이였다.

알리스타 선생은 나뿐만 아니라 이 자리에 모인 모든 학생들에게 설명하면서 스스로 본보기를 보였다.

"우선 몸 안에 존재하는 마력의 흐름을 장악해서 지팡이를 통해 몸 밖으로 방출한다. 그리고 방출한 마력을 대기 중에 존재하는 마력과 격리시키면서 마법 화살의 형태를 상상하는 거다. 보다 선명하면서도 세밀하게, 그리고 정밀하게 말이다. 자신이 소망하고 일으키려 하는 현상을 정확하게 상상하는 능력은, 온갖 분야의 마법을 행사하면서 공통적으로 필요한 필수 기능이다."

알리스타 선생은 땅바닥과 수평이 되도록 오른손을 앞으로 치켜들고, 손바닥을 통해 방출한 자신의 마력으로 한 발의 화살을 만들어냈다.

초록빛으로 빛나는 마법 화살―【에너지 볼트】는 알리스타 선생의 오른팔과 굵기나 길이가 비슷했다. 그 표면은 전혀 흔들리지 않고 안정적인 형태를 유지하고 있었으니, 마력의 압축과 성형 과정도 완벽했다.

알리스타 선생의 【에너지 볼트】를 목격한 학생들로부터 감탄의 목소리가 들려오자, 그는 【에너지 볼트】를 거둬들이고 마법 화살을 구축하고 있던 마력을 몸 안으로 환원시켰다.

"자, 드란. 이번엔 자네 차례일세."

"에너지 볼트 내지는 적성에 맞는 속성으로 마법 화살을 행사하라고 말씀하셨지요?"

흠. 용이었을 때의 지식에 입각해서 판단하자면, 집단생활에서는 이러한 기회에 자신의 역량을 과시함으로써 상하관계가 형성되는 법이다.

이번엔 나도 처음부터 과감하게 기선 제압을 하고 시작하는 편이, 그들도 나를 앞으로 업신여기지 못할 것이라고 생각했다.

"후."

나는 숨을 가볍게 들이마시고, 지팡이 앞부분을 전방 스무 걸음 정도 앞에 서 있는 허수아비에게 향했다. 다수의 표적을 한꺼번에 노리는 훈련까지 대비하고 있는 건지, 허수아비는 가로로 열 줄에 세로로 다섯 줄로 늘어서 있어 도합 50개나 되는 대군을 구성하고 있었다.

나는 잔잔한 바다와 같이 고요한 마음가짐으로, 스스로의 혼에서 발생하는 마력을 조작했다.

"삼라만상(森羅萬象)의 이치여 나의 목소리를 들어라"

내가 읊조린 주문을 듣고, 내 일거수일투족에 전부 주목하고 있던 학생들뿐만 아니라 알리스타 선생까지도 얼굴을 가늘게 떨면서 경악을 드러냈다.

세계를 구성하는 4대 원소인 불, 물, 땅, 바람의 힘을 동시에 행사하는 이치 마법의 경우, 주문을 시작하면서 「삼라만상」이라는 단어를 사용한다.

교내라는 환경을 고려하자면, 아직 인간들이 모르는 속성이나 행사가 지극히 곤란한 것으로 알려진 「시간」 또는 「공간」과 같은 속성은 자제하는 편이 좋을 것이다.

거기까지 생각이 미친 내가 이번에 동원한 것은 일반적인 4대 원소에다가 번개, 얼음, 빛까지 합쳐서 일곱 속성이다.

아무리 하위 마법이라고 해도, 4대 원소의 범위를 초월하는 힘을 동시에 행사할 수 있는 이는 대단히 희귀한 존재였다.

"세계를 구성하는 원소여 화살이 되어 나의 적을 꿰뚫어라 레인보우 볼트"

일곱 개의 속성을 복합적으로 구사해서 발사하는 이 마법은, 공중에 일곱 빛깔의 궤적을 그리기 때문에 무지개의 이름으로 불린다.

내가 치켜든 지팡이 끝을 중심으로 일곱 빛깔의 빛 구슬이 일곱 개 생겨나더니, 이윽고 눈 깜짝할 사이에 내 한 팔만큼 큰 화살로 변화했다. 일곱 발의 화살이 그야말로 찰나의 순간 동안 회전을 일으키다가, 제각각 공중에 아름다운 무지갯빛 궤적을 그리며 표적용 허수아비의 가슴팍을 꿰뚫었다.

표적용의 허수아비는 십자가 모양으로 조립한 철 막대에 흉갑과 투구를 씌운, 얼핏 보기엔 매우 간소하기 그지없는 구조였다. 그러나 우습게 보여도 각각의 부품에 항마 처리를 한 후에 조립된 전용 표적이다. 아마도 일반적인 학생들이 사용하는 수준의 마법 정도는 직격을 맞아도 막아낼 수 있을 것이다.

하지만 내가 정신 집중을 통해 가다듬은 마력으로 구성된 마법 화살의 직격을 맞은 허수아비들은 가슴에 커다란 구멍이 뚫리고 말았다. 그리고 그 뒤쪽에 늘어선 허수아비까지도 남김없이 관통해 버렸다.

아차, 【레인보우 볼트】가 결계를 전개하고 있는 벽까지 관통하지 않도록 명중하기 전에 소멸시키는 작업을 빼먹을 뻔 했다. 나의 마력 조작에 의해, 일곱 발의 화살은 벽과 충돌하기 전에 사라졌다.

"흠, 가로 일곱 줄을 모조리 꿰뚫어 버리고 말았나……."

아니 잠깐, 만약 이 허수아비들이 1회용 표적이 아니라 기본적으로 학생들 수준의 마법에 견딜 수 있도록 재활용을 전제로 제작된 비품이라고 치면 이건 있는 힘껏 고장 낸 셈이 아닌가? 혹시 내가 이 허수아비들을 물어내야 하나? 그건 난처한 일이다. 마법적인 처리를 통해 조립한 도구를 35개나 물어내야 한다면, 아마도 상당한 금액에 달할 것이 틀림없기 때문이다.

허수아비가 막아낼 수 있을 정도의 위력으로 조절해야 했나?

내가 실수를 뒤늦게 후회하고 있으려니, 평소엔 골렘과 같은 표정의 알리스타 선생이 표정에 다 드러날 정도로 경악을 금치 못하고 있었다. 견학 중이던 학생들의 경악은 그보다 더 컸다.

순간적으로 너무나 놀란 나머지 침묵을 지키고 있던 학생들이, 점차 「믿어지지 않아, 무슨 속임수를 쓴 거 아냐?」 같은 소리를 내뱉기 시작했다.

주위가 곤혹과 경악으로 인해 웅성거리는 와중에, 세리나 오직 한 사람만이 기쁨에 가득 찬 미소를 짓고 나를 추켜세웠다.

"역시 드란 씨! 굉장해요!!"

정말로 이 뱀 소녀를 보고 있으면 마음이 누그러진다.

세리나가 기뻐하는 모습을 보면서 내가 미소를 띠고 있자, 불현듯 아까 전에 쑥덕이던 벨크나 제논과 눈이 맞았다.

두 사람은 멍청하게 입을 크게 벌린 채로 이쪽을 바라보고 있었는데, 나와 시선이 마주치자마자 번개라도 맞은 것처럼 몸을 떨면서 시선을 다른 방향으로 돌렸다.

흠, 이 정도면 내 실력을 인정하려나?

나는 조심스러운 태도로 알리스타 선생에게 질문을 던졌다.

"알리스타 선생님, 저기, 허수아비에 구멍을 내버리고 말았습니다. 변상은 제가……."

알리스타 선생은 금세 본래의 무표정한 얼굴로 돌아오더니, 평정을 되찾으려는 듯이 크게 헛기침을 했다.

"아니, 그런 건 신경 쓰지 말게. 비품의 수리비는 마법학원의 경비로 처리될 걸세. 이번 일은 이 몸이 자네의 역량을 너무 낮게 평가했기 때문에 벌어진 일이기도 하고 말이야."

"그렇습니까? 선생님께 쓸데없는 폐를 끼친 것 같아서, 정말 죄송합니다."

나는 크게 안도의 한숨을 내쉬었다. 아무래도 물어낼 필요는 없는 것 같다. 농담이 아니라, 정말 심각한 위기였다.

다음부터는 아무리 표적이라고 해도 마법학원의 비품은 고장 내지 않도록 조심하자. 주로 나의 정신위생과 금전사정을 평화롭게 유지하기 위해 필요한 일이다.

그 후, 다른 학생들도 어딘지 모르게 김이 빠진 듯한 상태로나마 알리스타 선생의 지시를 따라 순서대로 마법 화살을 시전하는 실습에 참가했다. 그들은 때때로 성공하기도 하고, 실패하기도 했다.

알리스타 선생이 수업 종료를 선언하자, 학생들은 제각기 본 교사 쪽으로 철수하기 시작했다. 하지만 학생들 가운데 홀로 움직이지 않고 나를 잠자코 응시하는 여학생이 있었다.

파티마나 벨크, 제논과 마찬가지로 내 동급생들 중 한 사람이다.

파란 머리를 목덜미에 내려올 정도로 기른 그 여학생은 검은 스타킹을 신고 있었는데, 그 덕분에 유연하게 뻗은 다리가 돋보였다. 풍만하게 돌출된 상반신과 하반신을 잇는 허리 곡선이 아름다운, 굉장히 균형 잡힌 몸매의 소유자였다. 어딘가 머나먼 저편을 바라보는 듯한 눈동자는, 불순물이 전혀 섞이지 않은 호박색이다. 오뚝 솟은 콧날과 두툼한 입술이 자아내는 절묘한 배치는, 흔히 볼 수 있는 것이 아니다.

내가 이쪽을 바라보던 그녀에게 말을 걸기도 전에, 교사 쪽에서 뛰어온 자그마한 그림자가 나에게 말을 걸었다. 파티마였다.

"드란~, 수업은 벌써 끝났어~?"

톡톡, 자그마한 파티마의 발이 대지를 디딜 때마다 김빠지는 발자국 소리가 들려와서 팽팽하던 긴장의 끈이 이보다 더할 수 없이 느슨해졌다. 우리가 전투 마법 수업을 받는 동안, 파티마는 다른 수업을 받고 있었다. 아마도 그 수업이 비교적 빨리 끝난 것이리라.

교사 쪽에서 뛰어온 파티마는 즉시 나와 세리나에게 다가올 줄 알았는데, 방향을 돌려서 나를 바라보고 있던 여학생에게 달려갔다.

흠? 파티마의 태도로 판단하건대, 두 사람은 친밀한 사이인 것 같다.

그건 그렇고, 보면 볼수록 대조적인 두 사람이다. 발랄하면서도 친숙한 인상의 파티마에 비해, 여학생 쪽은 어딘지 모르게 타인을 멀리 하는 초연한 분위기의 소유자였다.

"네르, 왜 그런 무서운 표정을 짓고 있는 거야~? 아, 드란. 애는 내 친구인 네르야~."

파티마는 여학생이 나에게 관심이 있어 보인다는 분위기를 감지하고, 중개 역할을 자처했다.

"흠."

"정식 이름은 약간 달라. 네르가 아니라 네르네시아 퓨렌 아피에니아. 네르네시아라서 네르라고 불리고 있지."

아피에니아 가문은 왕국에서도 손가락에 꼽히는 대귀족이다. 첫 수업의 자기소개 시간에 얼굴과 이름은 이미 외운 상태였지만, 일부러 예의 바르게 자기소개를 하는 그녀의 말을 굳이 가로막을 필요도 없었다.

네르에게서 느껴지는 마력의 양은 내 동급생들 중에서는 매우 탁월하게 뛰어난 수준이었다. 지금 그녀가 보이고 있는 침착한 태도를 전투 중에도 유지할 수 있다면, 이 날렵한 체구의 소녀는 장래에 대단한 마법사로 성장할 것이다.

"자기소개는 두 번째입니다만, 드란이라고 합니다. 금년 1년 동안, 아무쪼록 잘 부탁드립니다."

"응."

흠, 말수가 적은 편인 모양이다. 두 사람은 그야말로 외모부터 시작해서 성격까지 대조적이어서 보기에 꽤 유쾌한 두 사람이었다.

"네르는 말야, 진짜로 우등생 중에서도 최고로 우등생이야~. 작년 경마제에서도 대표 선수 중 한 명으로 선발될 정도거든. 내가 자랑하는 최고의 친구다~."

파티마는 기복이라고는 전혀 없는 가슴을 쫙 펴고 마치 자신의 일이라도 되는 것처럼 자랑스럽게 네르를 소개했다. 네르는 멍한 표정을 바꾸지 않은 채로 조그맣게 중얼거렸다.

"나에게 있어서는 굴욕적인 기억이야. 서쪽의 엑스에게 졌으니까."

엑스? 정령 마법의 명수라는 서쪽의 천재를 말하는 건가? 이름은 지금 처음 들었지만, 그렇게 판단하는 게 정답인 듯하다.

네르는 작년의 패배에 관해서 분하다고 했지만, 말투는 물론이고 표정도 그다지 변화가 없기 때문에 정말로 분하기는 한 건지 판단하기 어려웠다. 하나 확실한 것은, 나를 바라보는 그 눈이 어딘지 모르게 도전적인 빛을 띠고 있다는 사실이었다.

흠? 엑스라는 녀석과 악연이 있는 듯한 네르는, 아무래도 학원에서 엑스의 대항마로 데려왔다는 소문이 돌고 있는 나에 대해서도 나름대로 호기심을 가진 모양이다. 정말로 엑스의 대항마가 될 수 있는 존재인지 시험해볼 생각인지도 모르고, 지금 당장 자신의 힘을 발산시킬 상대로 기대하고 있는 건지도 모른다.

"저에게 무슨 용건이라도 있으신가요, 네르 양? 아, 네르 양이라고 불러도 괜찮겠습니까?"

"상관없어. 그리고 나와 대화할 때도 존댓말은 필요 없어. 파티마를 상대할 때와 똑같은 말투가 편해."

그렇게 말하면서, 네르네시아는 표정을 바꾸지 않고 하얗고 가냘픈 손으로 무기력하게 박수를 치기 시작했다.

"아까 전에 수업에서 선보인 마법은 훌륭했어. 사전 평판보다 실물 쪽이 훨씬 대단했지. 응."

흐―음, 이건 칭찬하는 건가? 아니면 놀리는 건가? 순간적으로 의구심이 들었지만, 호박색의 눈동자 속엔 순수하게 감탄의 빛이 보일 뿐이었다. 아마 정말로 나를 대단하다고 생각하는 모양이다.

기본적으로 속마음을 숨기는 종류의 인간은 아닌 것 같다만, 금방 만난 상대에게 너무 솔직하면서도 거리낌 없는 말투를 구사하는 모습을 보여서 약간 당황스러웠다. 하지만 너무 극단적으로 솔직하다 보니 다른 속셈이 있을 거라는 생각도 들지 않았다.

나도 순순히 그녀에게 감사의 뜻을 전했다.

"고마워. 하지만 약간 조절에 실패한 것 같아. 앞으로 조심하도록 하지."

"너만큼 실력이 있는 학생은 여기서도 많지 않아. 앞으로 재미있어질 것 같아서 기뻐."

아주 약간이기는 했지만, 네르의 표정에서 기쁨의 감정이 느껴졌다. 하지만 그녀의 마음속 깊은 곳에서 또 다른 이질적인 감정이 도사리고 있는 듯한 느낌이 들었다. 과연 그녀가 마음속에 숨기고 있는 감정의 정체는 뭘까?

파티마뿐만 아니라 이 네르도 굉장히 개성적인 소녀였지만, 나와 세리나에게 우호적이라는 점에서 보자면 역시 동급생은 잘 만난 편이리라.

흐—음, 동급생들은 당장 첫 날부터 우리에게 일정한 거리를 두는 이들과 우호적인 태도를 보이는 이들로 갈리는 모습을 보였다. 내 장래와 세리나의 편의를 위해서라도, 앞으로 무슨 수를 써서라도 후자를 늘려나가야 할 것이다.

† † †

라미아들이 모여 사는 고향 마을 쟈르라를 떠나던 날, 부모님이나 친구들은 제 남편 찾기 여행에 대해 몹시 걱정했습니다.

제 마법 실력은 아무 문제없었지만, 아무래도 성격 쪽에 걱정을 끼칠 요소가 아주 많았다는 것 정도는 저 자신도 알고 있었지요.

실제로 쟈르라를 떠나 며칠 동안 정처 없이 떠돌아다니다 보니, 아빠나 엄마가 너무나 그리워서 당장이라도 돌아가고 싶었답니다. 밤에는 저도 모르게 콧속이 찡해져서 잠을 못 이룰 정도였지요.

하지만, 그러던 중에 우연히 만난 분이 드란 씨였다는 게 제 행운이었지요. 저와 드란 씨는 미쳐 버린 가엾은 흙의 정령님을 정령계로 돌려보내 드리고 하룻밤을 함께 보냈습니다. 마을 바깥에서 만난 첫 인간 분이 드란 씨처럼 자상한 분이라, 꿍장히 안심했던 기억이 납니다.

아, 하룻밤을 보냈다는 건 딱히 이, 이상한 의미는 아니거든요?!

드란 씨와 저는 다음날 아침에 곧바로 헤어졌지만, 저는 마음속으로 드란 씨와 다시 만났으면 좋겠다는 생각을 하고 있었습니다. 그런데 설마, 정말로 드란 씨와 재회하다니! 아, 알몸을 보이고 말았던 건 예상 밖이었지만요.

그리고 드란 씨와 베른 마을에서 함께 살 수 있게 되어서, 스스로도 깜짝 놀랄 만큼 기뻤했다는 사실은 아마 드란 씨도 모를 거라고 생각해요.

베른 마을 사람들은 정말로 너무나 좋은 분들이었습니다. 어렸을 때부터 저는 아빠와 엄마에게 인간이 얼마나 무서운 존재인지 철저하게 교육을 받으면서 자랐습니다. 하지만 실제로 베른 마을 사람들과 지내고 보니 완전히 그 반대였기 때문에, 저는 진심으로 안도했답니다. 설마 그 이후에 마계의 군세나 대악마들과 싸우게 될 줄은 꿈에도 몰랐지만요……. 하지만 언제나 드란 씨가 곁에 있어 주셔서 무섭다고 느낀 적은 한 번도 없었습니다.

드란 씨는 육체적으로도 건강할 뿐만 아니라, 저보다도 훨씬 강한 마력을 지니고 있습니다. 이유는 모르겠지만 라미아가 지닌 매료의 마력이나 독도 통하지 않아요. 한 마디로 말해서, 드란 씨는 라미아로서 기대할 수 있는 가장 이상적인 남편감입니다.

하지만 지금은, 그저 고향의 관습에 따라 남편감으로서 드란 씨를 원하는 것만이 아닙니다.

가로아 마법학원에 입학하려는 드란 씨에게 저도 데려가 달라고 부탁했던 그 순간, 이미 제 머릿속에 관습 같은 건 전혀 떠오르지도 않았습니다.

저는 그저 드란 씨의 곁에서 떨어지는 게 괴롭고 쓸쓸했을 뿐이었어요. 드란 씨의 곁에 있을 수만 있다면, 그게 사역마라는 입장이라 하더라도 상관없었어요. 저는 모든 걸 각오하고 가로아 마법학원까지 따라온 거랍니다.

　따라오기는 했지만, 설마…… . 아니, 정말 미안해요. 드란 씨,
세리나는 마음이 약한 아이였던 것 같아요. 으으으.

　드란 씨와 함께 가로아 마법학원에 입학해서 같은 교실에서 수
업을 받기도 했습니다. 그 자체는 정말 즐거운 일이었지만, 이렇
게 많은 인간 분들이 있는 장소는 난생 처음이기도 했습니다. 저
는 어떡하면 좋을지 전혀 갈피를 못 잡았어요.

　뿐만 아니라, 역시 마물인 저를 바라보는 학생 분들의 시선은 그
다지 유쾌하지는 않았습니다.

　저는 정말로 여러분들과 사이좋게 지내고 싶은데 무서워하시거
나 신기해하시는 분들이 너무 많아요. 가끔 가다 약간 징그러운
시선도 섞여있는 것 같은…… .

　크리스티나 양, 그리고 학원에서 새로 알게 된 파티마 양이나 네
르네시아 양은 정말 친절하셔서 마음이 든든합니다. 하지만 그렇
다고 해서 항상 그 분들과 함께 지낼 수도 없는 일이죠.

　드란 씨와 함께 수업을 받으면서도, 언제나 다른 사람들이 보고
있는 것 같아서 마음이 불안합니다.

　혹시 저는 자의식 과잉인 걸까요? 으으, 이곳에 적응하려면 아
직도 갈 길이 먼 것 같아요.

　"세리나, 역시 시선이 신경 쓰이나?"

　수업을 받기 위해, 정해진 교실 앞까지 왔을 때였습니다. 드란
씨가 걱정스러운 표정으로 저에게 말을 걸어 주셨습니다.

수업 때마다 다른 교실에 들어가기 때문에, 저는 수업 때마다 수많은 사람들의 시선을 받아 굉장히 피곤했습니다. 드란 씨는 그 사실을 알아차리고 계셨던 것 같아요.

　저와 드란 씨는 마법학원에 여러 곳 있는 안뜰 가운데 한곳으로 나와, 인적이 없는 장소에 있는 벤치에 앉았습니다.

　저 스스로도 마음을 숨기는 게 서툴다는 자각이 있었기 때문에, 저는 속마음을 드란 씨에게 솔직하게 털어놓았습니다.

　"그런가. 역시 세리나에게는 힘든 환경이었던 모양이야. 미안해. 모처럼 나를 위해 함께 왔는데."

　"드란 씨가 사과할 일이 아니에요. 저야말로 라미아가 인간 분들의 도시에 섞여 산다는 것을 너무 우습게 보고 있었어요. 각오는 했는데, 실제로 실천하지 못한 제 잘못이에요."

　제가 그렇게 말하며 고개를 숙이자, 드란 씨는 정말로 슬픈 표정을 짓고 저를 바라보셨습니다.

　아, 드란 씨. 정말 죄송해요. 드란 씨가 그런 표정을 짓는 모습은 보고 싶지 않아요. 저는 드란 씨가 쑥스러운 듯이 웃는 얼굴이 좋거든요.

　드란 씨의 자상한 마음이 기쁘기도 하고, 동시에 미안하기도 해서 저는 입술을 살짝 깨물었습니다.

　"세리나, 다음 수업은 나 혼자 받고 올 테니까 여기서 잠시 쉬고 있는 게 어때? 인적도 별로 없어 보이니, 기분이 안정될 거야."

　"하지만…… 아니, 그래요. 잠깐만, 여기서 쉬고 있을게요. 드란 씨, 제가 없더라도 수업은 착실하게 받으실 거죠?"

제가 농담 삼아 그렇게 말하자, 드란 씨는 살짝 쓸쓸한 미소를 짓고 제 머리를 쓰다듬어주셨습니다. 응, 약간 간지럽지만 굉장히 기운이 나네요.

"수업이 끝나자마자 곧장 여기로 돌아올게. 착하게 기다리고 있을 거지?"

"복도에서 뛰면 안 되는 거 아시죠?"

"약속은 못 할 것 같아."

"에이, 드란 씨도 참."

단순하기 그지없는 저는, 드란 씨와 잠깐 말을 나누기만 해도 마음이 가라앉습니다. 스스로도 참 속편한 애라는 생각이 들어요.

저는 교실로 향하는 드란 씨의 듬직한 뒷모습이 보이지 않을 때까지 배웅했습니다. 저는 수업이 끝날 때까지 창문을 통해 푸른 하늘을 올려다보면서 멍하니 시간을 보내기로 했습니다.

이 마법학원의 수업은 정말로 실속이 있었고, 드란 씨의 곁에서 지내는 것도 싫지 않습니다. 하지만 설마 종족이 라미아라는 것만으로 이렇게 많은 주목을 끌어 모을 줄이야. 역시 제가 너무 쉽게 봤던 걸까요?

아빠나 엄마 말고도 마을 사람들은 모두 사이가 좋았으니까 깊이 생각해본 적은 없었지만, 라미아에게 납치당한 남자들이나 죽임을 당한 사람들도 있겠지요. 그렇게 따지면 인간 분들이 라미아를 경계하는 건 당연한 일입니다. 역시 제가 적응할 수밖에 없겠지요?

얼마나 그러고 있었을까요? 문득 반대편 건물과 이곳을 연결하는 복도로부터 저에게 걸어오는 학생들이 있다는 사실을 깨달았습니다. 여학생 1명과 남학생 2명이군요. 그 분들이 입고 있는 마법학원의 교복은 다른 학생들과 똑같았지만, 몸에 걸치고 있는 장식품이나 분위기로 봐서 틀림없이 귀족 가문의 자제 분들일 것이라고 짐작할 수 있었습니다.

그들은 저를 두려워하지 않고 다가오고 있었지만, 아주 약간 좋지 않은 예감이 듭니다. 어떡하죠? 드란 씨는 아직 교실에서 수업을 받고 계실 텐데…….

제가 그렇게 망설이고 있으려니, 선두의 여학생이 말을 걸어왔습니다.

"헤~, 정말로 라미아가 마법학원을 다니고 있었구나? 아무리 사역마라고 해도 마물을 가로아에 들이다니, 이래서 야만인들이 문제야."

"진정해. 너무 몰아세우지 말라고, 미타리아. 북쪽 깡촌에서 태어나고 자란 야만인에게 우리와 똑같은 사리분별을 바라는 건 너무 가혹한 처사니까."

야만인이라니, 혹시 드란 씨를 말하는 건가요? 저에 관해선 아무리 나쁘게 말하셔도 참을 수 있지만, 드란 씨를 나쁘게 말하는 건 굉장히 싫은 느낌이 들어요.

"저, 저기요."

제가 무심코 항의하려고 하자, 미타리아라고 불린 소녀가 마치 오물이라도 보는 듯한 눈빛으로 저를 노려봤습니다.

"싫다, 마물이 지껄이기까지 하잖아? 그 뱀 같은 혀를 굴려서, 드란이라는 평민을 홀리기라도 한 거야? 아무리 학원장이나 선생님들이 인정하더라도, 우리는 마물이 가로아나 학원을 활보하는 건 인정 못해."

마물이 인간 여러분의 도시를 활보하는 것은, 분명히 유쾌하지는 않을 겁니다. 하지만 그럼에도 불구하고 저는 드란 씨의 곁에서 떨어질 생각은 없습니다. 드란 씨도 그러기를 바라니까요.

저는 미타리아 양을 외면하지 않고, 지그시 그 시선을 마주 봤습니다.

"저는 마법학원에서 규정한 계약의 의식에 따라, 정식 절차를 밟고 이 자리에 있습니다. 드란 씨도 제대로 된 시험을 통해 그 실력을 인정받았기 때문에, 이 학원에 입학하신 거고요. 그런 드란 씨에게 부당한 평가를 내리시는 처사는 계약신과 마법학원의 책임자 분들, 나아가서는 여러분들 스스로를 모욕하는 거나 다름없습니다."

저는 낯을 가리는데다가 소심하기까지 하지만, 잘못된 일에 관해서 잘못됐다고 말해야 한다는 것만은 알고 있습니다. 심지어 드란 씨를 모욕하는 말을 듣고, 잠자코 넘어갈 수는 없습니다!

제가 말대답을 했다는 사실이 어지간히 신경에 거슬렸겠지요. 미타리아 양과 그녀를 따라다니던 남학생 중 한 사람이 얼굴을 새빨갛게 물들이고 분노를 드러냈습니다.

"뭐, 뭐야?! 저주받은 마물 주제에 감히 우리한테 대들려는 거야?!"

"라미아가 어쨌다고! 우리가 이 자리에서 퇴치해줄까!"

"자, 잠깐. 아무리 그래도 좀 참아. 마법학원 교내에서 멋대로 사역마를 처분하기라도 하면, 우리도 무슨 벌을 받을지 모른다고."

다른 한쪽 남학생이 허둥대면서 흥분하는 두 사람을 말렸습니다. 하지만 저를 걱정해서 그러는 게 아니라, 어디까지나 자신들의 보신을 생각한 끝에 나온 말이었습니다.

미타리아 양 일행이 흥분한 여세를 몰아 공격 마법을 행사하려고 했기 때문에, 저도 몸을 지키기 위해 방어 장벽의 전개를 준비해야 했습니다.

마침 그 순간, 저희들의 머리를 식히려는 듯이 수업 종료를 알리는 종소리가 울려 퍼졌습니다.

수많은 교실들의 문이 열리고, 잇달아서 학생들이 복도로 나왔습니다. 드란 씨는 바로 그 선두에 서서 이쪽으로 다가오고 있었습니다.

드란 씨는 저와 미타리아 양 일행이 서로 마주보고 있다는 사실을 깨닫고, 등골이 오싹해질 만큼 차가운 눈빛으로 이쪽으로 성큼성큼 걸어왔습니다.

미타리아 양 일행은 드란 씨를 보자마자 혀를 차더니, 마지못해 총총히 물러났습니다. 솔직히 말해서 그 뒷모습을 향해 메롱이라도 해주고 싶었지만, 상스러울 거라는 생각이 들어서 관두기로 했습니다. 그러던 참에 드란 씨가 저에게 다가와서 말을 걸었습니다.

"세리나, 그녀들이 무슨 소리를 했지?"

드란 씨는 그녀들의 뒷모습을 계속 바라보면서, 평소보다 냉정한 목소리로 저에게 질문을 던졌습니다. 저는 순간적으로 어떻게 대답해야 할지 짐작이 안 가서 말이 막혀 웅얼거렸습니다. 드란 씨는 저를 지그시 응시했습니다.

"그러니까, 예! 아무 것도 아녜요. 그냥 라미아가 신기하신지 여러 가지로 물어보시더라고요. 걱정하실 일은 전혀 없어요."

만일 미타리아 양 일행이 저에게 내뱉은 말들을 알기라도 하면, 드란 씨는 굉장히 화를 낼 거라는 생각이 들어요.

"전 아무렇지도 않아요. 에헤헤헤."

저는 있는 힘껏 미소를 지어 보였지만, 드란 씨는 그 파란 눈동자로 모든 것을 꿰뚫어 본다는 생각이 듭니다. 제 거짓말은, 분명히 드란 씨를 속일 수는 없을 겁니다.

"세리나 본인이 그렇게 말한다면 일단 방금 전엔 아무 일도 없었던 걸로 해두기로 하지."

으으, 드란 씨? 혹시 굉장히 화가 나셨나요? 드란 씨는 자상하니까, 아무 일도 없었다고 변명하는 저나 미타리아 양 일행뿐만 아니라 자기 자신에 대해서도 화를 내고 계신 건지도 몰라요.

"흠. 직접적인 피해를 입은 건 아니니 그나마 다행이지만, 이대로 내버려둘 경우엔 머지않아 그리될 가능성이 높을지도 모르겠군. 다른 무엇보다도, 세리나가 힘들 거라는 게 문제야. 나쁜 싹은 자라나기 전에 미리 잘라 버리는 게 상책이지. 약간 거친 방법도 고려해보는 게 좋을지도 몰라."

"잠깐만요! 무슨 문제가 될 일을 벌이면, 모처럼 마법학원에 입학했는데 퇴학당할지도 몰라요! 겨우 저 하나 때문에 그런 위험한 일은 하지마세요."

드란 씨가 얼마나 고민한 끝에 베른 마을을 떠나오기로 결심했는지, 얼마나 큰 인내를 통해 가로아까지 온 건지 저도 알고 있다고 생각해요.

그렇기 때문에 저로 인해서 드란 씨의 학교생활이 위험에 처하는 건 싫어요. 저는 필사적으로 드란 씨를 말렸지만, 드란 씨는 벌써 마음속으로 결심을 굳힌 것 같습니다.

이제 이렇게 된 이상, 드란 씨를 말릴 수는 없습니다. 저도 지금까지 알고 지냈으니 그 정도는 알아요.

"아니, 나는 세리나를 위해서라면 무슨 짓이든 할 거야. 만에 하나 가로아 마법학원을 떠나게 되면 크리스티나 양이나 덴젤 아저씨가 낙담할지도 모르지만, 세리나를 상처 입히면서까지 마법학원에 다니고 싶지는 않아."

아아, 정말 죄송해요. 드란 씨. 저는 지금 굉장히 기뻐하고 있어요. 드란 씨가 저를 위해서 무슨 일이든 하겠다고 말씀해주셨다는 게 너무나도 기뻐요.

드란 씨, 정말 감사합니다. 드란 씨와 만날 수 있었다는 게, 저에게 정말로 이보다 더할 수 없을 만큼 행복한 기분을 들게 해요.

저는 너무나 감동한 나머지 자기도 모르게 눈물이 흘러나오려고 해서, 참기 정말 힘들었습니다.

만약 제가 지금 눈물을 한 방울이라도 흘리면, 드란 씨는 더욱더 걱정하실 테니까요.

제가 간신히 눈물을 참고 있으려니, 드란 씨도 마침 생각을 정리하신 것 같아요.

"대단한 계책은 떠올리지 못 했지만, 네르의 힘을 빌린다면 앞으로 주변에서 쓸데없는 시비를 걸어오는 일은 막을 수 있을지도 몰라."

"네르네시아 양의 협력이요? 어쩐지 상당히 살벌한 방법인 것 같은 느낌이 드는데요……."

"크리스티나 양에게 도움을 요청할 수도 있겠지만, 성격으로 보자면 네르네시아에게 부탁하는 편이 좋을 것 같아. 그리고 약간? 아니, 최대한 사람들의 이목을 끌어 모아서 요란하게 일을 벌이지 않고서야 아무 의미가 없어."

사람들의 이목을 끌어 모아서 요란하게……. 드란 씨가 대충 어떤 계획을 세우고 있는지 알 것 같습니다.

"하지만 드란 씨가 지금 생각하고 계신 일을 실제로 벌이면, 이번엔 제가 아니라 드란 씨가 학교 여러분들로부터 두려움의 대상이 되지 않을까요?"

"그 정도야 어렸을 때부터 익숙한 일이야. 그리고 만약 그렇게 된다고 하더라도 세리나는 곁에 있어줄 거지?"

"예, 물론이죠!"

저는 스스로도 깜짝 놀랄 만큼 큰 목소리로 즉답했습니다. 저는 그야말로 불속이건 물속이건, 드란 씨가 가는 곳이 어디더라도 따라가겠다고 결심한지 오래니까요! 그런 것 치고는 지금 이 상황은 굉장히 한심하지만요. 으으으.

우리들은 대화를 마치는 대로, 서둘러 네르네시아 양을 만나러 갔습니다.

네르네시아 양이 무슨 수업을 선택했는지는 알 리가 없었지만, 신기하게도 드란 씨는 그녀가 있는 장소를 벌써 알고 있는 것처럼 보였습니다. 드란 씨는 전혀 망설이지 않고 자신 있게 발길을 옮겼습니다.

드란 씨에 관해선, 가장 가까이 있다고 자부하는 저조차 모르는 비밀이 아직도 많이 있는 것 같습니다. 그렇게 비밀스런 드란 씨도 멋지다고 생각해 버리는 저는, 아마도 벗어날 때를 오래 전에 놓쳐버린 거겠지요.

복도에서 지나치던 학생들은, 드란 씨의 위압감에 놀라서 저의 존재를 깨달을 틈도 없이 길을 열었습니다. 드란 씨가 말없이 내뿜는 압력을 뒤집어쓰고 있는 학생 여러분이 불쌍하게 느껴질 정도였어요.

잠시 후, 드란 씨는 정확하게 네르네시아 양을 찾아냈습니다.

네르네시아 양은 파티마 양과 함께였습니다. 두 사람 다 다음 수업은 비어 있는 모양으로, 교내의 매점에서 휴식 시간을 어떻게 보낼지 상담하고 있었던 것 같습니다.

"왜 그래, 드란~? 왠지 쪼끔 무서운 느낌이야~."

파티마 양은 무섭다고 말은 하면서도, 약간 놀란 듯한 표정을 짓고 있을 뿐이었습니다. 그녀는 새끼고양이나 자그마한 강아지처럼 사랑스러운 외모와는 달리, 혹시 의외로 담이 큰 걸까요?

한편 네르네시아 양 쪽은, 평소와 마찬가지로 멍한 느낌입니다.

파티마 양과 사이좋은 친구인데도, 내용물은 물론이고 외모까지 정반대입니다. 두 사람은 정말로 신기한 친구 사이인 것 같아요.

"미안해, 파티마. 지금 스스로의 멍청함 때문에 화가 살짝 치밀어 올라서 말이야, 한심하게도 감정을 미처 조절하지 못한 것 같다. 그건 그렇고 네르에게 부탁하고 싶은 일이 있는데, 잠깐 시간을 내줄 수 있을까?"

"응, 괜찮아. 시간은 충분해. 그럼 바로, 본론으로 들어갈까?"

네르네시아 양이 무심하게 말하면서 살짝 고개를 끄덕였습니다.

드란 씨는 아까 전보다는 어느 정도 어깨에서 힘을 뺀 것 같습니다.

만난 지 얼마 되지도 않은 저희들의 갑작스러운 부탁임에도 불구하고, 네르네시아 양은 싫은 내색을 전혀 하지 않았습니다. 드란 씨는 아마 그녀의 반응에 안심한 것이겠지요.

애당초, 네르네시아 양이 과연 표정을 바꾸기는 하는지부터 의심스럽긴 하지만요…….

저희들 네 사람은 빈 교실로 들어와 자세한 대화를 나누기로 했습니다. 드란 씨가 네르네시아 양에게 자세한 사정을 설명했습니다.

"……역시 세리나가 라미아라는 이유로 은근히 따돌림을 당하고 있는 것 같아. 그리고 귀족 자제들 가운데 나와 같은 평민 출신의 촌뜨기가 특례를 받아 편입했다는 사실 그 자체를 불쾌하게 생각하는 이들도 없지 않을 거야. 나에게 압력을 행사하려는 의도로 입장이 약한 사역마 쪽을 건드리는 사태도 얼마든지 예상할 수 있는 일이지."

네르네시아 양은 저를 슬쩍 흘겨보더니, 곰곰이 생각하는 기색을 보이다가 입을 열었습니다.

"드란은 학원 애들 가운데 누군가가 멍청한 생각을 품고 세리나에게 무슨 수작을 부릴 지도 모르니까 미연에 방지하고 싶다는 거야?"

"그래. 아직 세리나가 직접적인 피해를 입은 건 아니지만, 앞으로도 안전하리라는 보장은 없어. 지금은 내가 계속 옆에 붙어있으니까 섣불리 달려들지는 않겠지만, 조만간 세리나가 혼자서 다닐 기회가 늘어날 테니까."

드란 씨는 씁쓸한 표정을 지으면서 설명을 계속했습니다.

"세리나가 위험한 마물이 아니라고 행동으로 증명할 수는 있지만, 그러기 위해서는 시간이 오래 걸려. 나는 그 전에 그녀의 안전을 확보하고 싶은 거야. 어리석은 나에게는 네르에게 협력을 요청하는 방법밖에 떠오르지 않더군. 창피를 무릅쓰고 부탁한다만, 사람들 앞에서 나와 한 차례 모의 전투를 벌여줄 수 있겠나?"

그것이 바로 드란 씨의 계책이었습니다.

마법학원의 대표선수로 선출될 만큼 대단한 실력을 지닌 네르네시아 양과, 학생들 앞에서 모의 전투를 선보임으로써 실력을 과시하려는 겁니다.

말하자면, 드란 씨가 특례를 받을 만한 실력의 소유자라는 사실을 증명함과 동시에 다른 학생들을 압도할 수 있는 실력자라는 강한 인상을 남기려는 의도인 거지요. 그리고 드란 씨의 사역마인 저에게 이상한 수작을 부리지 않도록 은연중에 못을 박으려는 의도도 있습니다.

마법학원에서 아무리 신분의 귀천을 따지지 않고 배워야 한다는 대의명분을 걸고 있다고 해도, 지금 드란 씨는 불과 얼마 전에 만났을 뿐인 데다가 왕국에서도 대귀족으로 유명한 아피에니아 가문의 영애인 네르네시아 양에게 도움을 요청하고 있습니다. 열일곱 살이 될 때까지 마을 밖으로 나와 본 적도 없는 저조차, 드란 씨의 행동이 얼마나 비상식적인지 알고 있습니다. 하지만 그럼에도 불구하고, 드란 씨는 이렇게 부탁하고 있습니다.

드란 씨는 네르네시아 양의 성격으로 봐서 틀림없이 받아들일 거라고 생각한 것 같습니다. 과연 네르네시아 양의 대답은…….

"수업 시간에 보여준 마법의 정확도나 행사 속도, 그리고 자세로 판단하자면 네 실력은 마법학원에서도 손가락에 꼽힐 정도야. 사실은 나도, 가까운 시일 안에 너에게 모의 전투를 신청할 생각이었어. 그런데 오히려 네 쪽에서 신청해 준다니, 나로서는 수고를 더는 셈이야. 미안하지만 질 생각은 전혀 없고, 이왕 싸운 다면 전력을 다할 거야. 그래도 되겠어? 네가 바라는 결과는 기대할 수 없을지도 몰라."

"아니, 승낙해준 것만 해도 감사할 일이야. 정말 고마워. 온힘을 다하는 싸움은 나야말로 바라는 바야. 그러지 않고서는 관중들 앞에서 싸우는 의미가 없거든."

드, 드, 드란 씨? 지금 하신 말씀은 거의 네르네시아 양에게 이기겠다고 선언한 거나 다름없지 않나요?! 저는 네르네시아 양이 화를 낼지도 모른다고 생각했지만, 오히려 그녀는 기쁘다는 듯이 미소를 짓고 있었습니다. ……솔직히 말해서, 조금 무서워요.

드란 씨의 실력이 제 상상을 가볍게 넘어서고 있다는 사실은 지금까지 함께 지내면서 여러 차례 겪어서 조금도 의심하지 않지만,

네르네시아 양도 크리스티나 양에게 뒤지지 않을 만큼 대단한 실력을 지닌 분입니다. 정말로 모든 일이 드란 씨의 생각대로 이루어질 수 있을까요?

파티마 양은 네르네시아 양의 성격을 잘 알고 있다는 듯이, 전혀 놀라는 기색이 없었습니다.

"그런데 파티마? 학생들끼리 시합이나 모의 전투를 치를 수 있다는 교칙은 이미 확인했는데, 곧바로 신청이 가능한가?"

드란 씨의 질문에, 파티마 양이 체념한 표정으로 대답했습니다.

"제대로 절차만 밟으면 가능할 거야. 모의 전투용 연습장이 비어 있기만 하다면 특별한 문제는 없을 것 같아."

네르네시아 양이 기다리기 힘들다는 표정으로, 곧바로 이어서 설명했습니다.

"물론 학원 측의 허가를 받아야지. 아르네이스 선생님에게 연습장 사용 허가를 신청해서, 허가가 떨어지면 당장 싸우자. 반대로, 허가가 안 떨어지면 안 싸우는 거야. 그래도 될까?"

"나야 더 이상 이의를 제기할 수가 없는 입장이야. 다만 모의 전투에서 가능한 일들이나 금지 사항 등의 기준을 아직 잘 모르겠는데."

"상대를 필요 이상으로 다치게 하거나 죽이는 건 확실하게 금지야. 모의 전투에서는 저지먼트 링이라는 공격 판정용 도구를 사용하는데, 그 링이 부상을 입을 만한 공격으로부터 몸을 지키는 효과를 발휘해. 그리고 치유 마법을 사용할 수 있는 교사가 참관인 자격으로 참가해야 할 뿐만 아니라, 학원 측의 허가도 필요해."

아무래도 정식으로 선생님께서 참관해야만 모의 전투를 치를 수 있는 규칙이 있는 것 같습니다. 하기야 어디까지나 모의 전투니까요. 약간만 생각해보면, 마법학원 분들이 희귀한 마법적 소질을 보유한 학생들로 하여금 생사를 걸고 싸우게 하는 어리석은 짓을 아무런 대처도 하지 않고 인정할 리가 없겠지요.

으으, 하지만 그래도 역시 두 사람이 다치지나 않을까 걱정돼요!

"흠, 알았어. 허가 신청이 필요하단 말이지. 여러 가지로 수고를 들여야겠군. 그건 그렇고 갑자기 이런 부탁을 해서, 정말로 미안해. 어떻게 보답을 해야 할지 짐작이 안 갈 정도다."

드란 씨가 새삼스럽게 머리를 숙였습니다.

이번 일은 드란 씨가 저를 위해서 네르네시아 양에게 부탁을 드리고 있는 겁니다. 제 쪽에서도 네르네시아 양에게 예의를 차리고 감사 인사를 드려야겠지요.

"정말로 죄송해요. 네르네시아 양, 제가 너무나 큰 민폐를 끼치는 것 같아요."

네르네시아 양은, 천천히 고개를 가로저었습니다.

"나도 드란과 마찬가지로 세리나가 걱정 되서 하는 일이야. 그리고 드란은 아마, 상대가 아무리 신분이 높아도 용서하지 않을 사람이니까. 만약 드란이 고위 귀족과 충돌하는 사태가 벌어지면, 틀림없이 학원에 정치적인 압력이 들어올 거야. 그럴 경우엔 학원 측에서도 너희들을 지켜줄 수가 없어."

"나를 아주 잘 관찰하고 있는 모양이군."

"그러니까 가장 좋은 방법은, 일이 그렇게 되기 전에 미연에 방지하는 거지. 그러기 위해서는 네가 신분에 연연하면서 귀족들에게 빌붙는 종류의 인간이 아니라는 사실을 주위에 알리는 것도 중요해. 따라서 나와 모의 전투를 치르자는 건 매우 좋은 생각이야. 스스로 말하기는 약간 부끄럽지만, 내 실력은 전교생들 가운데 다섯 손가락 안에 들어갈 정도인데다가 가문의 위상도 높아. 그런 나와 정정당당하게 맞붙기만 해도 충분히 선전 효과가 있을 거야."

그렇게 봐서 그런지, 네르네시아 양이 약간 흥분한 티를 내면서 막힘없이 말을 이어갔습니다.

"그리고 정당한 이유도 없이 사역마에게 해를 끼치는 행동은, 그 주인에게 선전포고를 하는 거나 다를 바 없는 짓이야. 네가 선불리 덤비기 힘든 실력을 주위에 선보이면, 세리나에게 직접 위해를 가하려는 학생들은 없어질 거라고 생각해."

"그렇게 말해주니 고마울 따름이야. 네르에게 부탁한 보람이 있었군. 이미 부탁을 해놓은 마당에 너무 늦은 것 같지만, 따로 보답은 필요 없나?"

드란 씨가 당연한 의문을 입에 담았습니다. 네르네시아 양이 살며시 쑥스러운 듯한 표정을 지으면서 대답했습니다.

"솔직히 말해서, 나는 싸우는 걸 아주 좋아해. 하지만 제대로 실력을 내지 않는 상대에게 이기는 건 정말 싫어. 실력을 과시하려는 목적으로 모의 전투를 치른다면, 너는 나를 상대하면서도 적당히 덤벼들진 않겠지. 그러니까, 전력을 다한 너와 싸울 수 있다면 나는 이득을 보는 셈이야. 이 모의 전투는 너와 나, 양쪽의 입장에서 이득이 있는 거지."

세상에는 싸움을 좋아하는 사람들도 있다는 얘기는 들은 적이 있었습니다만, 설마 네르네시아 양이 그런 분일 줄은 몰랐습니다. 쑥스러운 듯이 미소를 짓는 네르네시아 양의 얼굴은 사랑스럽기 그지없었지만, 그 미소의 이유에 저는 말문이 막히고 말았습니다.

제5장 얼음 꽃

나는 세리나가 앞으로 쓸데없는 피해를 입는 일이 없도록, 그리고 마법학원 학생들의 주목을 나 자신에게 끌어 모으기 위해 네르에게 공개적인 모의 전투를 치르자고 제안했다. 그 모의 전투의 신청 과정은, 내 예상보다도 훨씬 빨리 이루어졌다.

나와 세리나, 그리고 네르와 파티마는 뜸 들일 필요도 없었으니 곧바로 다 함께 아르네이스 선생을 찾아가 모의 전투 허가를 신청했다. 그런데 아르네이스 선생이 고민하는 기색도 보이지 않고 즉석에서 허락을 내린 것이다.

어쩌면 올리비에가 나의 역량을 확인하기 위해, 사전에 교사들에게 그러한 취지를 전달했을지도 모른다.

이번 모의 전투는 바로 이틀 후에, 공개적으로 치러질 예정이다. 견학은 완전히 자유였다.

모의 전투에 관한 소문이 서서히 퍼져나감에 따라, 당장 주변의 시선에 담긴 의미가 세리나에 대한 호기심으로부터 나에 대한 흥미로 변하기 시작했다는 것이 느껴졌다. 벌써부터 대략적인 흐름이 내 계획대로 흘러가고 있었던 것이다. 세리나의 마음도 어느 정도 가라앉지 않았을까?

이번에 우리가 모의 전투에 사용하는 연습장은 돔 형태의 건물 가운데 하나였다.

반구 형태의 건물 안에 원형의 석조 무대가 마련되어 있는 구조였다. 그리고 무대 주위를 둥글게 둘러싸는 계단 형태의 관객석이 설치되어 있었다. 관객석은 학생들이나 교사들로 꽉 들어차 있었다. 그들이 우리에게 품고 있는 호기심이 어느 정도인지, 이 광경만 봐도 짐작이 갔다. 흠, 이 정도라면 내 계획대로 실력을 과시하는데 아무 문제도 없겠는걸?

세리나와 파티마가 관객석의 한 귀퉁이에 앉아있는 모습이 시야에 들어왔다. 그녀들은 저 자리에서 모의 전투를 끝까지 지켜 볼 것이다.

기대와 긴장에 가득 찬 웅성거림 속에서, 나와 네르는 모의 전투 무대 위로 올라와 서로를 마주 보고 섰다.

내가 미처 예상하지 못 했던 일도 있었다. 무대 위에서 올리비에가 기다리고 있었던 것이다. 아르네이스 선생에게 신청했던 안건이, 돌고 돌아서 올리비에에게까지 도달했던 모양이다.

"어째서 학원장께서 여기 계신 거죠?"

올리비에가 나의 질문을 듣고, 에메랄드와 같이 빛나는 눈동자만을 이쪽으로 돌리며 대답했다. 둘도 없는 실력을 지닌 장인이 가공한 보석을 끼워 만든 듯한 눈동자에 감정의 빛은 조금도 찾아볼 수 없었다.

"모의 전투를 치른다는 당사자가 당신과 네르네시아이기 때문입니다. 네르네시아는 특히 전투 부문에 관해서 가로아 마법학원에서도 다섯 손가락 안에 들어가는 인재랍니다. 바로 그 네르네시아와 특례로 편입한 당신이 모의 전투를 치른다니, 아무리 저와 같은 늙은이라 할지라도 호기심이 동할 만하지요."

네르가 올리비에의 말을 보충 설명하듯이 입을 열었다.

"가로아의 마법학원에는, 4강이라고 불리는 학생들이 있어."

네르가 갑작스럽게 설명을 시작해서 살짝 당황했지만, 이런 상황에서 무의미한 소리를 입에 담지는 않을 것이다.

"흠?"

"그 중 한 사람은 나야. 그리고 「백은(白銀)의 공주기사」라고 불리는 크리스티나 선배도 4강이지. 4강 가운데 두 사람과 인연이 있는 너를, 주위에서 주목하는 건 당연해."

"과연 크리스티나 양이야. 역시 보통은 아니었던 모양이군."

그건 그렇고 「백은(白銀)의 공주기사」라? 그녀의 미모나 고귀한 분위기를 고려하자면, 더할 나위 없이 잘 어울리는 호칭이긴 하다. 설마 크리스티나 양이 정말로 왕국의 왕녀라는 식의 속사정으로 인해 붙은 이름은 아니겠지?

"혹시 네르도 4강으로서 불리는 호칭이 따로 있나?"

"음, 창피하니까 말 안 할래. 정 궁금하다면, 나를 이긴 후에 가르쳐줄게."

네르는 그렇게 말하면서 지휘봉과 같이 가느다란 지팡이를 들고 자세를 잡았다. 내가 들고 있는 지팡이와 똑같은, 마법학원 입학 시에 지급받는 학생용 지팡이다. 서로의 역량을 겨루기 위해 치르는 모의 전투에서는 장비의 차이로 인한 우열을 없애기 위해, 학원에서 지급받은 공통 장비를 사용하는 것이 규칙이다.

나도 네르를 따라 지급받은 지팡이를 치켜들었다. 학원장은 나와 네르가 자세를 잡는 모습을 보더니, 양쪽 다 준비가 끝난 상태로 판단하고 입을 열었다.

"나, 가로아 마법학원장 올리비에의 참관 하에 네르네시아 퓨렌 아피에니아와 베른 마을 출신 드란의 모의 전투를 허가합니다. 승패는 둘 중 한 사람이 기절하거나 전의를 상실하고 항복하는 경우, 지팡이를 상실하는 경우, 그리고 저지먼트 링의 수정이 둘 다 점등한 시점으로 판단합니다. 또한 필요 이상의 공격 행위 및 살상 행위를 엄격히 금지합니다. 두 사람 다 저지먼트 링은 착용하고 있지요?"

나는 왼쪽 손목에 낀 은빛 팔찌를 힐끗 쳐다봤다. 이 팔찌가 바로 네르가 말하던 저지먼트 링이다.

팔찌에 박혀 있는 두 개의 초록빛 마름모꼴 수정은, 지금은 불투명한 상태였다. 이 수정들은 마법의 직격을 맞을 때마다 착용자의 몸을 지키는 방어 장벽을 발생시키는 대신, 하나씩 빛을 띠는 구조다. 모든 수정에 빛이 들어올 경우, 패배로 판정한다.

나와 네르는 저지먼트 링을 확인하고, 문제가 없음을 몸짓으로 올리비에에게 전달했다.

시합 전의 긴장감으로 인해 관객석이 숨을 죽이고 착 가라앉았다. 그런 와중에 나를 응원하는 세리나의 목소리와 두 사람 중에 어느 쪽을 응원해야 할지 몰라서 「둘 다 힘내~!」라고 외치는 파티마의 목소리가 들려왔다. 내가 너무나 훈훈한 파티마의 반응 때문에 무심코 마음속에서 웃음을 흘린 것과, 학원장의 날카로운 목소리가 무대 위에 울려 퍼진 것은 거의 동시였다.

"그렇다면, 양쪽 다 지팡이에 맹세코 부끄럽지 않은 싸움을 하도록 하세요. —시작!"

흠, 전투가 시작되자마자 네르의 몸으로부터 불어온 냉기가 내 뺨을 어루만졌다. 벌써부터 단정 짓는 것은 경솔할지도 모르지만, 네르의 특기는 얼음 속성 마법인가?

네르에게 선수를 빼앗겼다. 내가 일단은 분위기를 파악하기 위해 기다린 탓도 없지 않아 있었지만, 네르의 마법 행사 속도 또한 놀라운 수준이었다.

"프리즈 랜서."

네르의 팔과 비슷한 길이의 얼음 창 십 수 개가, 눈 깜짝할 사이에 그녀를 둘러싸듯이 모습을 드러냈다. 얼음으로 만든 무수한 소형 창을 상대에게 발사하는 기본적인 얼음 속성 공격 마법이다.

마법 문자나 표식조차 조성하지 않고 영창까지 생략한 발동이기 때문에, 발생 속도는 신속하기 그지없었다. 일반적으로 무영창 마법의 경우, 위력이나 정확도가 완전히 영창했을 경우보다 크게 뒤떨어지는 법이다. 하지만 네르가 시전한 얼음 창은 충분하고도 남을 정도의 살상 능력을 유지하고 있었다.

"가라, 에너지 레인."

나 역시 네르보다 약간 늦기는 했지만, 순수한 마력으로 행사하는 공격 마법을 무영창으로 발동시켰다.

지팡이를 한 차례 휘둘러서 나에게 들이닥치는【프리즈 랜서】와 똑같은 수의 마력 화살을 생성했다. 나의【에너지 레인】이, 거의 나를 집어삼키기 직전까지 다가오던【프리즈 랜서】를 남김없이 전부 포착했다.

빈 공간에 초록빛 궤적을 그리는 순수한 마력의 화살과, 새하얀 냉기와 무수한 가랑눈을 흩뿌리는 얼음 창이 정면으로 격돌했다. 무수한 얼음 창들이 마치 유리가 산산이 깨지는 듯한 소리를 내면서 부서졌다. 그 광경은, 그야말로 공중에 새하얀 꽃이 활짝 피어나는 듯한 착각을 불러일으켰다.

무수한 얼음 파편들이 나와 네르 사이에 존재하는 공간을 순식간에 가득 메우면서, 내 시야로부터 네르의 모습이 사라졌다. 설마 네르는 이 상황을 노린 건가?

시야가 마비된 걸로 치자면 상대방도 마찬가지지만, 아무래도 네르 쪽이 선수를 잡은 만큼 다음 수로 넘어가는 속도가 빠를 것이다.

흩날리는 무수한 얼음 파편을 가로지르면서, 상어의 등지느러미와 같은 형상의 거대한 얼음 낫이 나를 향해 날아 들어왔다.

얼음 낫의 궤적에 따라 예리한 얼음 말뚝들이 원형 무대 위를 질주하며 나에게 뻗어왔다.

우선 얼음 낫으로 상대를 가르고, 그 공격을 종이 한 장 차이로 피한다고 해도 추가로 발생하는 얼음 기둥으로 상대를 꿰뚫어 버리는 얼음 속성의 2중 공격 마법이다.

나는 지팡이를 휘둘러서 내 몸을 가르기 위해 들이닥치는 얼음 낫을 발밑에 발생시킨 불꽃으로 단숨에 파괴했다. 익숙해지면 손가락을 튕기기만 해도 발동시킬 수 있는 발화 마법의 응용이다.

내 마력을 받아 부자연스러울 만큼 강력한 열량을 지닌 홍련의 불꽃에 파괴당한 얼음 파편이, 불꽃의 열기에 녹아 순식간에 수증기로 변했다.

"불의 이치여 나의 목소리에 따라라 홍련과 같이 타오르는 그대는 나의 적을 터뜨려라 태워라 그을려라 이그니트베인!"

비어 있던 다섯 손가락 하나하나가 제각각 의지를 지닌 생물과 같이 매끄럽게 움직이면서, 공간에 빛나는 마법 문자를 새겼다.

영창뿐만 아니라 마법 문자의 보강까지 받은 화염이, 나를 포위한 새하얀 얼음 꽃들 저편의 바닥에서 솟아났다. 화염은 눈 깜짝할 사이에 아슬아슬하게 천장에 닿을락 말락한 높이까지 높게 뻗어나갔다.

무지막지한 불꽃이 시야를 가득 메우는 광경을 보고, 너무 심했나 싶은 생각이 들었다. 하지만 저지먼트 링의 가호가 존재하는 이상, 이 불꽃들은 네르의 피부를 그을리지도 못 할 것이다.

올리비에도 이미 무대 바깥으로 피난을 마쳤으니, 이 정도의 마법 행사는 허용 범위 안이라고 생각한다.

관객석에서 솟아오른 경악스런 비명소리를 멀리한 채, 우뚝 선 불꽃 벽 가운데 일부분이 순식간에 얼어붙기 시작했다.

흠, 교실에서 잡담을 나눌 때와 비교조차 되지 않는 강력한 마력이 얼어붙은 불꽃 벽 너머로부터 분명한 존재감을 발휘하면서 나의 피부와 혼을 자극했다. 네르가 진면목을 발휘하는 건 아마도 지금부터일 것이다.

얼어붙은 불꽃의 한 가운데에, 평소의 멍한 표정을 그대로 유지한 채 온몸에서 푸르른 마력을 아지랑이처럼 내뿜고 있는 네르의 모습이 보였다.

표정은 평소와 다를 바 없었지만, 그녀가 머릿속에서 투지를 촉진시키는 물질을 끊임없이 대량 분비하고 있으리라는 것은 의심의 여지가 없었다.

그녀는 방금 전에 내가 사용한 【이그니트베인】을 목격하고, 내가 서쪽의 천재인 엑스를 상대로 벌일 설욕전의 예행연습 상대로 적절하다는 확신을 얻은 것이리라.

내 뺨을 치는 냉기가 몇 단계나 더 강해짐에 따라, 내 입에서도 새하얀 숨결이 나오기 시작했다.

네르가 온몸에서 방출하는 냉기로 인해, 【이그니트베인】에 의해 사방으로 작열하던 열기는 완전히 자취를 감췄다. 무대의 온도는 어느새 엄동설한이나 다름없는 저온까지 떨어져 있었다.

"흠."

나는 평소와 같은 입버릇을, 평소와 같은 표정으로 내뱉었다. 무표정한 네르가 가냘픈 목을 갸우뚱거리면서 한 마디 중얼거렸다.

"의외로 여유만만?"

"긴장하고 있다."

나는 거짓말이 서툴다. 때문에 말투가 살짝 어색하더라도 어쩔 수 없는 일이다. 네르는 아무리 봐도 전혀 긴장하지 않은 나에 대해, 별다른 반응을 보이지 않았다. 내가 긴장하고 있는지의 여부 아무래도 좋은 것이리라.

"응. 그래?"

네르는 오른손에 움켜쥐고 있던 지팡이를 나에게 향하도록 휘둘렀다. 그대로 지팡이를 내던지기라도 할 듯한 대수롭지 않은 동작이다. 마법의 명칭을 읊조리지도 않은 그 동작으로 인해 발생한 냉기가, 내 온몸을 에워쌌다.

네르는 마법이라는 형식조차 생략시킨 순수한 마력을 직접 냉기로 변환시킨 것이다. 마력의 직접 변환이라, 인간치고는 희귀한 특기의 소유자라 할 수 있겠군.

냉기 이외에도 마력을 열이나 불꽃, 번개나 바람, 빛 등을 비롯한 온갖 삼라만상의 현상으로 변환시킨 사례가 존재한다.

과거에 실제로 보고 듣기도 했지만, 인간으로 다시 태어나고 나서 그 희귀한 재능을 또 다시 목격하게 될 줄이야. 솔직히 말하자면 의외였다. 그러나 용의 혼을 지닌 내가 일일이 움직임을 멈추고 경악할 정도는 아니다.

나는 자신의 몸을 에워싸는 마력의 막을 발생시켜, 얼어붙기 직전에 피부를 냉기로부터 보호했다. 이미 내 발밑에 서리가 쌓이고, 공기 중의 수분이 얼어붙기 시작한 상태였다.

네르가 소비한 마력량은 대단치 않았지만, 그 정도의 마력으로 이만한 냉기를 발생시킬 수 있었다는 것은 그녀가 마력을 사용하는 효율도 굉장히 우수하다는 증거였다.

네르의 입술이, 세계에 간섭하기 위해 영적인 음율을 포함한 시를 낭랑하게 읊기 시작했다.

이 세계에 마도의 술법을 강림시키기 위한 신비로운 글귀들이, 그윽하게 울려 퍼지는 선율과 함께 돔 안에 메아리쳤다.

흠? 네르의 혼이 상위 차원과 연결된 공간의 문을 개방한 건가?

네르의 주문에 담긴 힘이 점점 강해지며, 주위에 찬 마력에 간섭하면서 공간이 진동을 일으키기 시작했다.

"아시스 · 제리 · 레바난 · 즈이아크……."

고위 차원 존재와의 계약을 통해 습득한 고등 마법인가! 네르의 혼에서 느껴지는 파동으로 판단하건대, 그녀가 계약한 고위 존재는 빙랑왕(氷狼王)이라는 별명으로 불리는 펜리르가 틀림없다.

나의 추측을 뒷받침하듯이, 네르의 등 뒤로 새하얀 털로 뒤덮인 거대한 늑대의 환상이 모습을 드러냈다.

늑대의 모습은 영적인 환영에 지나지 않았지만, 근본적인 존재로서의 격차로 말미암아 평범한 인간 정도는 간단하게 굴복시킬 수 있을 만한 압도적인 영위(靈威)를 발현시키고 있다. 관객석에 앉아있는 학생들 가운데 일부가 공황 상태를 호소할 정도였다.

펜리르는 그 위압감을 이미 영창 도중에서부터 사방으로 발산하고 있었다. 영적인 위압감을 통해 상대방의 몸과 마음을 동결시켜 구속하고, 이 세계에 출현시킨 환상의 포효로 결정타를 가함으로써 이 마법은 완성되는 모양이다.

아무리 네르 정도의 실력자더라도 펜리르 본체를 소환하기는 어려운가? 그 녀석이 본래의 힘을 지닌 채로 지상 세계에 강림하기라도 하면, 별들의 바다 저편에 이르기까지 이 세계는 얼음 속에 갇히고 말리라.

그러나 나도 가만히 않아서 수수방관만 하고 있을 수는 없는 노릇이다. 네 마법에 상응하는 수를 쓰도록 하지!

"불 기운을 통해 그대의 뼈를 이루라 여름 기운을 통해 그대의 살을 이루라 붉은 기운을 통해 그대의 어금니를 이루라 나의 세 기운을 통해 이루는 그대의 그릇에 그대의 위엄을 강림시켜라"

네르의 영창이 나의 영창보다 한 발 앞서 완성됐다.

"빙원(氷原)을 떠도는 마랑(魔狼)이여 나의 부름에 따라 그 포효로 나의 적을 얼려라 빙랑동포파(氷狼凍咆波)!"

계약과 마법을 촉매로 삼아 상위 차원에 충만해있던 힘이 냉기로 변해, 옛 인간들이 정의한 분자의 움직임조차 완전히 정지시키면서 나를 향해 일직선으로 날아들었다.

하지만 내 마법도 이미 완성됐다, 네르!

"달궈라 불살라라 태워라 사자염제(獅子焰帝) 아르스레임!"

내가 행사한 술법은, 화염을 두른 사자의 대정령인 아르스레임의 힘을 빌리는 정령 대마법이다.

아르스레임이 차원에 가로막힌 정령계에서 갑작스러운 나의 부름을 듣고, 굉장히 놀라는 눈치였다. 미안하다, 사전에 말을 걸고 시작하는 게 좋았을 뻔 했구나.

하지만 지금은 잠시만 힘을 빌려다오. 나는 다시금 부탁했다. 아르스레임은 본디 자신의 도움 따위는 전혀 필요로 하지 않을 내가 도움을 요청하고 있는 상황에 대해 굉장히 당황하는 눈치였지만, 그럼에도 불구하고 흔쾌히 힘을 빌려줬다.

네르의 등 뒤에 출현한 펜리르의 환영과 마찬가지로, 활활 타오르는 갈기를 지닌 거대한 사자 아르스레임의 환영이 내 등 뒤로 모습을 드러냈다. 물질뿐만 아니라 영혼까지 남김없이 태워버리는 고위 존재의 불꽃이 펜리르의 냉기와 정면충돌을 일으켰다.

나와 네르가 실제로 선보인 초고등 기술을 목격하고, 관객석으로부터 광란 직전의 학생들과 냉정을 잃은 직원들의 목소리가 울려 퍼졌다.

"이럴 수가! 고차원 존재를 모의 소환하다니, 학생 수준이 아니잖아?! 저런 기술은, 학원장이라도 아닌 이상에야!!"

"아피에니아 선배는, 정말 엄청나게 강했구나……."

"저 드란이라는 녀석은 뭐하는 놈이야? 네르네시아와 완전히 동급의 기술을 쓰다니!"

점점 커져만 가는 소란 속에서, 내 청각은 한 치의 오차도 없이 사랑스러운 세리나의 목소리를 발견해냈다.

"드란 씨!!"

나는 관객석 벽에 손을 걸고 몸을 내미는 세리나를 향해, 괜찮다는 의미를 담아 가볍게 손을 흔들어 보였다.

사납게 짖어대며 서로를 위협하던 펜리르와 아르스레임의 격돌은 오랫동안 지속되지 않고 금세 소멸했다. 격렬하게 충돌했던 냉기와 화염의 흔적은, 무대 위에 발생한 대량의 수증기뿐이었다.

흠, 펜리르의 냉기 쪽이 아주 약간 우세했나?

"큼!"

내가 무심코 재채기를 하자, 이미 다음 마법을 발동시키기 위한 준비 단계를 시작하고 있던 네르가 말을 걸어왔다.

"추위를 싫어하나 봐?"

펜리르의 일격은 비장의 한 수였을 공산이 크다. 그런데 그 공격을 상쇄 당했는데도, 네르는 전혀 동요를 보이지 않았다.

흠, 네르는 나이에 비해 상당히 많은 수라장을 경험한 것 같이 보인다. 혹은, 무력을 중시하는 가문으로 알려진 아피에니아 가문의 가정교육 덕분인가?

"겨울에 서로의 체온을 나누지 않으면 죽을 수도 있는 장소에서 태어나고 자란 몸이야. 좋고 싫은 걸 따지기 이전의 문제지."

"왕국에서도 가장 추운 지방이라고 했지?"

베른 마을은 변경의 최북단에 위치한 곳이다. 말인즉슨, 왕국에서 가장 추운 땅이라는 뜻이다. 하지만 겨우 그걸로 얼음 속성 마법에 대한 내성을 획득할 수 있지는 않을 것이다.

"그렇다고 하더군. 하지만 아무리 우리 마을이라고 해도 이 정도로 춥지는 않아."

"그렇다면, 더 춥게 해줄게."

"흠."

변함없이 감정표현이 희미했지만, 확실하게 느껴지는 감정이 하나 있다. 아무래도 이 소녀는 온힘을 다한 투쟁과 승리를 선호하는 성질 말고도, 타인을 학대하면서 기쁨을 느끼는 성적 취향의 소유자인 것 같다.

그 증거로 지금 네르의 도자기와 같이 새하얀 뺨은 어렴풋이 붉게 물들어 있었고, 호흡이 살짝 거칠어진데다가 그 숨결은 열을 띠고 있다. 분홍빛으로 물든 무표정한 얼굴 가운데 호박색 눈동자만이 먹이를 노리는 매와 같은 예리한 눈초리로 나를 뚫어지게 쳐다보고 있다. 인간으로 환생한 내 주위에서는 지금까지 찾아볼 수 없었던 특이한 성적 취향의 인간이다.

방금 전에 빙랑왕 펜리르의 포효를 이 세계에 발현시키면서 나름대로 상당한 정신 집중과 마력 소비가 필요했을 테니, 금방 대규모의 마법 공격을 감행하기는 힘든 상황일 것이다. 하지만 네르는 가학적인 쾌감을 그 표정에 어렴풋이 드러내면서도, 이미 다음 마법을 발동시킬 준비를 마친 상태였다.

펜리르와의 계약을 통해 얼음 속성 마법을 강화시키고 마력의 소비량을 억제했을 뿐만 아니라, 마법 행사를 고속화하고 선천적으로 타고난 마력의 냉기 변환 능력까지 갖추고 있다.

이 모든 수단들을 병용함으로써 마법을 행사한 후에 따라올 수밖에 없는 집중력의 저하나 마력, 정신력의 저하를 극적으로 감소시키는데 성공한 모양이다.

뿐만 아니라 철저하게 얼음 속성에 특화된 술법들을 구사하기 때문에, 어중간한 화염 속성 마법으로 대항해 봐야 얼음을 녹이기는커녕 순식간에 얼어붙지나 않으면 다행일 것이다.

네르가 멍한 무표정을 유지한 채로 나를 향해 지팡이를 휘둘렀다. 그 동작과 동시에 네르의 마법은 완성됐다. 네르의 마법 발동에 반응하는 식으로 방어 마법을 사용해선, 도저히 따라갈 수 없는 속도였다.

"아이스 볼트!"

네르를 에워싸고 있던 냉기가 소용돌이를 일으키다가 응축되더니, 그녀가 마력을 부여하자 강철 화살조차 능가하는 예리하고도 단단한 얼음 화살을 30개 이상 형성했다.

네르는 영창을 생략함에 따라 감소된 마법의 위력을 보충하는 방책으로서, 지금까지 발동시킨 얼음 마법에 의해 발생한 냉기를 이용하여 화살 하나하나에 마력을 부여한 모양이다.

직선으로 발사되는 【프리즈 랜서】와는 달리, 【아이스 볼트】는 술사의 의지에 따라 어느 정도 궤도를 변경시킬 수 있는 술법이다.

마법 화살은 거의 대부분의 속성들이 공통적으로 보유하고 있는 초보 마법이지만, 사용자의 역량과 발상에 따라 강력한 마법으로 둔갑하는 경우도 많다. 과연 네르는 이 술법을 어떻게 사용해올까?

【아이스 볼트】로 발생시킨 얼음 화살들이 나를 포위하는 듯한 진형을 짜고 날아들었다. 나는 발화 마법으로 마력을 열기로 변환시켜 화살들에 대항했다. 열기가 태반의 얼음 화살들을 순식간에 휘감아 곧바로 증발시켰다.

한편, 네르는 내 정면 시야를 완전히 뒤덮는 듯한 형태로 대량의 【아이스 볼트】를 발사했다. 물론 그 화살들은 어디까지나 미끼였고, 세 발의 화살이 내 시야의 사각지대(死角地帶)를 통과하며 내 등을 꿰뚫기 위해 들이닥쳤다. 대부분의 인간들은 냉기가 새하얀 안개로 변해 시야를 마비시키고 있는 상황과 고속으로 날아드는 대량의 【아이스 볼트】에 정신이 팔려, 정작 중요한 화살 세 발의 존재를 미처 깨닫지도 못 하고 당하는 게 고작이리라.

물론 나는 네르가 시전한 다중 공격 가운데 어느 하나도 놓치지 않았기에, 정면을 바라보면서 열기를 등 뒤로 이동시켜 화살 세 발을 증발시켰다.

내가 【아이스 볼트】를 요격하는데 사용한 열기는, 네르와 같이 마력을 직접 변환시킨 게 아니라 초보 중의 초보 마법인 발화 마법과 바람을 일으키는 마법을 조합한 결과물이다.

마력의 직접 변환과 비교하자면, 술식의 구성에 약간의 시간이 필요한데다가 불과 바람의 마법을 동시에 행사하는 만큼 마력의 소비량이 늘어나기 때문에 제어가 어려워진다는 것이 단점이다.

열기로【아이스 볼트】를 막아낸 결과, 스스로 발생시킨 불꽃이 내 주위를 완전히 에워싸는 형국을 초래했다. 순간적이기는 하지만, 시야가 가로막힌 셈이다.

"설마 이조차 계산했단 말인가?"

네르는 과연, 내 시야를 봉쇄하고 차지한 유리한 고지를 어떻게 활용할까?

하지만 네르가 이 불꽃을 돌파할 정도의 강력한 얼음 속성 마법을 행사할 경우, 마력의 변화 때문에 나에게 위치를 가르쳐주는 거나 다름이 없다. 그리고 강제로 돌파를 시도하다 보면 모처럼 사용한 마법의 위력도 크게 감소할 것이다.

하물며 내 주위를 둘러싼 불꽃 장벽은 내가 스스로 발생시킨 마법의 산물이다. 내가 이 불꽃을 소멸시키는데 필요한 시간은 그야말로 한 순간이면 충분하며, 반대로 마력을 더욱 부여해서 본격적인 방어용 장벽으로 활용할 수도 있다.

아무래도 네르는, 탐지하기 어려울 정도로 극히 소량의 마력을 내 머리 위에 집중시키고 있는 모양이다. 무슨 짓을 할 생각이지?

"흠."

네르가 술식의 구축을 마치자, 내 머리 위에 집 한 채를 통째로 찌부러뜨리고도 남을 만큼 거대한 얼음 덩어리가 출현했다. 나는 방금 전까지 머릿속에서 고민하던 문제의 해답을 얻는데 성공했다.

일반적으로 마법은 촉매로 삼는 지팡이나 자신의 육체 부근을 기점으로 삼아 발동시키는 경우가 대부분이다. 자신의 육체로부터 멀리 떨어진 위치에 마법을 발동시키는 작업의 난이도는 당연히 크게 올라갈 수밖에 없는데, 네르는 바로 그 고난이도의 작업을 보란 듯이 해낸 것이다.

네르는 그 눈동자에 어렴풋이 희열의 빛을 띤 채, 하늘을 가리키 듯이 지팡이를 치켜들었다. 그 투명하기 그지없는 호박색 시선이 내 얼굴을 똑바로 응시하고 있었다.

상황이 이런 상황이 아니었다면 누구든지 저 아름다운 미모의 소녀가 무슨 생각을 하고 있는지 상상의 나래를 펼치다가 부끄러워할 만큼, 네르가 나를 바라보는 시선은 뜨겁고도 강했다.

실질적으로 따지고 들어가자면, 공포로 일그러진 내 표정을 보고 싶다는 네르의 가학적인 성정이 그런 표정을 짓게끔 하고 있는 것이리라.

타인을 육체적, 정신적으로 학대함으로써 성적인 쾌락과 정신적 만족을 획득하는 가학 성애자라니, 내 동급생도 참 업보가 많은 모양이다.

네르는 연주가 절정에 다다른 대형 악단의 지휘자처럼 지팡이를 내리치면서, 내 머리 위로 얼음 덩어리를 낙하시켰다.

"빙괴천락(氷塊天落) 아이시클 프레스"

어디 보자, 이 술법은 어떻게 대처해야 할까? 주위의 열기를 【아이시클 프레스】로 집중시켜 단숨에 녹여버릴까? 아니면 바람의 마법으로 속도를 내서 낙하지점에서 이탈할까……?

"흠."

나는 시야를 가로막고 있던 불꽃과 열을 전부 머리 위로 집중시켜, 나를 압살시키려고 떨어지던 얼음 덩어리를 분쇄했다.

불꽃과 격돌하면서 순식간에 증발하는 얼음 덩어리로부터, 새하얀 수증기가 솟아나왔다.

불꽃 벽이 머리 위로 이동하면서 시야가 열림과 동시에, 이미 내 등 뒤로 돌아들어온 네르가 마력을 발사했다.

내 등 뒤……가 아니라 발밑에서 하얀 냉기가 솟아나면서 내 발바닥부터 허벅지까지 전부 집어삼켰다.

네르는 모의 전투를 개시하자마자 온 무대에 냉기를 침투시켜두고 있다가, 언제든지 나를 하반신부터 얼려버릴 수 있도록 준비하고 있던 것이다.

언젠가 사용해 올 거라고 예측했지만 그냥 내버려두고 있었는데 지금 바로 이 타이밍에 사용해왔군. 나쁘지 않은 판단이다.

나는 동상을 예방하기 위해 몸의 표면에 마력 보호막을 전개하고 있긴 했지만, 무대로부터 솟아오른 냉기는 이미 내 허리까지 도달한 상태였다.

이미 무릎까지 얼음 속에 결박당한 상황에서, 나는 허리를 비틀어 등 뒤의 네르에게 시선을 돌렸다.

도자기와 같이 새하얀 피부를 분홍빛으로 물들이고, 무심코 넋을 잃고 쳐다볼 것만 같은 미소를 어렴풋이 떠올린 네르의 얼굴이 시야에 들어왔다.

나를 상대로 폭력적인 마법을 마음껏 떨칠 수 있었기 때문에 쾌감조차 느끼고 있는 것이리라. 아무리 그래도 내가 고통에 몸부림치는 모습까지 바라고 있지는 않았으면 좋겠는데 말이야. 하지만 네르의 가학적인 취향이 어느 정도 수준에 도달했는지는 완전히 미지수였다.

동급생의 개인적인 성적 취향을 알 수 있는 기회는, 가능하면 찾아오지 않기를 희망했다.

그건 그렇고, 네르가 가학적인 쾌감을 느끼면서도 전투에 대한 집중을 유지하고 있다는 것은 과연 4강다운 면모를 유감없이 보여주고 있다는 생각이 들었다. 얼굴을 마주 대한 채로 그 모습을 바라보는 건 약간 어색하다는 느낌도 있었지만 말이지.

"무섭다면 그냥 울어도 좋아."

네르가 부드럽기 그지없는 음성으로 나에게 말을 걸어왔다. 그녀의 목소리에 내가 울음을 터뜨리기를 이제나저제나 하고 애타게 기다리는 가학성애자와 포식자의 기대가 뒤섞여 있다는 것은 의심할 여지가 없었다.

네르, 그건 좀 인간으로서 문제가 있지 않나?

특권 계급의 인간들 가운데 감히 타인에게 털어놓을 수 없는 취미나 성적 취향을 지닌 이들이 많다는 풍문을 얼핏 들은 적이 있는데, 설마 아직 채 20살도 되지 않은 소녀가 그런 부류에 해당될줄이야.

"흠. 남자가 눈물을 흘릴 때는 울고 싶어도 울 수 없는 누군가를 대신해서 울 때뿐이라고 아버지께서 가르쳐주셨거든. 그러니 공포 때문에 울 수는 없는 노릇이야."

"그래? 그렇다면 억지로라도 울려줄게."

내 뺨을 어루만지던 냉기가 더욱 차가워졌다. 이거야…… 만약 바제가 이 자리에 있었다면 적잖이 언짢아하리라. 바야흐로 이곳은 거의 극한지옥(極寒地獄)과 같은 양상을 자아내고 있었다.

감정의 기복은 혼이 생산하는 마력량의 증감으로 직결된다. 이성으로 감정을 완전히 제어할 수 없는 인간종의 경우, 감정에 따른 마력 증감률의 폭이 수많은 생물 중에서도 유달리 큰 편이다.

네르는 울지 않겠다고 장담한 나를 학대하면서, 마음속의 가학 충동을 굉장히 자극받은 것이리라. 그 결과, 큰 폭으로 마력의 증가 현상이 일어난 것이 틀림없다.

네르가 나를 몰아붙이기 위한 마법을 완성시키기 전에, 나는 발밑에 마력을 모아 강력한 바람을 일으켰다.

거대한 고목조차 땅바닥채로 날려버릴 만큼 세찬 돌풍이 내 하반신을 중심으로 소용돌이쳤다.

바람은 내 무릎까지 결박하고 있던 얼음을 순식간에 분쇄하는 동시에, 네르를 향해 내 몸을 도약시켰다.

얼음 구속을 해제하면서 네르와 급속도로 접근하는 일석이조를 노린 바람 마법을 행사한 것이다.

나는 머리카락이 한꺼번에 뽑혀나갈 듯한 속도로 네르를 향해 날아가면서, 오른손에 든 지팡이를 검을 잡을 때와 같은 자세로 고쳐 잡았다.

네르는 구속을 풀고 급속도로 접근하는 나를 노려보면서 살짝 놀라는 기색을 보였지만, 금세 정신을 다잡고 대비하기 시작했다.

용케 그 젊은 나이로 전투 도중에 정신적 허점을 드러내는 행동이 얼마나 어리석은지 잘 알고 있구나. 솔직히 말해서 지금 당장 크게 칭찬해주고 싶은 참이지만, 당장 접근전에서 어떻게 나올지 확인하는 게 먼저다.

나는 지팡이에 순수한 마력을 부여함으로써 장검 정도 길이의 마력 칼날을 형성한 뒤, 여세를 몰아 그녀에게 참격을 가했다.

내 공격을 막아내야 하는 입장의 네르도 즉석에서 마법의 영창을 중단하더니, 지팡이를 중심으로 주위의 수분과 냉기를 응축시켰다. 그녀의 지팡이가 스스로의 키만한 길이의 얼음 창으로 변화했다.

왼쪽 반신을 앞으로 내민 상태로 허리를 숙이고 창을 다잡는 그녀의 자세는 상당히 그럴 듯하다. 만약에 그녀가 만전을 기하고 창술을 구사한다면, 공격과 방어 양쪽에서 놀라운 솜씨를 선보일 것이다.

흠. 마법사들의 공통적인 약점이라고 알려진 근접 전투에 대한 대비는 철저하단 말이지? 그렇다면 어디, 실제 동작을 보도록 할까? 내가 그녀의 목 왼쪽을 노리고 세차게 내리진 마력검을, 네르는 얼음 창으로 비스듬히 받아냈다.

뛰어난 장인이 완벽하게 벼려낸 듯이 날카로운 마력의 칼날은, 얼음 창의 자루로 살짝 파고들어가다가 움직임을 멈췄다.

네르는 얼음 창을 능숙하게 다루면서 내 마력검을 받아넘겼다.

나는 힘의 흐름을 제어한 네르에 의해 걸음이 흐트러지고 말았다. 상식적으로 볼 때 곧바로 반격이 시작될 상황이었지만, 네르는 우선 나와 일정한 거리를 두는 방안을 선택했다.

네르는 이미 검의 공격범위까지 돌입해 들어갔던 나로부터 한 걸음 물러서더니, 허리로 무게 중심을 옮겨 얼음 창으로 연속 찌르기 공격을 시도해 왔다.

나는 하얀 냉기를 띤 창날의 연속 공격을 마력검으로 방어하면서, 창의 공격 범위와 네르의 호흡, 그리고 속도를 계속해서 관찰했다.

창의 움직임을 따라오듯이 냉기의 다발이 여러 줄기 발생하면서, 부옇고 새하얀 안개가 네르의 모습을 내 시야로부터 감추는 효과까지 발휘했다. 내 뺨을 스치고 지나간 창이 발생시킨 냉기가 머리카락 끝을 얼렸다.

원거리 마법을 서로 발사하던 시합은 격투전으로 완전히 탈바꿈했다. 어느덧 관객석은 쥐 죽은 듯이 고요해졌다. 그저 무대 위에서 우리가 마력으로 형성한 무기끼리 서로 간섭하면서 튕겨내는 소리만이 울려 퍼지고 있었다.

흠, 창술사로서 네르가 지닌 역량은 대충 파악했다.

마법 일변도가 아니라 창술까지도 나름대로 시간을 투자해서 깨우쳤음이 틀림없는 기량이다.

네르가 내 하복부를 노리고 찔러온 창이 헛되이 허공을 갈랐다. 나는 네르가 창을 거두는 동작을 따라 크게 한 걸음 파고 들어갔다.

지금까지 방어 일변도였던 흐름을 뒤집어, 나는 쉴 새 없이 마력 검을 휘둘러댔다.

마력검은 연둣빛 궤적을 그리면서 네르의 목을 향해 일직선으로 뻗어갔지만, 왼쪽 반신을 후방으로 물린 네르의 머리카락을 간신히 스쳤을 뿐이다.

오른손으로 내민 마력의 칼날이 허공을 가름과 동시에, 나는 몸을 비틀어 네르의 가슴을 향해 마력검을 찔러 넣었다.

네르는 이 공격을 창 자루로 겨우 막아내기는 했지만, 바람 마법으로 보강된 내 일격의 묵직한 무게와 재빠른 속도에 견디지 못하고 몇 걸음 물러날 수밖에 없었다.

"윽, 의외로 힘이 세네."

"매일같이 대지와 격투를 하다 보면, 이 정도야 보통이지."

나는 태연하게 대답하면서도 아직 자세를 미처 가누지 못한 네르의 발목을 향해 반원을 그리듯이 마력검을 휘둘렀다.

네르는 양쪽 발목을 한꺼번에 쓸어 넘기려는 참격을 회피하기 위해 도약하려는 움직임을 보였다. 하지만 자세가 흐트러진 상태에서 회피하기는 불가능했다. 네르를 결국 무방비 상태로 나의 참격을 받고 말았다.

저지먼트 링이 빛을 내뿜으면서 네르의 온몸을 보호하는 방어 장벽을 전개했다.

나는 공처럼 둥근 모양의 방어 장벽에 가로막힌 마력검을 곧바로 거둬들이고, 네르로부터 거리를 벌리기 위해 상반신을 일으켜 세우면서 후방으로 크게 도약했다.

절대적인 방어 능력을 보유하고 있는 저지먼트 링의 지속 시간은, 상대의 공격이 멈출 때까지였다.

지금과 같은 경우, 내가 마력검을 즉각적으로 거둬들였기 때문에 방어 장벽도 곧바로 소멸했다. 결과적으로 자세를 미처 다잡지 못한 네르의 무방비한 모습이 드러날 수밖에 없었던 것이다.

"프리즈 랜서!"

"에너지 레인."

방어 장벽이 소멸하자마자 나와 네르가 취한 행동은 거의 동일했다. 서로 얼음 창과 마력검을 구성하고 있던 마력을 촉매로 삼아, 발동을 가속화시킨 무영창 마법을 발사했다.

공격 마법을 사용하기에는 지나치게 가까운 거리에서 우리가 행사한 마법이 서로 정면충돌을 일으켰다. 얼음의 창과 마력 화살의 소나기가 제각각 얼음 분말과 녹색의 빛 입자로 변해 우리 사이에 존재하는 공간을 가득 채웠다.

지체하지 않고, 재공격을 꾀한 네르가 지팡이를 치켜 올려 마력을 발산했다.

"빙인질주(氷刃疾走) 아이스 사이즈"

네르의 발밑에서 잇달아 발생한 얼음 낫이 나를 향해 들이닥쳤다.

상어가 바다 밑에서 등지느러미만 내보인 채, 사냥감을 향해 떼를 지어 사납게 돌격해 들어오는 듯한 광경이다.

"불이여, 와라."

나는 얼음 낫을 피하기는커녕 받아내지도 않았다. 그저 네르를 향해 걸어가면서, 발화의 마법으로 들이닥치는 얼음 낫들을 모조리 파괴했을 뿐이다.

짧은 영창만 가지고 발동시킬 수 있는 발화의 마법은, 나로부터 마력의 과잉 공급을 받아 세차게 타오르는 홍련의 꽃으로 변한다. 마력의 불꽃은 꽃을 피우는 동시에 얼음 낫들을 싱겁게 부서뜨리고, 미세한 파편에 이르기까지 하나도 남김없이 전부 증발시켰다.

두려움 없이 당당하게 다가오는 내 모습을 바라보면서, 네르는 발길을 멈췄다. 마법을 사용한 원거리 전투로 결판을 짓기로 각오를 굳힌 것 같다.

"설원을 달리고 빙하를 뛰어넘어 나의 부름에 응해 당도하라 설랑(雪狼) 소환"

펜리르의 권속인 눈의 늑대를 소환하는 마법인가? 설랑은 펜리르와 마찬가지로 고차원에 기거하는 영적인 존재였다. 높은 영적인 바탕을 갖추고 있기 때문에, 육체가 없는 영혼이나 악마를 상대로 강력한 유효성을 발휘한다.

차가운 냉기로 가득 찬 공간에 새하얀 눈이 갑작스럽게 출현한 듯이 보였던 순간, 눈들이 모여 네 마리의 늑대로 변신했다.

네 마리의 설랑을 거느리고 있는 네르는, 마치 북쪽 나라의 전승에 전해져 내려오는 눈의 여왕처럼 보였다.

그러나 네르에겐 미안하지만, 나는 그 설랑들을 곧바로 퇴장시켜야 하는 입장이다.

나는 이 세계에 출현한 설랑들의 주변에 감돌고 있던 마력에 간섭하여, 그들의 정반대 속성에 해당하는 불꽃을 일으켰다. 내가 일으킨 화염은, 당연히 설랑의 냉기에 질 정도로 평범한 화력이 아니다.

홍련의 불꽃에 휩싸인 설랑들은 지상에서 존재를 유지하기 위한 힘을 잃고, 불꽃 속으로 홀연히 사라지고 말았다.

"흩어져 있던 마력을 원격 조작하고 간섭까지?!"

모처럼 소환한 설랑을 잃고, 그 냉정한 네르도 조금씩 조바심을 내보이기 시작했다.

"잘 아는군."

네르의 마력만이 주위에 확산되어 있던 것이 아니다. 나의 마력도 또한 모의 전투 무대 위에 떠돌아다니고 있었다.

설랑들을 없애버린 불꽃은 즉시 네르를 사방에서 포위하기 가장 알맞은 위치에 멈춰서 있었고, 이런 상황을 활용하지 않을 이유는 없었다.

다음 순간, 불꽃들이 용솟음치더니 다 큰 어른조차 집어삼킬 만큼 커다란 불덩어리로 변했다. 불덩어리가 엄청난 고열로 주위의 냉기를 걷어내면서 네르에게 돌진했다.

불덩어리가 내뿜는 빛이 파란 머리카락을 빨갛게 비추는 상황에서도, 네르는 순간적으로 자신의 주위에 네 장의 얼음 방패를 연성해서 불덩어리를 막기 위해 자세를 잡았다.

"윽."

네르가 순식간에 급조해낸 얼음 방패는, 만전을 기한 상태에서 연성한 방어 장벽과 도저히 비교할 수 있는 수준이 아니었다. 네르의 심리적 동요로 인해 술식이 어긋났기 때문에, 불덩어리와 충돌하자마자 흔적도 안 남기고 녹아 버렸다.

아니, 평범한 인간이었다면 뼈까지 태워버리고도 남을 만큼 강력한 화력을, 잠깐이나마 견뎌냈다는 사실을 높게 평가해야 하나?

바로 그 찰나의 순간을 이용해서 도약함으로써 그 자리를 피한 네르의 판단력도 훌륭하다.

하지만, 이 상황에서 추격을 안 할 수도 없는 노릇이다.

"이제 슬슬 결판을 내도록 할까."

나는 또 다시 지팡이를 휘두르면서 순수한 마력의 화살을 연달아 구축하기 시작했다.

"일일이 말할 필요…… 없어!"

네르는 매서운 눈초리로 나를 응시했다. 모의 전투가 개시된 이래로 전혀 냉정한 태도를 무너뜨리지 않는 나를 보고, 몹시 기분이 상한 모양이다.

나는 네르를 세차게 공격하는 마법 화살의 궤도를 머릿속에서 그리면서, 숨 돌릴 틈도 없는 빠른 속도로 마법을 연사했다.

네르는 도약하면서 무대 위를 굴러, 잇달아 날아드는 【에너지 볼트】를 회피했다. 그러나 끊임없이 날아드는 화살들이 교복 자락을 스쳐 지나가면서 겉옷이나 스커트 자락을 누더기로 만들었다.

네르는 무대에 손을 짚고 한 손만으로 껑충 뛰어오르더니, 순간적으로 지팡이를 휘둘러 【아이스 볼트】를 연성해서 똑바로 다가오는 네 발의 【에너지 볼트】를 요격하는데 성공했다. 내가 발사하던 【에너지 볼트】 연사에 약간의 간격이 생겨났다.

네르는 그 아주 짧은 시간을 이용해 공중에서 자세를 바로 잡고, 착지와 동시에 두꺼운 얼음 장벽을 눈앞에 전개해서 나머지 【에너지 볼트】 연사를 막아냈다.

흠, 설마 이만큼 체력이 소모된 상황에서도 무영창 마법을 행사할 수 있을 줄이야. 펜리르와의 계약을 통해 얻어낸 은혜도 무시할 수 없다고는 하나, 대단한 마력량이다.

하지만 그 대단한 네르도 더 이상 무표정을 유지하지 못 하고, 그 이마에 큼지막한 땀방울이 하나둘 맺히기 시작했다.

"아까와는 다른 이유로 호흡이 거칠어졌군. 상당히 피곤해 보이는데?"

"……헉, 헉. 그렇지, 않아."

피로로 인해 숨이 가빠진 네르의 표정에서, 아까와 같은 가학적인 빛은 자취를 감추고 있었다.

"큰소리칠 여유는 남아있구나."

얼음 장벽은 도합 10발의 【에너지 볼트】를 막아내고 붕괴를 일으켰다. 나는 【에너지 볼트】의 구축을 중단하고, 네르를 향해 천천히 발걸음을 옮겼다.

뽀득뽀득, 서리가 내린 무대 위를 걷는 내 발소리가 연습장 안에 메아리쳤다. 듣는 이들의 불안과 공포를 자극하듯 일정한 박자를 밟으며, 나는 천천히 네르에게 다가갔다.

학생들은 물론이고 교직원들까지, 관객들은 숨을 죽이고 나와 네르의 전투를 관전하고 있었다.

펜리르와 아르스레임의 모의 소환부터 시작해서 방대한 공격 마법의 연속 행사에 이르기까지, 나와 네르는 그들이 사전에 예상하고 있던 수준을 아득히 초월한 전투를 선보였다. 현재 상황으로 판단하건대, 일부터 사람들의 이목을 집중시키는 형태로 네르에게 모의 전투를 부탁한 효과는 확실했다.

그리고 멍청하게 입을 벌리고 전투를 관전하던 관객들 가운데, 학교 안뜰에서 세리나에게 시비를 걸었던 여학생과 남학생들의 얼굴도 확인할 수 있었다. 직접적으로 행동을 벌인 건 그녀들밖에 없었지만, 그녀들과 마찬가지로 나나 세리나에게 악감정을 품고 있는 이들이 더 있을 가능성도 부정할 수 없다. 그들은 이번 모의 전투를 보고 생각을 고쳐먹는 게 현명할 거다.

한편, 무대 위에서 나와 마주 보고 있던 네르는 호흡을 조절하면서 심장 고동에 맞춰 정신을 집중시키고 있었다. 몸 안의 마력을 연성하는데 집중하고 있는 것이다.

"주위의 마력을 몸 안으로 환원시키지는 못 하나? 아무리 마력 소비를 억제한다고 해도 혼과 육체가 생산하는 마력만 가지고 충당하기는 어려울 텐데."

나는 스스로가 무대 위에서 방출한 마력과 원래부터 대기 중에 존재하는 마력, 그리고 네르가 방출한 마력까지 세 갈래의 마력을 호흡과 함께 흡수하면서 소모한 마력을 보충하고 있다.

그러나 네르는 마력의 환원 없이, 어디까지나 자신의 정신력을 집중시켜 혼으로 마력을 생산하는 작업에 몰두하고 있었다.

마력을 변환시켜 연성한 냉기의 조작이나 스스로 방출한 마력을 별도의 마법에 가산하는 작업이라면 몰라도, 타인이 방출한 마력이나 자연에 존재하는 마력을 자신이 쓸 수 있도록 여과시켜서 보충하는 기술은 서툰 편인 것 같다.

애당초 펜리르와 계약을 했던 이유부터가, 빙결 마법의 위력을 강화하려는 의도 이외에도 마력을 보충하는 기술이 서툰 자신의 단점을 보강하려는 계산도 있었던 걸로 보인다.

"작년의 패배 이후로, 단점을 극복하기보다 장점을 발전시키는 방향으로 단련을 쌓은 건가? 전투를 오래 끌 생각은 없었겠지만, 지금처럼 체력을 소모한 상태로는 더 이상 강력한 마법은 쓰지 못할 거야."

"뚫린 입으로 말은 잘 하네."

목구멍에서 억지로 짜낸 듯한 네르의 목소리에서, 나의 지적을 현실로 인정할 수밖에 없다는 쓰디쓴 울림이 섞여있는 것을 느꼈다.

"침착성을 유지하기 위해서야. 침착한 상태가 아니면 보지 못하는 것들이나 눈치 채지 못하는 것들도 있기 마련이거든."

"너 역시, 아무리 마력을 보충했다고 해도 한계는 있을 텐데."

"그렇긴 하지. 하지만 네르를 쓰러뜨리기엔 충분해. 그건 알고 있겠지?"

내 대답이 신경에 거슬렸는지, 네르는 어를 악 물고 몸 안에 축적하고 있던 마력을 단숨에 폭발시켰다.

"큰소리를 지껄인 만큼, 그에 걸맞은 각오를 해야 할 거야."

네르는 분한 표정으로 그렇게 내뱉더니, 피로가 쌓여 움직이지 못하는 몸을 질타하면서 일어섰다.

네르는 여전히 당당한 자세를 유지한 채로, 아지랑이처럼 실체화시킨 남아있는 마력을 온몸에서 발산했다. 무심코 발걸음을 멈추고 가만히 앉아 바라보고 싶을 정도로 아름답고 찬란하게 빛나는 모습이었다.

"좋아, 이제 슬슬 결판을 내도록 하지."

나는 그때까지만 해도 느긋하게 걷고 있다가 순식간에 자세를 바꾸고, 네르를 향해 단숨에 달려 나갔다.

네르는 차갑기 짝이 없는 시선으로 나를 노려보면서, 왼손으로 입가를 숨기고 마법의 영창을 시작했다. 그녀가 입가를 숨기는 이유는 영창의 글귀로 발동하는 마법의 종류를 간파당하는 사태를 피하기 위해서였다. 초보적이지만 유효한 전술이다.

아직도 네르의 호박색 눈동자는 역경을 뒤집어엎으려는, 불타는 투지를 내비치고 있었다. 나는 그 눈동자 안쪽에서 이글거리고 있는 분노와 고뇌를 놓치지 않았다.

나는 모의 전투를 개시한 당초부터 지금까지, 여유로운 태도를 무너뜨리지 않고 네르가 사용한 대부분의 마법들을 무력화시켰다. 이만하면 네르도 나를 예상 밖의 강적으로 인정할 만한가?

"얼음의 이치 나의 뜻에 물들어라 천공의 거대한 빛과 같이 만물을 얼리고 터뜨리고 파괴하라 나의 앞에 선 적에게 빙결의 심판을 내리라 아이시클 플레어!"

얼음 속성 마법 중에서도 고위에 해당하는 냉기 폭발 마법인가? 사전 영창의 길이를 고려하자면 타당한 마법이지만, 설마 이게 다는 아니겠지.

무대를 통째로 집어삼킬 듯한 기세로 발생한 극저온의 눈보라와 얼음덩어리가 들이닥쳤다. 나는 반구 형태의 화염 방어막을 발생시켜 【아이시클 플레어】를 막아내면서, 네르를 향해 돌격을 감행했다.

"불의 이치 나의 목소리에 따라라 홍련과 같이 타오르는 그대여

나의 손에 모여 검이 되어라 버닝 엣지"

나는 붉은빛과 주황빛을 내뿜으며 타오르는 열기의 마력검을 연성했다. 상단으로 치켜들었던 마력검을 단숨에 내리치면서 눈앞의 얼음 기둥과 눈보라를 갈라버렸다.

마력검으로 눈보라를 가르자, 거의 무릎을 꿇기 직전까지 지친 네르의 모습이 시야에 들어왔다. 네르는 식은땀을 흘리면서, 【아이시클 플레어】를 돌파하고 온 나를 똑바로 노려보고 있었다.

나를 지키고 있던 화염 방어막은 【아이시클 플레어】를 막아내자마자 소멸했다. 나는 이번이 네르에 대한 마지막 일격이라는 사실을 강하게 의식하면서, 홍련과 같이 불타는 마력검을 치켜들었다.

호박색 눈동자로 활활 타오르는 불꽃 검을 바라보면서, 네르의 입술 양끝이 크게 치켜 올라갔다. 그것은 승리를 확신한 이들만이 짓는 미소였다.

바로 그 순간, 내 등 뒤로부터 얼음 화살이 날아 들어왔다. 내가 【버닝 엣지】의 촉매로 삼고 있는 지팡이를 노린 공격이다.

네르는 사전에 영창해 놓은 【아이스 볼트】를 언제든지 발동 가능한 상태로 대기시켜두고 있다가, 비장의 수단으로 위장했던 【아이시클 플레어】를 내가 돌파한 순간에 생길 수밖에 없는 빈틈을 노린 것이다.

내가 착용하고 있는 저지먼트 링은 모의 전투가 시작했을 때와 마찬가지로 전혀 불이 들어와 있지 않은 상태였다. 네르가 이러한 상황에서 나를 상대로 역전 승리를 챙길 수 있는 방법은, 상대로 하여금 지팡이를 놓치게 해서 또 하나의 승리 조건을 만족시키는 것뿐이다. 현재 상황에서 가장 승산이 높은 전술이다.

마지막의 마지막 순간까지 의욕적으로 승리를 노리며, 계속적인 상황 분석을 통해 최선의 수단을 모색할 줄이야. 설마 크리스티나 양 이외에도 이 정도의 인재를 육성하고 있었다니, 이게 바로 가로아 마법학원의 저력이란 말인가?

나의 불꽃 검이 나는 제비와 같은 궤적을 그리며 【아이스 볼트】가 오른쪽 손등을 관통하기 직전에 절단해 버렸다. 그 여세를 몰아 인정사정없이 네르를 베었다.

"하아!"

"크윽?!"

【버닝 엣지】가 네르의 몸과 접촉하면서 그녀를 갈라버리기 직전에, 저지먼트 링이 장벽을 발동시켜 얼음 소녀의 매끄러운 피부를 불꽃의 칼날로부터 지켜냈다.

나는 저지먼트 링이 두 번째 장벽을 발동시켰다는 사실을 확인하고, 지팡이를 에워싸고 있던 불꽃을 거둬들이고 전투태세를 해제했다.

상대를 소멸시키지 않는 전투 방식을 처음으로 시도하다 보니, 아직 힘 조절이 어렵게 느껴지는군. 흠.

"그만하세요. 승부는 났습니다."

상쾌한 바람을 떠올리게끔 하는 목소리가 침묵을 깨뜨렸다.

무대 밖으로 피난했던 올리비에가 대기를 다스리는 마법을 행사해서, 무대 위에 남아있던 냉기를 제거했다.

"네르네시아 쪽의 모든 저지먼트 링이 점등한 사실을 확인했습니다. 이번 모의 전투의 승자를 드란으로 인정합니다."

올리비에의 판정을 듣고, 네르는 그제야 간신히 사태를 파악했다. 그녀는 평소의 멍한 표정으로 돌아와 나에게 들리지 않도록 혼잣말을 조그맣게 중얼거렸다.

이 모의 전투는, 이 학교의 관객들이 사전에 예상하고 있던 시합 내용을 아득히 초월하는 수준의 대결이었다. 대부분의 관객들은 넋을 잃은 표정으로, 잠시 동안 경외심이 담긴 시선으로 나를 주목하고 있었다.

그러나 이윽고, 커다란 웅성거림이 침묵을 대신해서 장내를 지배하기 시작했다.

"거짓말~~. 네르네시아 선배가 져 버렸어. 선배는 작년 경마제 대표선수였잖아? 웬만한 마수보다도 훨씬 강한데!"

"응, 과연! 뭐니 뭐니 해도 덴젤 선생님하고 학원장이 일부러 데려올 만은 하다 이 말이군."

흠? 만약 학생들이 나를 무서워하게 되더라도 별 수 없을 거라고 예상했는데, 설마 이렇게 호의적인 반응까지 나올 줄이야. 솔직히 말해서 약간 의외였다.

"저렇게 강하다면, 라미아를 사역마로 삼고 있다는 것도 납득이 가네. 역시 서쪽과 남쪽에 대항하기 위해 불러들였다는 소문이 사실인 걸까?"

"그러지 않고서야, 저렇게 터무니없는 녀석을 편입시킬 리가 없어."

"그건 그렇고, 명문 중의 명문인 아피에니아 가문의 영애를 상대로 용케 저렇게 무자비한 공격을 다 하네. 완전히 누더기 꼴이 잖아? 나 같으면 정말이지 도저히……."

우리에 대한 각양각색의 평가가 어지러이 오가는 와중에, 호흡을 고른 네르가 분하다는 듯이 중얼거렸다.

"졌다……. 못 이겼어."

긴장의 끈이 풀렸기 때문인지, 네르는 당장이라도 쓰러질 듯한 분위기였다.

"특례에 따라 입학한 이상, 나 역시 간단하게 질 수는 없는 입장이야. 하물며, 이번 일은 세리나를 위해서 시작한 일이었으니 더 말할 것도 없지. 서있기 힘들다면 거들어줄까?"

나는 네르의 오른쪽 어깨 밑으로 파고 들어가, 그 작은 몸을 부축했다. 네르가 나의 갑작스러운 행동에 살짝 당황하는 기색을 보였다.

"아, 아니. 괜찮아. 혼자 걸을 수 있어. 너도 피곤할 거야."

"그다지 괜찮아 보이지도 않고, 나한테도 남자의 고집이라는 게 있거든. 일단 한 번 거들겠다고 나선 어깨를 그렇게 간단히 거둬들일 수도 없어."

"그럼, 무대에서 내려갈 때까지만 부탁해."

흠. 왜 그렇게까지 고집을…… 부리는지 잠시 납득이 안 갔지만, 교복너머로 느껴지는 네르의 체온과 체취를 통해 나는 대략적인 사태를 파악할 수 있었다.

나를 상대로 가학적인 미소를 짓고 있을 때였는지, 아니면 반대로 막다른 지경에 몰려 피학적인 표정을 짓고 있을 때였는지는 모르겠다. 하여간 네르는 이번 전투를 통해 상당한 육체적 쾌감을 느낀 것 같다.

"따, 땀 냄새가 난다면 멀리 떨어져도 돼."

"딱히 신경 쓰일 정도는 아니야. 그리고 너는 나와 세리나의 은 인이기도 해."

마법의 연속 행사와 극도의 정신 집중을 유지하던 반동으로 인해 네르의 몸에 쌓인 피로는 상당했다. 약간만 긴장을 늦춰도 그 자리에서 기절하고 말 것이다.

"드란, 이제 나 혼자서 괜찮아. 걷는데 아무 문제없으니까, 역시 손을 놔."

그야 남의 부축을 받아 걷는 모습은 얼핏 보기엔 볼품없게 느껴 질 수도 있겠다만, 네르의 허둥대는 모습은 지금까지 보여주던 무 표정과 또 다른 매력이 느껴져서 나름대로 즐거웠다.

말하자면 내 위치는 서로의 숨결이 닿는 거리에서 그녀의 특별 한 표정을 바라볼 수 있는 특등석이었기 때문에, 나는 네르가 내 시선을 눈치채고 있다는 사실을 다 알면서도 뚫어지게 응시했다.

"발이 미끄러지기라도 하면 큰일이야. 자고로 남자란 여자들 앞 에서 허세를 부리고 싶어 하는 생물이거든."

무대 바닥 위에는 아직도 군데군데 얼어붙은 장소나 얼음이 녹 아내려서 웅덩이들이 펼쳐져 있었다. 신중히 발걸음을 옮기지 않 으면, 발을 헛디디다가 미끄러질 위험성이 없지 않아 있었다.

"응, 알았어. 하지만 무대에서 내려가면 끝이야."

"알면 됐어. 그때까지는 나를 꼭 붙잡고 있으라고."

흠, 평소엔 냉정한 태도를 무너뜨리지 않는 상대를 놀리는 것도 꽤나 재미있는데?

"그건 그렇고, 나는 그 엑스라는 학생의 대타로 충분했나?"

이 질문은 농담이 아니라, 나로서도 꽤 진지하게 확인해두고 싶은 사항이다. 네르를 이겼다는 엑스와 나를 비교할 경우, 네르는 과연 어떤 평가를 내릴까?

크흠, 네르는 살짝 헛기침을 하고 나서 대답을 했다.

"충분하고도 남을 정도야. 작년의 엑스보다도 강했어. 너는 틀림없이 전투에 재능이 있어. 담력도 상당히 강한 것 같고, 모의 전투가 시작될 때부터 끝날 때까지 여유 있는 태도를 유지했어. 솔직히 말하자면, 모의 전투가 진행되는 도중의 너는 깜짝 놀랄 만큼 당당해서 마치 나보다 훨씬 격이 높은 상대와 싸우고 있는 듯한 기분이 들었어. 그 특유의 분위기는 너와 전투를 벌이는 상대에게 대단한 중압감으로 작용할 거야."

네르가 평소와 달리 말이 많다는 것은, 지금 입 밖으로 내뱉은 감상이 틀림없는 그녀의 본심이라는 사실을 증명하고 있었다. 그리고 약한 소리를 자기도 모르게 털어놓을 만큼 모의 전투 후반전에서 심리적으로 막다른 지경에 몰렸던 것이리라.

"흠, 그런 식으로 보였단 말이지? 그렇다면, 지금의 네르를 작년의 엑스와 비교해보면 어떤 것 같아? 객관적으로 봐서 지금의 본인은 작년의 엑스보다 강한가?"

"1년 동안, 엑스를 이기기 위해서 수련했으니까 반드시 그래야만 해. 오명을 씻고 명예를 회복할 거야. 반드시 그 건방진 애송이가 사람들이 다 보는 앞에서 오줌을 지리게 한 다음 이마를 땅바닥에 대고 엎드린 채로 패배 선언을 하게 만들 거야."

어조는 조용했지만, 나는 분명하게 네르의 호박색 눈동자 안쪽에서 격렬하게 타오르는 의지의 불꽃을 목격했다. 아니 잠깐, 아무리 그래도 그렇지 그렇게 뒤숭숭한 문제발언을 너무 간단하게 내뱉는 거 아닌가?

"그래? 하지만 그 엑스라는 학생도 네르와 마찬가지로 작년보다 강해져 있을 테니, 방심은 금물이야."

"응. 올해야말로 울릴 거야."

"흠, 네르는 다른 사람들을 울리는 게 취향인가?"

"그렇지…… 않아."

반사적으로 말을 되받아치려던 네르가 잠시 입을 다문 이유는, 약간이나마 자신의 가학적인 성격에 짚이는 구석이 있기 때문이리라.

그녀의 성적 취향은 그대로 인정하기에 상당히 꺼림칙한 것이기는 한데, 네르도 어제오늘 사이에 자각한 것처럼 보이지는 않았다.

나에게 보여준 그 아름답고도 차가운 미소는, 하루아침에 도달할 수 있는 경지가 아니었다.

평소엔 변화가 거의 없는 표정을 일그러뜨리고 입을 다물고 있는 모습을 볼 때, 네르 본인도 씁쓸하게 여기면서도 어느 정도 자각하고 있음이 틀림없다.

"모의 전투 도중에도 나를 울리겠다고 하더군. 네르는 상대를 괴롭히는 걸 좋아하는 것 같아."

"응……, 나는 어렸을 때부터 다른 사람들을 다치게 할 때마다 기쁨을 느끼는 아이였어. 그게 좋지 않은 감정이라는 사실을 알고 있었기 때문에 참을 수 있었지. 하지만 결국 무리였어. 드란의 말대로, 머리에 피가 몰려서 흥분하기 시작하면 더 이상 스스로를 말릴 수가 없거든. 눈앞의 상대가 내 말을 듣고 괴로워하거나 상처 입는 모습을 보면, 나의 마음은 더할 나위없는 기쁨을 느끼고 말아."

흠, 만난 지 얼마 지나지도 않은 나에게 이렇게나 본심을 털어놓을 줄이야. 상당히 의외였다.

네르에 비해 상당히 오랜 시간을 같이 지냈을 뿐만 아니라 같이 지낸 시간의 밀도 또한 상당히 진했던 크리스티나 양조차 나를 상대로 이렇게 개인적인 사정을 털어놓을지는 알 수 없었다.

적어도 네르는 온힘을 다한 시합을 통해, 나에게 어느 정도 마음을 열기로 한 건지도 모르겠다.

네르는 나를 믿고 함부로 남에게 털어놓을 수 없는 개인적인 사정까지 대답해줬다. 그렇다면 나는 최소한 그녀의 위안이라도 되도록, 지금 생각하고 있는 말을 솔직히 입에 담는 것도 도리이리라.

"그래? 하지만 가끔 그런 인간이 있다 해도 문제될 건 없지 않을까? 나와 싸울 때의 네르는 정말로 매력적인 미소를 짓고 있었어. 물론 그 미소의 이유는 함부로 발설하고 다닐 내용은 아니겠지만, 근사한 미소였다는 건 내가 보장하지."

"응, 그런 식으로 말한 사람은 네가 처음이야. 내 본성을 안 사람들은 다들 나를 가르치거나 책망하려고 들어. 나도 그게 당연하다고 생각해."

"네르의 경우엔, 스스로 절도를 지키고 있잖아? 그리고 지금 나는 본심을 입 밖으로 내뱉었을 뿐이야. 아까와 같은 미소를 볼 수 있다면 언제든지 모의 전투의 상대를 해주지. 모의 전투 이외의 기회에 구경할 수 있다면, 그게 최고겠지만 말이야."

"응, 고마워."

나에게 대답하는 네르의 목소리는 굉장히 작았지만, 그 입가에 틀림없는 미소를 짓고 있었다. 나는 그 표정을 보고 이 동급생에게 한층 더 호감을 느꼈다.

"물론, 나도 아무 짓도 안 하고 네르에게 그냥 당하진 않을 거야. 오늘처럼 내가 할 수 있는 한 있는 힘껏 반격할 생각이야."

내가 반 농담으로 그렇게 말하자, 네르의 눈초리가 다시 날카로워졌다.

"엑스보다는 양호하지만, 너도 역시 건방져. 다음엔 내가 이길 거야. 나는 언제까지나 진 채로 끝나진 않아."

흠, 좋건 싫건 솔직하고 지기 싫어하는 성격이라 이건가?

"어디까지나 모의 전투였으니, 승패는 그렇게 신경 쓸 필요 없잖아?"

"응, 아니야. 나는 이기고 싶고 이기는 게 좋아. 지는 건 정말 싫어. 무승부도 못 참아. 어떤 승부라도 마찬가지야. 그러니까 승패를 신경 쓰지 말라는 건 무리야. 난 너도 반드시 이기고 말 거야."

"이거야 원, 생각보다 훨씬 지기 싫어하는 성격인 것 같군. 그건 그렇고, 네르의 호칭은 뭐지? 내가 이겼으니 약속대로 가르쳐주지 않겠나? 내 생각엔 그렇게 이상한 호칭일 것 같지도 않은데."

네르는 나와의 재대결을 상상하며 투지를 불태웠지만, 내 질문을 듣고 「윽」이라는 작은 신음소리를 흘리며 파란 눈썹을 찡그렸다. 설마 나에게 가르쳐주기가 창피한 호칭인가?

아마도 4강의 호칭은 그들의 높은 능력을 기리는 의미로 붙은 이름들일 테니, 악의가 담긴 기묘한 별명일 리는 없을 것이다.

어쩌면 너무 호들갑스러운 이름이라 과분하다고 여겨서 쑥스러워 하는 건지도 모르겠군.

크리스티나 양도 불특정 다수의 사람들 앞에서 백은의 공주기사라는 호칭으로 불린다면, 일단 틀림없이 쑥스러워 하리라는 것은 뻔히 보였다.

"응, 그다지 남들에게 가르쳐주고 싶진 않지만 나는…… 「얼음 꽃」 네르네시아라고 불리고 있어."

얼음 꽃? 방금 전까지 네르가 보여주던 화려한 전투 방식과 그 미모를 아울러서 생각해 보면, 그녀에게 너무나 잘 어울리는 시적인 호칭처럼 느껴졌다.

"얼음으로 만든 꽃이라? 얼핏 듣기엔 그렇게 창피한 이름 같지는 않은데? 크리스티나 양도 백은의 공주기사라고 불리고 있으니, 나머지 2명의 4강도 비슷한 호칭일 거라는 예감이 드는군."

"응, 4강의 호칭은 다들 엇비슷한 느낌이야. 내 경우엔 얼음 속성을 특기로 사용하는데다가 말이 없다 보니 얼음 꽃이라고 불리는 거지."

「얼음」이라는 부분에 관해선 그야말로 더할 나위 없이 알기 쉬운 이유로 붙은 별명이라는 느낌이 들지만, 나머지 「꽃」이라는 부분은 무슨 이유로 붙은 별명인지 이해하는데 약간 시간이 걸렸다.

내가 고개를 갸웃거리고 있으려니, 네르가 마지못해 그 내막을 밝혔다.

"주위에선 거의 남들과 말을 섞지 않는 나를 보고, 마치 식물 같다고 야유하는 의미를 담아 꽃이라고 부르고 있어. 얼음 같이 차갑고, 꽃 같이 다른 사람들과 말을 섞지 않는 여자. 그러니까 나는 얼음 꽃인 거야. 얼음 꽃 네르네시아. 그리고 무도회 같은 데서 춤도 안 추고 혼자서 넋 놓고 있는 여자를 벽에 장식한 꽃이라고 하는 소리도 있잖아? 거기다 빗댄 말이기도 해."

평소엔 표정 변화가 거의 없는 네르가 노골적으로 얼굴을 찡그렸다. 그 표정만 봐도 네르가 이 호칭을 얼마나 불쾌하게 생각하는지 헤아리고도 남았다.

그건 그렇고, 무도회 같은 행사가 있단 말인가? 그거야말로 중대한 위기 상황이다. 나는 춤 같은 건 글자 그대로 털끝만큼도 춰본 적이 없다.

세리나와 함께 참가할 수 있다면야 한 곡 정도는 같이 추고 싶다는 생각이 들기는 드는데, 그런 분야에 소양이 있어 보이는 크리스티나 양이나 류키츠와 상담해 보는 게 좋을 것 같다는 생각이 뇌리를 스쳐 지나갔다.

"인간관계가 별로 넓지 않다 보니 그런 별명이 붙은 건가? 그렇게 따지면 별로 애착이 안 생기는 것도 어쩔 수 없는 일이로군."

"그래. 그래서 별로 좋아하는 호칭은 아니야."

"그럴 만도 하지. 하지만 얼음 꽃의 조각처럼 아름답다는 해석도 가능해. 실제로 네르는 대단한 미인이니까, 꽃에 비유하는 호칭은 상당히 핵심을 찌르는 표현인 것 같아."

"응, 고마워. 하지만 그런 소리를 함부로 입에 담는 건 좋지 않아."

"머릿속의 생각을 솔직하게 내뱉고 있을 뿐인데?"

"그러니까, 그게 좋지 않아."

머릿속의 생각을 곧장 입 밖으로 내뱉는 건 베른 마을에 있을 때부터 변함이 없는 내 버릇이다. 어머니나 아이리로부터 제발 자제해 달라는 얘기를 들었던 것도 한두 번이 아닌데, 아무래도 마법 학원에서도 마찬가지인 것 같다. 내 경우엔 남들의 칭찬이 그냥 순수하게 기쁘기만 한데, 여성들은 남자들과 역시 다른 건가?

"후우, 이제 그만 하자. 어쨌든 가까운 시일 내로 다시 모의 전투를 할 거야. 그리고 그때는 내가 너를 부축해줄 차례야."

네르의 가슴속에서 다음번에야말로 나를 울려주고 설욕하고야 말겠다는 투지가 불타오르는 것이 느껴졌다.

"흠, 기운이 넘치는 건 좋은 일이야."

우리는 무대 가장자리의 계단에 도착했다.

계단 밑에서 올리비에를 비롯해, 걱정스러운 표정의 파티마와 안도한 표정의 세리나가 우리를 기다리고 있었다.

그렇지 않아도 나이에 비해 자그마한 체구의 파티마가, 갈팡질팡하면서 나와 네르 주위를 정신없이 뛰어다니는 모습은 원래부터 애완동물 같이 사랑스러운 인상을 한층 더 두드러지게 했다.

파티마와 네르는 중등부 시절부터 꼭 붙어 다니는 절친 사이라고 들었다. 그러니까 파티마가 너덜너덜해진 교복을 걸치고 있는 네르를 굉장히 걱정하는 건 당연한 반응이다.

"네르, 드란. 두 사람 다 너무 심했어~. 모의 전투에서는 힘을 더 조절하질 않으면 위험하다고~."

"드란 씨, 정말로 괜찮으세요? 방금 전까지만 해도 네르네시아 양과 무지막지한 마법 대결을 펼치셨으니, 본인조차 미처 깨닫지 못한 부상을 입었을지도 몰라요."

세리나는 굉장히 불안해 보이는 표정을 짓고 내 손을 양손으로 감싼 채, 내 몸을 머리꼭대기부터 발끝까지 주의 깊게 살피기 시작했다.

"고마워, 세리나. 하지만 괜찮아. 난 아무 데도 다치지 않았어."

"너무 걱정하게 하지 마세요. 드란 씨의 몸에 무슨 일이 생기기라도 하면, 아이리나 어머님께 어떻게 설명해야 하죠? 더군다나 저를 위해서 싸우시다가 다쳐 버리시면, 저는……."

응? 어머님? 세리나의 발언 가운데 살짝 마음에 걸리는 표현이 섞여 있는 것 같은…….

내가 세리나에게 질문을 던지기에 앞서, 파티마가 입을 열었다.

"네르는 어때? 어디 다치지 않았어? 교복은 굉장히 지저분해지고 찢어진 데가 많은 것 같은데."

"응, 괜찮아. 교복은 많이 상했지만, 몸은 무사해. 갈아입기만 하면 끝나."

"어, 그러고 보니 그 교복은 내가 물어내야겠군."

나는 새삼스럽게 네르의 교복을 누더기로 만들어 버렸다는 사실을 깨닫고, 살짝 당황했다.

일단 입학하고 나서 사무국이 알선하는 일을 받아 돈을 벌 생각이었는데, 내가 지금 지니고 있는 자금만 가지고 마법학원의 교복을 새로 조달하기는 어렵다. 어디 보자, 고다 관리관으로부터 받은 입막음 값에 손을 댄다면…….

하여간, 이럴 줄 알았다면 체육복으로 갈아입고 모의 전투를 시작했다면 좋을 뻔 했군.

"응, 괜찮아. 여벌은 여러 벌 있거든. 거기다 교복이 지저분해진 건 내 실수기도 하니까 드란이 신경 쓸 필요는 없어."

"자기책임이란 뜻인가?"

말인즉슨, 모의전투나 훈련 등을 통해 교복이 상할 경우엔 자기부담으로 해결해야 한다는 건가? 돈을 절약해야만 하는 내 입장에서 보자면 요주의 사항이로군.

모처럼 마법학원에 입학했는데도 돈 걱정을 해야만 하는 상황이 스스로 생각해도 참 한심했다. 그런 내 속마음을 아는지 모르는지, 평소와 전혀 다를 바 없는 냉엄한 분위기의 올리비에가 우리를 격려했다.

"수고하셨습니다. 네르네시아, 드란. 무대를 청소하는 일은 담당 직원들이 도맡아 할 겁니다. 여러분은 기숙사의 방으로 돌아가 편히 쉬도록 하세요."

"네르, 드란. 학원장도 이렇게 말씀하시니까, 오늘은 그만 쉬지 않을래? 네르는 내가 방까지 데리고 갈 테니까, 드란은 세리나 양과 함께 방으로 돌아가."

그렇게 말하더니, 파티마는 간신히 혼자 힘으로 서 있던 네르를 부축했다.

　내가 따라간다면 틀림없이 네르도 긴장을 풀기 힘들 것이다. 나는 파티마의 제안에 순순히 고개를 끄덕였다.

　"그러지. 오늘은 이만 기숙사로 돌아가 쉬도록 할게. 세리나, 돌아갈까? 학원장, 죄송합니다만 먼저 실례하겠습니다."

　"드란, 저녁은 같이 먹자~."

　"응, 이따 저녁에 봐."

　"그래, 알았어. 파티마와 네르도, 이따 보자고."

　파티마 일행에게 손을 흔들면서 이별을 고한 후, 나는 세리나와 함께 연습장을 뒤로했다.

제6장 새로운 관문

"정말이지! 그냥 모의 전투에서 그렇게 심하게 싸우시다니! 저와 파티마 양이 얼마나 걱정했는지 알기는 아세요?!"

세리나는 미간을 찌푸리고, 덤으로 양쪽 볼을 부풀린 채로 나에게 서슬 퍼런 언어 공격을 감행했다.

나는 부풀어 오른 세리나의 양쪽 볼을 손가락으로 찔러보고 싶은 충동에 사로잡혔다. 지금 같은 상황이라면 누구나 나와 같은 충동을 느끼고 말리라.

흠, 찔러보고 싶다. 아니야, 참아야 돼.

"걱정을 끼친 일에 관해선, 물론 미안하다고 생각해. 하지만 덕분에 이 마법학원 학생들 중에서 최고의 수준이 어느 정도인지 감을 잡을 수도 있었고, 구경하러 몰려왔던 이들이 나를 가벼이 여기는 일도 없어질 거야. 오늘 일을 계기로 세리나에게 쓸데없이 시비를 거는 이들이 사라지기만 하면 더 바랄 게 없겠지."

최소한, 주위의 시선을 세리나로부터 나에게로 옮기는 데는 성공했다고 믿고 싶다.

"그나저나, 같은 배움터에 다니는 학생들 가운데 이 정도 수준의 실력자가 존재하다니, 솔직히 말해서 약간 의외였어. 4강이라는 명칭으로 판단하자면, 크리스티나 양과 네르 이외에도 그녀들 수준의 실력자가 최소한 두 사람은 더 있다는 뜻이니까 말이야.

이 마법학원에서 배울 수 있는 것은 생각했던 이상일 지도 몰라."

아까 전에 네르가 언급했던 가로아 4강이라고 불리는 학생들 가운데, 한 사람은 백은의 공주기사 크리스티나 양이고 또 한 사람은 얼음 꽃 네르였다.

나머지 두 사람의 경우, 지금의 나로서는 이름은 물론이고 얼굴도 모르는 이들이다. 하지만 사실, 나는 두 사람 가운데 한 사람으로 짐작이 가는 인물이 있었다.

그것은 전에 복도에서 지나쳤던 한 소녀였다. 마성(魔性)의 짐승과 같은 위압감과 흉악한 기척을 발산하던 소녀의 얼굴이 떠올랐다. 나머지 4강 중 한 사람은 틀림없이 그 소녀일 것이다.

내 속마음을 알 리가 없는 세리나가 오히려 지금 내가 한 소리야말로 의외라는 듯이 대답했다.

"네르네시아 양이 생각보다 훨씬 강했다는 건 사실이만요, 저는 오히려 드란 씨가 너무 심하게 하실까봐 걱정스러웠어요. 드란 씨 쪽이 훨씬, 훠어~얼씬 강하다는 사실은 틀림없으니까요."

흠. 아무래도 세리나는 내가 입을지도 모르는 가벼운 부상보다, 내가 너무 과하게 나가서 네르를 다치게 할지도 모른다고 걱정했던 모양이다. 역시 세리나야. 나를 아주 잘 이해하고 있군.

"그래도, 저를 위해서 해주신 일은 정말 감사해요. 굉장히 기뻤어요."

"감사해야 하는 건 내 쪽이야. 세리나, 누차 말하지만 마법학원까지 나를 따라와 줘서 정말 고마워. 그건 그렇다 치고, 세리나는 나를 지나치게 과대평가하고 있는 것 같아. 나는 그렇게 대단한 남자가 아니거든."

"드란 씨가 강하지 않다면, 분명히 이 세상에 사는 인간 분들 중 대부분이 강하지 않다는 뜻일 걸요? 그리고, 너무 겸손한 태도는 오히려 좋지 않아요. 겸손도 지나치면 미덕이 아니라고요?"

"흠, 세리나에게 가르침을 하나 받았군. 앞으로 조심할게."

"입으로 말하는 건 간단하죠. 꼭 실천하셔야 돼요."

아마도 이런 부분에 있어선, 나는 아직 세리나의 신용을 얻지 못한 것 같다. 나는 떨떠름해진 마음속을 대변하듯이, 그녀 앞에서 양 어깨를 으쓱해 보였다.

우리는 일단 기숙사로 돌아가 깨끗한 옷으로 갈아입은 뒤, 저녁 식사를 먹기 위해 본 교사의 학생식당으로 향했다.

우리는 학생식당의 입구에서 네르, 파티마와 합류해서 크리스티나 양과 함께 점심 식사를 했던 자리와 똑같은 곳에 앉았다.

학생식당 안은 이미 학생들의 쑥덕거리는 소리로 가득 차 있었다. 이미 모의 전투의 결과와 인기인으로 유명한 크리스티나 양과 식사를 함께 했다는 소문이 퍼져나간 모양이다. 나를 향해 호기심의 시선이 날아 들어오고 있는 것이 느껴졌다.

예전과 달리 그들의 시선은 주로 나에게 집중되고 있었다. 나는 시선을 몸으로 느끼면서, 세리나로부터 주목을 다른 데로 돌린다는 처음의 목적을 달성했다는 사실을 확인할 수 있었다.

흠, 흠. 내가 앞으로 학원생활을 보내면서 이 시선들을 과연 어떻게 처리해야 할지 생각에 잠겨 있으려니, 방울소리처럼 아름다운 목소리가 내 귀에 울렸다.

파티마와 네르의 얼굴에 경악의 빛이 떠올랐다.

"벌써 친구가 생긴 건가? 반가운 소식이군. 나도 그대를 본받아야 하나, 드란?"

"크리스티나 양의 친구가 되고 싶다는 사람은 찾아보면 얼마든지 있을 것 같은데?"

"아니, 아무래도 나는 붙임성이 없는 모양이야. 부끄러운 얘기지만 말이지."

목소리의 장본인은 우리가 앉은 테이블에 얼굴을 보인 크리스티나 양이었다.

내가 동급생들과 함께 있는 광경을 보고 안심한 건지, 크리스티나 양은 한시름 놓았다는 표정으로 내 오른쪽 옆자리에 걸터앉았다.

"그러고 보니 물어보지도 않고 멋대로 앉았는데, 그쪽 두 사람은 내가 여기에 앉아도 상관없겠나?"

크리스티나 양 매혹적인 미소와 함께 동석의 허락을 구했다.

"아앗, 예! 크리스티나 선배와 같은 테이블에 앉을 수 있다니 영광이에요!"

"동감. 이건 영광이야."

파티마는 거의 앉아있던 그 자리에서 일어설 듯한 기세로 힘차게 대답했다. 크리스티나 양은 곤혹스럽다는 듯이 조그맣게 미소를 지었다.

역시 예상대로였다고 해야 하나? 내 동급생들의 입장에서도 크리스티나 양은 절벽 위에 핀 꽃이나 구름 위에 사는 사람 같이 보이는 것 같다. 테이블을 함께하기는커녕 말을 섞을 기회조차 거의 없는 상대인 듯하다.

파티마 쪽은 동경의 감정이 뒤섞인 순수한 놀라움을 온몸으로 표현하고 있었던데 비해, 네르는 모의 전투에서 나를 상대할 때와 비슷한 눈빛으로 크리스티나 양을 바라보고 있었다. 지금 네르의 머릿속에서는, 크리스티나 양을 상대로 전투를 벌일 경우에 선택해야 하는 수많은 전투방식들이 여러 갈래로 전개되고 있을지도 모르겠다.

세리나는 그런 두 사람의 미묘한 차이를 아는지 모르는지, 호기심을 숨기지 않고 크리스티나 양에게 질문을 던졌다.

"크리스티나 양은 마법학원끼리 벌이는 시합에 참가하신 적이 있나요? 네르네시아 양은 작년에 출장해서, 엑스라는 학생에게 졌다고 하셨는데요."

"아하, 매년마다 주기적으로 벌어지는 그 시합을 말하는 건가? 아니, 나는 그런 종류의 행사는 그냥 구경할 뿐이야. 참가한 적은 없어. 그랬군. 어디서 본 적이 있는 것 같은 얼굴이라고 생각했는데, 작년 대회에서 1학년인데도 크게 활약했다고 화제에 올랐던 것이 그대였던가?"

크리스티나 양은 새삼스레 네르의 얼굴을 바라보며 그제야 납득했다는 표정을 지었다.

"그런데, 왜 그런 얘기가 나온 거지? 혹시 드란이 금년 대회에 출장해야 한다는 얘기라도 나왔나?"

"아마 학원장님이나 덴젤 님이 드란 씨를 초빙한데는 그런 의도도 있었던 걸로 보여요. 사실은 오늘 오후 수업이 끝난 직후에 드 란 씨와 네르네시아 양이 모의 전투를 했거든요. 그러다가 가로아 4강이나 경마제에 관한 얘기가 나와서요."

크리스티나 양이 세리나의 설명을 듣고 두 눈을 크게 깜빡이면 서 놀라는 모습을 보였다.

어쩌다가 우연히 내비치는 사랑스러운 몸동작이, 평소엔 그저 어른스럽게만 보이는 이 여성이 아직 스무 살도 채 되지 않은 소 녀라는 새삼 사실을 인식하게끔 했다.

"그래? 사실은 나도 신경 쓰여서 관전하고 있었는데, 대체 어쩌 다가 4강에 관한 얘기로 비화된 건지?"

"드란 씨는, 다른 학원의 천재라고 불리는 학생들의 대항마로 불려왔다고 하더군요."

"과연, 네르네시아는 서쪽과 남쪽의 천재들에게 필적하는 실력 자라고 알려진 드란을 눈여겨본 거로군. 나 역시 개인적으로 네르 네시아의 심정도 충분히 이해는 간다만······."

소위 말하는 무인(武人)의 기질을 타고난 크리스티나 양은, 네르 에 대한 개인적인 이해를 표명했다.

"전투에 관해선 이 마법학원에서도 최고 수준인 네르를 상대로 벌인 모의 전투는, 굉장히 유익한 경험이었어. 그리고 모의 전투 를 하자고 제안했던 건 내 쪽이야. 네르는 흔쾌히 내 제의를 받아 들여준 은인이지."

"호오, 드란이 모의 전투를 제안한 거라고? 그대치고는 의외의 일을 벌였군. 하긴, 드란의 실력을 고려하자면 매사를 폭력으로 해결하려는 학생들을 상대하더라도 낭패를 볼 일은 없었겠지만……."

"4강인 크리스티나 양으로부터 그런 칭찬을 들으니 자신감이 생기는군. 거기다 세리나의 앞에서 벌인 일이었으니, 나도 약간 허세를 부려야만 했거든."

"이거야 참, 그대의 그런 구석은 예전과 변함이 없군. 하여간 이번 일은 꽤나 만만치 않았을 텐데, 수고했어. 그리고 앞으로도 같은 마법학원의 학생으로서 잘 부탁해. 드란, 세리나."

"나야말로, 잘 부탁해. 크리스티나「선배」."

내가 선배라는 두 글자를 강조해서 대답하자, 크리스티나 양은 낯간지러운지 쑥스러운 미소를 지었다.

파티마가 크리스티나 양의 미소를 바라보며 경악을 금치 못 하는 모습을 보였다. 네르 역시 무슨 기적이라도 목격한 듯한 눈빛으로 크리스티나 양을 뚫어지게 쳐다봤다.

"아으아, 크리스티나 선배가 웃는 모습을 처음으로 봐 버렸어. 네르, 혹시 나 꿈이라도 꾸고 있는 걸까?"

"아니, 그건 아니야. 틀림없이 현실."

"그, 그치, 네르?"

파티마와 네르의 입을 박차고 나온 말들을 듣고, 나는 마음속에서 고개를 가로저었다. 아무리 그래도 너무 호들갑스럽지 않나?

"크리스티나 양? 그저 미소를 보여주기만 했는데도 마치 환상종이라도 발견한 듯한 반응이 돌아오는데, 대체 지금까지 마법학원에서 어떻게 생활해온 거지?"

"아니, 나도 설마 웃기만 했는데도 이런 반응을 보일 줄은 몰랐어. 그러고 보니, 다른 학생들과 대화는 물론이고 이렇게 식사를 함께한 적도 없었던 것 같아. 하하하."

내가 곁눈질로 크리스티나 양의 얼굴을 들여다보자, 그녀는 지금까지 스스로가 얼마나 인간관계를 소홀히 해왔는지 돌이켜 보면서 참으로 어색한 미소를 짓고 얼버무렸다.

이 사람은 성격을 지금보다 약간만 더 적극적이고 활발하게 고치기만 해도, 항상 주위에 사람들이 모여들 텐데 말이야.

세리나가 어색한 웃음소리를 흘리는 크리스티나 양의 옆얼굴을 바라보면서 가만히 입을 열었다.

"크리스티나 양 같이 아름다운 분한테 그건 너무 아까운 것 같아요. 라미아 마을에도 예쁜 사람들은 잔뜩 있었지만, 저는 크리스티나 양만큼 대단한 미인은 본 적도 없거든요."

세리나가 감탄 섞인 한숨을 내쉬면서 말했다.

물거품과도 같이 녹아 사라진 세리나의 한숨에서, 같은 여성인 세리나조차 넋을 잃고 바라볼 수밖에 없는 크리스티나 양의 미모에 대한 감동이 느껴졌다.

"그, 그런가? 세리나 같은 미인한테 그런 얘기를 들으니 쑥스럽군."

크리스티나 양은 지금까지 본인의 미모를 높게 평가하는 소리 정도야 수천 번도 넘게 들었을 것이다. 하지만 스스로 마음을 허락한 세리나의 평가이기 때문에 비로소 순순히 받아들일 수 있었던 것이겠지. 기쁘면서도 창피하다는 듯이 그 시선은 테이블 위를 맴돌았다.

흠, 아무래도 크리스티나 양은 기본적으로 마음의 문을 굳게 걸어 잠그고 있는 만큼, 마음을 연 상대와 접할 때는 태도가 극단적으로 부드러워지는 경향이 있는 것 같다.

"자, 이제 나에 대한 건 됐으니까 모처럼 식당에서 준비해준 식사가 식기 전에 들자고."

크리스티나 양은 더 이상 세리나의 칭찬을 듣다가는 창피해서 견딜 수가 없었던 듯하다. 그녀는 거의 억지로 화제를 눈앞에 놓인 요리 접시로 전환했다.

"흠, 크리스티나 양을 더 이상 놀리기도 불쌍하군. 세리나, 이쯤 해두자."

"저는 딱히 놀리려고 꺼낸 말은 아닌데, 드란 씨가 그렇게 말씀하신다면야 그만하지요."

나와 세리나의 대화를 듣고, 크리스티나 양이 노골적으로 안도의 한숨을 내쉬었다.

그런 태도야말로 나로 하여금 놀리는 재미를 느끼게 하는 큰 요인 가운데 하나였지만, 아무래도 크리스티나 양은 자각이 없는 것 같다.

"흐아아, 크리스티나 선배는 드란이나 세리나 양과 사이가 좋으신가 봐요~."

파티마는 얼핏 보기엔 어디까지나 태평스러워 보였지만, 확실히 놀라긴 놀란 모양이다. 크리스티나 양은 파티마의 감상을 듣고 살짝 쓴웃음을 지어 보였다. 하긴 금방 그렇게 놀려댔으니 사이가 좋다는 말을 듣고 순순히 고개를 끄덕이기도 어색할 것이다.

"봄의 장기 휴학 기간 동안에 여러 모로 신세를 졌거든. 베른 마을 사람들은 친절하면서도 나에 대해 지나친 특별취급 같은 게 없었기에 평소부터 느끼는 부담감에서 잠시나마 벗어날 수 있었지."

"응, 알 것 같아. 크리스티나 선배는 마법학원에서도 항상 주목의 대상이니까."

"어쩔 수 없는 일이지만 나 나름대로 부담이 됐던 모양이야. 그러다 보니 드란이나 세리나처럼 소탈하게 대해주는 상대는 보석보다도 귀중하게 느껴지더군. 파티마와 네르네시아도 그런 식으로 대해준다면 굉장히 기쁠 것 같아."

"노, 노력할게요."

"응, 파티마와 함께 노력해야지."

"노력한다는 시점에서 뭔가 다른 것 같은 느낌도 들지만, 고마워."

우리는 주위의 학생들로부터 쏟아지는 호기심과 질투, 그리고 선망이 가득 담긴 시선을 받으면서 즐거운 식사 시간을 보냈다.

나와 세리나는 천천히 시간을 들여 저녁식사를 마치고, 고등부 남자기숙사의 창고였던 우리의 방으로 돌아갔다.

† † †

저와 드란 씨가 입학한 가로아 마법학원은, 학생들이나 교직원 여러분을 위한 대형 공중목욕탕을 보유하고 있습니다.

하지만 마법학원에서는 공중목욕탕을 이용할 수 있는 인원을 학생과 교직원으로 제한하고 있기 때문에, 저와 같은 사역마는 이용할 수가 없습니다.

애당초 이종족의 남성을 사로잡아 매혹시키는 힘을 지닌 라미아에게 남자기숙사에 거주할 수 있는 허가가 떨어진 것만 해도 전대미문의 결정인데다가, 드란 씨에게 폐를 끼치고 싶지도 않아서 목욕탕에 관해선 딱히 아무 말도 하지 않았습니다.

드란 씨와 함께 살았던 베른 마을이나 저희 고향에서 몸을 씻을 때는, 호수나 강에서 미역을 감거나 물에 적신 천으로 몸을 닦고 끝내는 경우가 많았기 때문에 지금도 특별히 불편하다고 느껴지지는 않습니다. 따뜻한 물을 방으로 가지고 와서 몸을 씻기만 해도 충분합니다. 어쩌면 그러다가, 실수로 드란 씨에게 제 알몸을 또 보이게 될지도? 그렇게 되면 또 우연히, 드란 씨를 유, 유혹해 버릴지도 모르지만요……. 우후후후후후.

아, 이러면 안 되지. 무심결에 그런 생각을 하다 보니 입에서 침이, 이러면 안 돼요. 드란 씨가 저를 파렴치한 애로 볼지도 몰라요. 에휴.

그런 고로, 저는 목욕탕이 꼭 필요하지는 않았답니다. 하지만 아무래도 드란 씨는 그렇지 않았던 것 같아요.

제가 목욕탕을 이용할 수 없다는 사실을 알게 된 드란 씨는 곧바로 관리인인 다나 아주머니나 직원 분들과 교섭을 시작하시더니, 며칠 동안 대화를 나눈 끝에 남자기숙사 뒤쪽의 부지 가운데 일부를 마음대로 사용해도 좋다는 허가를 받아내고 말았습니다.

드란 씨가 이런 상황에 처했을 때 보여주는 행동력은 그저 놀라울 뿐입니다. 놀랍게도 드란 씨는, 저를 위해서 전용 목욕탕을 직접 짓겠다고 주장하신 겁니다.

겨우 사역마 하나를 위해서 목욕탕을 새로 짓겠다는 허가가 참 잘도 내려왔다는 생각이 들었지만, 어쩌면 올리비에 님이나 덴젤 님께서 특별히 배려해주신 덕분인지도 모릅니다.

그나저나 드란 씨는 정말 너무나 믿음직스럽습니다. 아무래도 혼자 힘으로 목욕탕을 새로 만들 생각이신 것 같은데, 드란 씨는 대체 어떻게 하실 생각인 걸까요? 저를 위해서 해주시는 일이니, 저도 가능한 일이 있다면 돕고 싶어요!

저는 그런 식으로 잔뜩 기합을 넣고 무슨 심부름이라도 기꺼이 도맡아 할 생각이었지만, 결국 드란 씨의 손에 걸리고 보니 제 도움은 전혀 필요가 없었던 것 같습니다.

네르네시아 양 일행과 모의 전투를 끝낸 후, 저녁식사까지 해결하고 돌아온 드란 씨는 혼자서 방 밖으로 나갔습니다.

잠시 후, 저도 신경이 쓰여서 드란 씨를 따라갔습니다. 그런데 기숙사 뒤쪽의 부지 한 귀퉁이에, 어느샌가 처음 보는 단층집 한 채가 들어서 있던 것입니다.

어, 어느 사이에?! 어제까지만 해도 집짓는데 필요한 돌이나 나무는커녕 아무 것도 없었는데?

건물 앞에서, 드란 씨가 팔짱을 끼고 만듦새를 점검하고 있는 듯한 모습이 보였습니다.

"저기, 으에?!"

제가 너무나 놀란 나머지 김빠진 소리를 내고 있자, 제가 따라온 사실을 깨달은 드란 씨가 손짓으로 저를 불렀습니다.

"어, 누군가 했더니 세리나잖아? 마침 잘 됐군. 세리나를 위해서 목욕탕을 준비해 봤는데."

이 건물은 혹시, 드란 씨가 직접 만들어주신 걸까요? 하지만 대체 무슨 수로?

"저, 저를 위해서?"

"흠, 외관은 그다지 신경 쓸 필요 없겠지? 희망사항이 있다면 차차 손을 보기로 하고, 내부부터 확인해보자. 옷을 담을 바구니나 따뜻한 물을 길을 나무통, 입욕제 같은 건 따로 준비해야할 것 같아. 세리나, 일단 들어가자."

"아, 예."

저와 드란 씨는 무게가 거의 느껴지지 않는 하얀 돌문을 열고 석양을 받아 새빨갛게 물든 돌집, 아니 즉석 목욕탕 내부로 발길을 옮겼습니다.

들어가자마자 정면에 칸막이가 보였습니다. 이 칸막이를 좌우로 피해서 들어가면 탈의실인 것 같습니다.

그래도 들어가면서 안을 두리번거리며 둘러보고 있으려니, 드란 씨가 이 목욕탕에 대한 감상을 물어 왔습니다.

"아직 볼만한 것도 거의 없을 거야. 일단 옷을 갈아입는 데는 큰 문제가 없을 것 같은데, 어때?"

저는 마침 갈아입을 옷을 올려놓기 위한 구조로 보이는 4단 선반 같은 형태의 한쪽 벽과, 목욕이 끝난 후에 몸 정돈하기 위한 거울 등을 설치하는 받침대 같은 구조물 사이에서 우왕좌왕하고 있던 참이었습니다.

"예, 이 정도 넓이라면 제가 옷을 갈아입는데 아무 문제없을 거예요! 드란 씨, 빨리 다음으로 가보죠! 다음!"

드란 씨가 저를 위해서 손수 목욕탕을 지어주셨다는 사실, 특히 「저를 위해서」라는 부분에 저는 도저히 기쁨을 숨길 수 없었습니다. 저는 너무 가지고 싶어서 못 견딜 정도였던 장난감을 선물로 받은 어린아이처럼 신이 났습니다. 드란 씨는 흐뭇하다는 듯이 자상한 눈동자로 그런 저를 바라보셨지요.

아으으. 또 창피한 모습을 보이고 말았습니다. 하지만 정말로 기뻤으니 어쩔 수 없었어요.

"마지막은 욕조로군. 물론 세리나 용으로 넓게 만들었어. 실제로 들어가서 확인해주길 바래."

막다른 복도 끝의 미닫이문을 열고 들어가자, 아직 물을 받지 않은 빈 욕조가 눈에 들어왔습니다.

스르륵, 저는 살며시 소리를 내면서 거대한 뱀의 하반신을 욕조에 집어넣어봤습니다.

욕조에 단차는 없었고, 완만히 경사를 이루고 있을 뿐이었습니다.

저는 경사를 이용해서 순조롭게 욕조 안으로 들어갔습니다. 그리고 뱀의 하반신으로 똬리를 틀거나 양 옆으로 꾸불거리기도 하고, 똑바로 뻗어보기도 하면서 욕조를 확인했습니다.

"웅~~ 역시 드란 씨! 저를 아주 잘 이해하고 계세요. 딱 알맞게 쾌적해요!!"

"그건 참 듣던 중 반가운 얘기로군. 후후, 그럼 이제 슬슬 물을 받아보도록 할까? 마침 시간대도 목욕하기에 알맞은 저녁이야. 세리나, 일단 욕조에서 나와 갈아입을 옷을 가지고 오도록 해. 나는 그동안 목욕물을 준비하도록 하지."

"네에~."

저는 드란 씨에게 힘찬 목소리로 대답한 후, 갈아입을 옷과 몸을 닦기 위한 수건을 가지러 서둘러서 돌아갔습니다.

"드란 씨, 오래 기다리셨어요."

서둘러서 목욕탕으로 돌아와 보니, 드란 씨는 방금 전에 말씀하신 대로 욕조에 목욕물을 한 가득 받아놓고 있었습니다.

으~음, 대체 어디서 뜨거운 물을 구해오신 걸까요? 물론 대기 중에 존재하는 수분을 추출해서 마법으로 데울 수도 있겠지만, 그런 것치고는 너무 빠른 것 같은데?

"목욕물은 이미 준비가 끝났어. 마음껏 욕조에 들어갔다가 나오도록 해. 나올 때는 욕조 바닥에 있는 마개를 뽑아서 물을 빼는 걸 잊지 마."

"예."

제가 기운차게 대답을 하자, 드란 씨는 만족스러운 미소를 짓고 목욕탕에서 떠났습니다.

다음엔 함께 목욕하자고 말씀드려 볼까요? 아니, 그건 아니지. 아무리 그래도 그러기는 아직 이르기도 하고, 상스럽다고 생각하실 것 같아요.

지나치게 들뜨다가 생각이 너무 앞서간 것 같아요. 저는 살짝 뺨이 붉게 물든 것을 느끼면서, 옷을 벗기 시작했습니다.

드란 씨의 특제 목욕탕을 만끽한 후, 저는 스스로도 확실하게 느

껴질 만큼 얼굴에 한가득 미소를 띠고 방으로 돌아왔습니다. 으
~~음, 혼자서 넓은 목욕탕을 맘대로 쓰다니. 상상했던 것보다도
더 기분이 상쾌하네요.

저는 방으로 돌아와 양탄자 위에 앉아서 마른 수건으로 머리카
락의 물기를 꼼꼼하게 닦기 시작했습니다. 침대 위에 걸터앉아있
던 드란 씨가 저에게 말을 걸었습니다.

"공중목욕탕을 사용할 허가를 받지 못 해서 미안해, 세리나. 아
무리 1인용이라고는 하지만 조금 비좁지는 않았나? 고쳤으면 싶
은 데가 있다면, 거리낌 없이 말해주길 바래."

"아니요, 제가 만약 학원의 공중목욕탕을 이용하기라도 하면 여
러 가지로 문제가 생길 것 같으니까요……. 그리고 드란 씨가 저
를 위해서 멋진 목욕탕을 준비해 주셨으니까 괜찮아요! 그러니까
너무 신경 쓰지 마세요. 이참에 말씀드리는데, 드란 씨는 저를 너
무 과보호하시는 것 같아요. 신경 써주시는 건 감사하지만, 저는
드란 씨의 딸 같은 입장은 아니니까요. 드란 씨야말로 지금보다
저에게 스스럼없이 대해주셨으면 좋겠어요."

쿡쿡대며 웃는 저를 바라보며, 드란 씨가 「흐―음」이라고 살짝
난처한 듯이 입버릇을 내뱉었습니다. 최근 들어 저는, 드란 씨의
이 「흠」이라는 입버릇에도 상황에 따라서 여러 가지 억양이나 속
뜻이 있다는 사실을 깨달았습니다.

"세리나는 그렇게 느꼈단 말이지? 지금부터 세리나의 머리카락
을 빗어주고 싶은 참이었는데, 혹시 이것도 과보호에 들어가나?"

"예?! 어쩌면 그럴 지도 모르지만…… 부탁드려도 될까요?"

"그래도 괜찮다면 다행이야. 그럼 세리나, 이리 와."

드란 씨가 그렇게 말씀하시면서 침대를 두드렸습니다. 저는 침대에 등을 기댄 채, 드란 씨의 손에 머리카락을 맡기기로 했습니다.

후후, 여자가 머리카락을 만지게 한다는 건 꽤나 큰 의미가 있답니다. 알고 계시나요, 드란 씨?

제가 예전부터 애용하던 돼지 털로 만든 솔빗을 드란 씨에게 건네자, 드란 씨는 왼손으로 제 머리카락을 정성스럽게 걷어 올리면서 천천히 빗기 시작했습니다.

드란 씨는 베른 마을에서 어머님이나 아이리, 리샤 양이나 아이들의 머리카락을 빗는 일이 많았다고 하십니다. 그러다 보니 머리를 빗는 솜씨가 굉장히 능숙합니다. 하으, 기분이 너무 좋아요.

저와 드란 씨는 서로 특별히 말을 나누지는 않았지만, 그 시간은 정말로 너무나 평화롭고도 다정했습니다.

"드란 씨."

제가 이름을 부르자, 드란 씨는 머리카락을 빗던 손을 멈췄습니다.

"응?"

"저는 드란 씨를 따라오기로 한 결정을 전혀 후회하지 않아요. 드란 씨가 저를 소중히 여기고 계신 것도 알고 있고, 저를 위해서 화내거나 슬퍼하시는 것도 아니까요. 그러니까……."

저는 무슨 일이 있어도 지금 꼭 이 말만은 하고 싶어서 드란 씨 쪽으로 고개를 돌리며 말을 이어나가려고 했습니다. 드란 씨도 손에 들고 있던 솔빗을 내려놓으시더니, 저 어깨에 양손을 두고 지그시 저를 마주보셨습니다.

드란 씨가 그 파란 눈동자로 저를 바라보시면, 저는 가슴 안쪽이 조여들어 와서 그만 말문이 막히고 맙니다.

마치 마음을 전혀 숨기지 못 하고 발가벗은 채로 서 있는 것 같은 착각이 들었지만, 저는 그조차 바라고 있는지도 모릅니다.

"나와 세리나는 언제까지나 서로 감사와 사죄를 되풀이하는 관계로군. 세리나, 그 이상은 더 말할 필요도 없어. 굳이 입 밖으로 꺼내지 않더라도 우리는 서로 이해하고 있으니까."

"후후, 그, 그렇네요. 드란 씨와 만난 지 아직 반년도 지나지 않았는데 참 이상해요. 혹시 사역마 계약을 해서 이런 건 아니겠지요?"

"아니, 사역마 계약을 하지 않았어도 마찬가지였을 거야."

드란 씨는 그렇게 말씀하시더니, 제 머리 위에 손을 올려놓고 조그마한 어린아이를 달래듯이 쓰다듬기 시작했습니다.

하으아, 이건, 이건 위험해요. 예전에 드란 씨가 야옹이를 다루듯이 턱 밑을 쓰다듬었을 때처럼, 몸에서 힘이 빠져요. 마치 뼈가 녹아버린 것 같아요.

"흠? 엔테의 숲에서도 이랬는데, 세리나는 혹시 쓰다듬는 걸 좋아하나?"

"하으으, 그건 드란 씨의 손이라서 그런 거라고요~."

제가 혀가 잘 돌아가지 않는데도 간신히 대답하자, 드란 씨는 한층 신이 나서 머리를 쓰다듬었습니다. 이건 저를 완전히 멍멍이 취급하고 계신 거죠?

난 사실 라미안데. 굳이 따지고 들어가자면 뱀 쪽에 가까운데, 하지만, 아아, 하지만 드란 씨의 손이 너무 기분 좋아요. 미안해요

아빠, 엄마. 세리나는, 지금만큼은—.

"머, 멍!"

—멍멍이가 될게요멍!

"어라, 요전엔 고양이였는데 오늘은 개가 됐나? 평소의 세리나도 귀엽지만, 이런 세리나도 정말 귀엽군."

"끼잉~."

지금의 저는 라미아가 아니라 주인님을 너무나 좋아하는 멍멍이랍니다.

저는 꼬리 끝을 마구 흔들면서 주인님을 졸랐습니다.

드란 주인님, 마음껏 쓰다듬어 주세요멍!

드란 씨의 손이 제 머리에서 떨어진 순간, 저는 몸 안에서 마치 분화라도 일어난 듯이 온몸이 달아오르고 머리에서 김이 오를 정도로 부끄러웠습니다.

아아아아, 세상이 어떻게 이런 일이, 그런 부끄러운 말을 입에 담다니! 창피해————!!

난 바보야, 진짜 바보! 멍청이!

하지만 말이죠? 그건 전부 다 드란 씨의 손이 나쁜 거랍니다. 저를 이상하게 만드는 마성의 손이라고요.

방금 전 드란 씨 같이 부드럽게 쓰다듬으면, 누구든지 야옹이나 멍멍이처럼 되고 말 걸요? 하지만 드란 씨가 나 말고 다른 사람을 쓰다듬는 건 싫습니다. 으으, 전 참 제멋대로인 것 같아요.

드란 씨는 작게 비명을 지르면서 양탄자 위를 나뒹구는 저를 웃는 얼굴로 지켜보면서도 창밖의 상황을 확인하는 일도 잊지 않았습니다. 아무래도 시간이 신경 쓰이시는 것 같습니다.

"흠, 세리나. 슬슬 밤도 깊어왔어. 섭섭하지만 서도 슬슬 잠을 청하지 않으면, 미용과 건강에 좋지 않을 거야."

"어? 아, 죄송해요. 아니 저기, 그리고 말인데요? 아까 일은 잊어주셨으면 좋겠는데, 사실 기억에서 완전히 지워주시면 굉장히 감사할 것 같은……."

"알겠어. 내가 잊고 싶어도 절대로 잊을 수가 없도록 기억의 보물 상자 속에 고이 모셔두도록 하지. 멍."

"으에에에━━━?"

"하하, 별 상관없잖아? 나는 사랑스러운 세리나의 모습을 볼 수 있었으니 만족했고, 세리나도 머리를 쓰다듬는 게 만족스러웠던 모양이니 정말 서로에게 그저 좋은 일들뿐이야."

드란 씨도 참, 이럴 때는 조금 짓궂은 것 같아요.

"아, 잊을 뻔했는데 세리나는 아침에 잘 못 일어나는 편이었지? 내일 아침도 목욕탕을 준비해 놓을 테니, 들어갔다 나와서 아침을 먹으러 가자."

"그래도 될까요?!"

"되고말고. 목욕물을 준비하는데 대단한 시간이나 노력이 필요하지는 않거든. 다만 아침엔 식당도 붐비는 편이니까, 목욕에 지나치게 긴 시간을 쓰다가는 음식이 안 남을지도 몰라."

"조, 조심할게요."

으으~음. 라미아의 아침 목욕은 자고 일어난 후엔 어쩔 수 없이 동작이 굼떠지는 하반신을 풀어주는 의미가 있다 보니 드란 씨를 매번 기다리게 할지도 모릅니다. 그래도 아침부터 따뜻한 물로 목욕을 할 수 있다는 건 무척 고마운 일이죠.

"드란 씨, 그렇다면 오늘은 빨리 자는 게 좋겠네요. 내일도 일찍 일어나야 하니까요!"

이왕 자는 김에, 방금 일어났던 멍멍이 흉내 사건도 곧장 잊어주세요. 방금 일은 어디까지나 하룻밤의 실수, 별거 아닌 악몽이었던 걸로 하자고요. 그래야 되고말고요.

"그렇게 서둘러 잠을 청할 필요도 없지 않나? 후후, 뭐 상관없지. 잘 자, 세리나."

"예, 안녕히 주무세요. 드란 씨."

드란 씨가 미량의 마력을 사용해서 광정석(光精石) 램프의 조명을 껐습니다.

그러자 창문에 커튼을 친 이 방에는, 달빛은 물론 희미한 별빛조차 들어오지 않았습니다. 짙은 어둠이 꿈나라로 떠날 시간을 알려왔습니다.

저는 양탄자 위에 쌓아놓은 모포의 산더미 속으로 파고들어갔고, 드란 씨는 부드러운 침대에 누워 모포를 덮고 잠을 청했습니다.

저도 잠을 자기 위해 잠시 동안 두 눈을 감고 있었지만, 그러던 와중에 하나의 사실을 깨닫고 두 눈을 떠지고 말았습니다.

저는 도저히 마음이 가라앉지 않아서, 급기야 커다란 뱀의 하반신이 꿈틀거리기 시작했습니다. 이 방에서 드란 씨와 함께 먹고 잔지도 며칠이나 지났는데, 어째서 이제 와서 깨달은 걸까요? 목욕탕에 들어가서 몸을 깨끗이 씻고 나와서? 드란 씨가 어려운 상황을 해결해주셔서 안심한 걸까? 아니면 양쪽 다일까요?

드란 씨도 제가 부자연스럽게 두리번거리기 시작했다는 사실을 눈치챈 것 같습니다. 드란 씨가 저에게 고개를 돌리면서 말씀하셨습니다.

"흠, 세리나? 무슨 일이지? 잠이 안 오나?"

"어, 저기요. 새삼스러운 얘기긴 한데, 정말로 새삼스러운 얘긴데⋯⋯."

"새삼스럽다니?"

어떡하지, 솔직히 말한다고 싫어하진 않으실 거죠? 으으⋯⋯.

"저기, 그러니까, 지금 이 방에 저하고 드란 씨 단 둘이구나 싶어서요. 실제로 이렇게 단 둘이 되고 보니 간신히 깨달았다고 해야 할지, 깨달을 수밖에 없었다고 해야 할지 모르겠지만요."

아아, 말해 버렸다. 기어코 말해 버리고 말았어요. 드란 씨는 과연 어떻게 반응할까요? 심장이 입 밖으로 튀어나올 것 같아요.

"흠, 흠. 같은 방 안에 한창때의 남녀가 단 둘이라. 과연, 그럴 듯한데? 이제 와서 새삼스럽지만 세리나가 긴장하는 것도 이해는 가."

"아으으, 저, 저도 상스럽다는 생각은 들지만요. 일단 한 번 깨닫고 나니 머리에서 떠나질 않아서, 어떡하면 좋죠?"

바야흐로 머릿속에서 온갖 말들이 빙글빙글 돌기 시작하더니, 저는 스스로도 무슨 말을 하고 싶은 건지는 물론이고 뭘 어떻게 하고 싶은 건지도 잘 모르겠습니다.

"어디 보자, 세리나는 정말로 내가 그러기를 바라나?"

드란 씨는 구, 구체적으로 뭘 어떻게 하겠다는 말을 입에 담지는 않았습니다. 저 말인가요? 그러니까 저는 말이죠, 굳이 말로 표현하자면 이래요. 예.

"예에?! 저기, 그러니까 저는 말이죠. 개인적으로 그런 일은 제대로 연인이 된 다음에 부부의 연을 맺는 식으로 제대로 절차를 밟아야 한다고 생각은 하지만요……. 그래도 서로를 사랑하는 마음만 있다면, 꼭 그때까지 기다릴 필요도 없지 않을까 싶어요."

"흠, 흠. 과연, 세리나의 생각은 잘 알았어. ……그렇다면 내가 해야 할 일은 뭘까?"

아아아아? 드란 씨, 드란 씨! 왜 그렇게 의미심장하게 말씀하시는 건데요?

아으, 아아. 아빠, 엄마. 세리나는, 세리나는 드디어 오늘! 어른이 될지도 몰라요!

꺄―, 어떻게 하죠? 애, 애, 애들은 몇 명 정도 낳으면 될까요?!

"세리나."

드란 씨가 부드럽게, 그야말로 한없이 부드럽게 제 이름을 불렀습니다. 아으으, 하으웃.

"예, 엡?!"

"후후후, 긴장이 너무 심한데다가 지나치게 생각이 많아. 안심해. 내가 그런 일을 세리나에게 바랄 때는, 반드시 사전에 말할 테니까."

"엥? 저기, 예에~~?"

아으, 저는 스스로도 확실하게 느낌이 올 정도로 실망과 낙담이 담긴 볼멘소리를 내고 말았습니다. 아으─, 이건 또 이거대로 드란 씨에게 조심성 없는 여자애라는 인상을 줄 것 같아요. 으으, 어떡하죠?

하지만 저도 할 말이 있어요, 드란 씨. 이 상황에서 그런 말씀은 너무 모질면서도 창피하단 말이에요. 이게 바로 뱀을 말려 죽인다는 건가요? 아, 지금 떠올린 표현이 정말 딱이라는 생각이 드네요. 아하하…… 에휴.

"세리나는 내 생각보다 그런 쪽에 호기심이 많은 아이였나 보군."

"아, 아니거든요? 그렇지 않아요. 아니지 않지만, 일단은 안 그렇다고요!"

어, 어, 어, 어, 어떡하지? 아니지만 아니지 않아요! 응? 어라? 아니지 않지만 아니었나?

어, 어쨌든 드란 씨의 오해를 풀어야 해!

"세리나가 그렇게 말하니 일단 믿도록 하지."

"이, 일단이 아니라 믿어주세요!"

"하하하, 최선을 다해서 믿도록 노력해볼게. 아니, 그건 그렇고 이제 정말로 자질 않으면 내일 아침에 심하게 졸릴 거야. 어쨌든 잘 자, 세리나."

"아…… 으윽, 정말로 잠들었어. 드란 씨하고 단 둘인데, 어쩔 수 없잖아요. 약간 정도는 기대하는 게 당연하지 않나요? ……안녕히 주무세요, 드란 씨."

흑흑흑. 아빠, 엄마. 세리나가 어른이 되려면 갈 길이 아직도 먼 것 같아요. 드란 씨가 저를 소중히 여기고 계신 거는 틀림없겠지만, 여자로서는 대체 어떻게 보고 계신 걸까요?

† † †

드란이 세리나를 위해 남자기숙사 뒤쪽에 즉석 목욕탕을 건설한 뒤로 며칠이 지났다.

첨벙, 새하얀 김이 자욱이 낀 목욕탕 안에 물소리 하나가 울려 퍼졌다.

초록빛 비늘로 덮여있는 거대한 뱀의 꼬리가 물에 잠기면서 커다란 파문을 일으켰다.

반인반사(半人半蛇)의 마물인 라미아가 따뜻한 목욕물에 몸을 담그고 있었다.

꼬리 끝부터 시작해서 허벅지 뒷부분까지 짙은 초록빛 비늘로 뒤덮여 있고, 허벅지부터 윗부분은 젊고 싱싱한 소녀의 몸이다. 대담하게 느껴질 만큼 잘록한 허리와 수줍게 패인 예쁜 배꼽이 인상적이다. 거기서 시선을 더 위로 돌리다 보면 젖가슴 윗부분이 마치 작은 섬처럼 두둥실 떠올라 수면 위에 그 존재감을 내비치고 있었다.

풍성한 금발을 부드러운 수건 한 장으로 묶고 있었지만, 그럼에도 불구하고 살짝 삐져나온 귀밑머리가 물에 젖어 하얀 피부에 달라붙은 모습이 소녀의 아름다움을 한층 돋보이게 했다.

여러 종류의 꽃들로부터 그 진수를 끌어 모아 만들어낸 호화로운 입욕제가 자아내는 향기와 온몸을 구석구석까지 덮혀주는 목욕물에 몸을 담근 채, 라미아 소녀— 세리나는 이보다 더할 수 없는 행복감을 느끼며 황홀한 표정을 짓고 있었다.

드란이 하룻밤 사이에 건설한 즉석 목욕탕에서 아침부터 목욕을 즐기며, 타고난 변온성(變溫性) 때문에 동작이 둔해지기 십상인 뱀의 하반신을 따뜻하게 데워주고 있는 것이다.

호박색 수면에 새로운 파문이 일어났다. 이 날의 아침 목욕탕에는 세리나 이외에도, 두 사람의 손님이 찾아온 상태였다.

드란의 동급생인 파티마와 네르네시아가, 세리나와 함께 아침 목욕을 즐기고 있던 것이다.

파티마와 네르네시아는 대리석 욕조 안에서 세리나의 양 옆으로 앉아, 어깨까지 목욕물에 담근 채로 느긋한 시간을 보내고 있었다.

파티마는 욕조의 가장자리에 머리를 기대고, 세리나와 막상막하로 보일 만큼 축 늘어진 표정을 짓고 있었다. 자그마한 몸은 머리 꼭대기부터 발가락 끝에 이르기까지 핑크빛으로 물들어 있었다.

무심코 발육부진을 의심할 만큼, 파티마의 육체는 실제 연령에 비해 발달이 부족해 보였다.

허리의 곡선은 거의 직선이나 다름이 없고, 가슴도 거의 있으나마나한 정도였다. 세리나의 가슴을 구름이 낀 태산으로 빗대자면, 파티마의 미성숙한 가슴은 평탄하기 그지없는 평야였다.

세리나와 파티마가 그대로 목욕물과 섞여 녹아버릴 듯한 표정을 짓고 있는데 비해, 네르네시아는 지그시 두 눈을 감고 미동조차 하지 않았다.

그러나 평소부터 온몸에서 풍기는 냉랭한 분위기가 어느 정도

누그러져 있다는 것은 확실했다. 함께 목욕물에 몸을 담그고 있는 상대가 최고의 절친인 파티마와 신뢰하는 세리나라는 사실이, 네르네시아가 긴장을 풀 수 있는 아늑한 환경을 조성하고 있었다.

안 그래도 동년배의 여학생들보다 날씬하고 키가 큰 네르네시아의 나신은, 하루도 거르지 않는 단련으로 인해 날렵한 몸매를 자랑하면서도 가냘픈 인상은 없었다. 기미나 주근깨라곤 전혀 보이지 않는 피부는 생기가 넘쳤다. 덧붙여 곧은 자세가 무척이나 아름다웠다.

느긋한 시간이 흘러가던 와중에 파티마가 옆 자리의 세리나에게 고개를 돌리며 말을 걸었다.

"아침부터 목욕하니까 정말 기분 좋다~. 우리도 쓰게 해줘서 고마워, 세리."

세리는 파티마가 붙인 세리나의 애칭이다. 파티마는 친해진 동성 친구에게 애칭을 붙이곤 했다.

"아니에요. 저야말로 입욕제나 깔개뿐만 아니라 커다란 거울까지 준비해주신데 대해서 감사드려야 하는 걸요. 원래 드란 씨와 함께 사러 갈 예정이었는데, 수고를 크게 덜었답니다."

바로 지금 세리나 일행이 몸을 담그고 있는 목욕물에 풀어놓은 입욕제나 탈의실에 준비된 옷을 넣기 위한 바구니부터 시작해서 바닥이 젖지 않도록 깔아놓은 깔개나 양탄자, 세면대에 설치한 거울이나 빗에 이르기까지 전부 파티마와 네르네시아가 제공한 물품들이다.

"신경 쓰지 마. 우리도 여기를 빌려 쓰는 입장이니까."

네르네시아가 파티마를 거들었다. 드란이 세리나를 위해서 즉석 목욕탕을 새로 지었다는 이야기는, 다음 날 아침에 수업이 시작되자마자 이 들쭉날쭉한 친구들에게도 전해졌다.

파티마와 네르네시아는 세리나와 달리, 여학생용 공중목욕탕을 이용 가능한 마법학원의 학생 신분이다. 그러나 마법학원에서는 공중목욕탕의 운영 시간을 저녁부터 야간까지로 제안하고 있기 때문에, 그 이외의 시각에 몸을 씻으려면 돈을 지불하고 학원 외부의 목욕탕 시설을 이용해야 한다.

그러한 관점에서 보자면, 드란의 즉석 목욕탕은 일단 요금이 필요 없다는 것부터가 큰 장점이었다. 뿐만 아니라 사적인 도구를 반입하거나 내부 장식을 취향대로 변경할 수도 있기 때문에, 파티마와 네르네시아는 이 목욕탕의 존재가 그저 고마웠다.

매일 같이 단련하면서 땀을 많이 흘리는 네르네시아는 물론이거니와, 전공인 마법도구 작성 수업에서 옷이나 피부에 때가 타는 경우가 있는 파티마도 언제든지 마음껏 몸을 씻을 수 있는 이 목욕탕은 최고의 편의시설이었다. 두 사람은 곧바로 드란에게 부탁해서 이 목욕탕을 사용해도 좋다는 허락을 받았다.

"후후, 그렇다면 피차일반이네요. 그건 그렇고 두 사람은 저하고 함께 목욕탕에 들어오시는 게, 저기, 불쾌하진 않으세요? 말씀만 해주시면 저는 시간이 겹치지 않도록 따로 들어올게요. 보시다시피 이런 몸이니까요."

세리나는 왼손으로 허벅지 가운데 부분부터 밑의 거대한 뱀의 몸통에 난 비늘을 쓰다듬었다.

세리나는 서로 사랑해 마지않아 부부의 연을 맺은 부모님 슬하에서 자랐기 때문에, 스스로가 라미아라는 사실에 대한 혐오감이나 열등감은 전혀 없었다. 그럼에도 불구하고 주로 인간종으로 이루어진 집단의 한 가운데에서 생활하다 보면, 자신의 신체적 특징이 혐오감이 담긴 시선을 모으기 십상이라는 현실을 어쩔 수 없이 이해하게 됐다.

　그렇기 때문에, 세리나는 파티마와 네르네시아에게 그 질문을 던질 수밖에 없었다. 라미아인 자신과 어깨를 나란히 하고 목욕물에 몸을 담그는데 망설임은 없느냐고 말이다.

　"응~, 그런가~? 지금까지 라미아를 직접 본 적이 없다 보니 세리와 처음으로 만났을 때는 깜짝 놀라긴 했어. 하지만 뱀 같은 신체적 특징을 지닌 걸로 따지자면, 예전부터 수인족 학생들 중에도 그런 애들이 없진 않았단 말이지? 그리고 세리가 착한 아이라는 건 금방 알았는걸. 드란도 입에 침이 마를 정도로 세리를 칭찬하면서, 사이좋게 지내달라고 애들한테 말하고 다녀. 같은 반 친구가 그만큼 소중하게 여기는 상대를 무서워할 필요는 없다고 생각해. 그리고 나, 뱀 같은 건 전혀 안 무서워하거든~."

　네르네시아도 바로 동의를 표했다.

　"실제로 세리나와 대화를 나누고 스스로 생각해 본 결과, 나도 파티마와 마찬가지로 뱀의 모습에 혐오감을 느끼지 않아."

　세리나는 두 사람의 대답을 듣고, 정말로 기쁜 듯이 미소를 지었다. 마치 피어난 꽃처럼 온화한 미소였다.

　드르륵, 세리나의 미소보다 살짝 뒤늦게 목욕탕과 탈의실을 잇

는 미닫이문이 경쾌한 소리를 내면서 열렸다. 그리고 목욕탕을 이용하는 새로운 손님이 모습을 드러냈다.

파티마와 네르네시아에 이어, 즉석 목욕탕을 이용하는 네 번째 사람―.

바로 크리스티나였다.

실오라기 하나 걸치지 않은 알몸으로, 사이좋게 어깨를 나란히 하고 욕조에 몸을 담그고 있는 세 사람을 바라보며 흐뭇한 듯이 미소를 지었다.

"좋은 아침이야, 세 사람. 이른 아침부터 사이가 좋아 보이는군."

세리나 일행이 이구동성으로 「안녕하세요」라고 대답하자, 크리스티나도 「음」이라고 응수하며 고개를 끄덕였다.

크리스티나는 목욕탕에 놓인 의자 가운데 하나에 걸터앉아, 나무통을 들고 목욕물을 떠 올렸다. 그리고 직접 가지고 온 비누와 목욕수건으로 머리카락과 몸을 닦기 시작했다.

세리나 일행 세 사람은 크리스티나의 행동 일거수일투족을, 입을 꾹 다문 채로 하나라도 놓칠 세라 뚫어지게 쳐다보기 시작했다. 아니, 보다 정확하게 말하자면 그녀들은 크리스티나의 찬란하게 빛나는 알몸에 넋을 잃고 있었다는 것이 맞을 것이다.

신뢰하는 세 사람의 앞이라서 그런지, 크리스티나는 당장 콧노래를 흥얼거리기 시작해도 이상하지 않을 것 같은 미소를 짓고 있었다.

평소에 그녀가 주위를 향해 발산하는 거절의 아우라와 고고한 태도는 온데간데없었다. 세 사람은 완전히 방심한 상태의 크리스티나라는, 일종의 희귀생물에 가까운 존재를 목격하고 있었다.

세 사람의 시선을 집중시킨 가장 큰 요소는 역시 크리스티나 본인의 미모 그 자체였다.

같은 종족이자 같은 여성인 네르네시아나 파티마는 물론, 이종족을 매료하는 힘을 지닌 라미아도 예외일 수가 없었다. 그녀들은 크리스티나의 일거수일투족에 마음을 빼앗겨 넋을 잃고 크리스티나의 알몸을 바라보고 있다.

"흠~ 흠~ 흠~."

한편 당사자인 크리스티나 본인은, 기어코 콧노래까지 흥얼거리기 시작했다. 그 경쾌한 리듬은 오랜 옛날부터 민중들 사이에서 유행하면서 전해져 내려오는 민요였다. 일반적인 귀족 자녀가 들을 기회 자체가 거의 없는 서민적인 노래였다.

"세리나, 이제 마법학원에 다니는 건 익숙해졌나?"

크리스티나가 갑작스럽게 질문을 던졌다. 세리나는 그제야 퍼뜩 고개를 들더니, 크리스티나가 자신을 바라보고 있다는 사실을 깨닫고 뺨을 붉게 물들였다.

"하으, 예. 아직 적응하지 못한 일들도 많지만, 드란 씨가 도와주시기도 하고 파티마나 네르네시아 양도 상냥하니까요. 물론 크리스티나 양도 마찬가지고요. 다른 학생 여러분과 상대할 때는, 아직도 어느 정도 거리가 느껴지지만요."

"그래, 그렇단 말이지? 세상을 살다 보면 타인과 친해지기가 간단할 때도 있고, 반대로 굉장히 어려울 때도 있기 마련이야. 다행히 세리나는 혼자가 아니야. 드란이야 굳이 말할 것도 없고, 나도 최대한 세리나를 도울 생각이거든. 곤란한 일이 생기면 무슨 일이든지 상담하도록 해."

진지한 목소리로 대답하는 크리스티나의 분위기로부터, 세리나에 대한 호감이나 우애가 틀림없는 진짜라는 사실을 알 수 있었다. 적어도 크리스티나의 마음속에서, 세리나가 일반적인 친구보다 훨씬 높은 위치를 차지하고 있다는 것만큼은 틀림없다.

"세리는 크리스티나 선배하고 진짜 친하구나~. 하지만 크리스티나 선배는 그냥 인기인이 아니라 너무 굉장히 엄청나게 인기가 많다 보니 난 오히려 세리가 걱정이야~."

"그렇게 따지면 드란도 똑같은 입장이야. 이대로 가면 머지않아 지나가던 애한테 칼로 찔리는 것 정도는 각오해야할 거야."

파티마의 표정은 정말로 걱정스러운 듯이 보였고, 네르네시아는 곰곰이 생각하다가 내린 결론을 차분한 목소리로 중얼거렸다. 세리나는 같은 일에 대한 두 사람의 개성적인 반응을 보고 쓴웃음을 지을 수밖에 없었다.

그러고 보니 최근 들어, 크리스티나와 친밀하게 대화를 나누는 드란을 심상치 않은 눈초리로 응시하는 학생들의 모습이 눈에 띄었다.

하지만 세리나는 드란을 믿고 있었다. 아마 100번을 찔려도 상처 하나 나지 않을 것 같고, 독이 든 음식을 먹는다고 해도 태연한 얼굴로 남김없이 먹어치울 것 같은 느낌이 들었다. 따라서 그다지 걱정은 하지 않았지만 서도, 그런 일들이 세리나 본인의 정신건강에 그다지 좋지 않은 것은 확실했다.

"그러고 보니 세리와 드란은 사무국에서 알선하는 의뢰는 받고 있어~?"

마법학원은 마법 길드나 모험가 길드와 제휴를 맺고, 학생들 수준으로도 접수 가능한 내용의 의뢰를 학생들 상대로 발주하고 있었다.

마법학원에서 알선하는 의뢰들의 종류는 각양각색이었다. 교사들의 업무에 심부름으로 참가하거나 간단한 마법약을 조합하는 일부터 시작해서, 특별한 재료를 조달하는 임무나 후배들의 숙제를 돕는 가정교사와 같은 일까지 존재했다.

마법학원의 의뢰는 학생들로 하여금 실질적인 경험을 쌓게 할 뿐만 아니라, 금전적으로 지원하는 것까지 겸해서 이루어지고 있는 수업의 일환이다. 때때로 수업 학점으로 가산되는 의뢰도 찾아볼 수 있을 정도였고, 이 제도를 이용하는 학생들의 수는 결코 적지 않았다.

"이제 슬슬 의뢰를 받아보자는 얘기는 드란 씨하고도 하고 있어요. 수업 일정을 고려해 보면 너무 멀리 나갈 수도 없으니, 일단 가로아 안에서 해결할 수 있는 일을 주로 받아보려고 해요."

"헤에~ 글쿠나~. 가끔 요마나 맹수를 퇴치하는 위험한 의뢰도 섞여 있으니까, 내용은 꼭 확인해야 돼~."

"파티마는 마법도구를 작성하는 쪽이 전문이라면서요? 그런 종류의 의뢰를 접수하고 있는 건가요?"

"응! 지금은 말인데~, 생일선물이 필요하다는 의뢰가 들어와서 바로 그 선물을 만들고 있는 참이야~. 이제 곧 결과물을 납품하러 갈

거야. 나는 괜찮다고 하는데도, 네르도 참, 위험하니까 꼭 따라가겠다고 고집을 부리는 거야. 날 너무 어린애 취급하는 거 아냐~?"

왕국 북부의 대도시인 가로아 근방은 치안이 좋기로 유명한 지역이지만, 나이 어린 소녀가 도시 외부를 나돌아 다니기에는 위험하다. 하물며 파티마는 전투 마법의 수업을 이수하지 않는데다가, 성격도 전투에 적합하지 않은 평화주의자였다.

네르네시아가 걱정해서 그녀를 따라가겠다고 제안한 건 지극히 당연한 반응이다. 네르네시아가 함께한다면, 퇴역 군인들이 조직한 도적떼 정도는 10명이건 20명이건 100명이건 전부 다 얼려 죽일 수 있을 것이다.

"파티마는 스스로를 객관적으로 평가하지 못하는 것 같아."

"또 그런다~. 네르는 우리 언니도 아니고 어머님도 아니잖아~?"

파티마는 최대한 항의해 보려고 노력했지만, 네르네시아는 그런 그녀를 한 번 힐끗 쳐다보기만 하고 더 이상 말을 섞을 생각이 없어 보였다. 세리나는 사실 네르네시아와 완전히 의견이 일치했기 때문에, 애당초 파티마를 거들 생각이 없었다. 따라서 세리나가 할 수 있는 일이라고 해봐야, 그저 이야기의 방향만이라도 전환시키기 위해 노력하는 것뿐이었다.

"그런데 그 생일선물은 어디로 배달하는 건가요? 아마 지나치게 먼 곳은 아닐 텐데."

"응~, 프로지아라는 꽃의 재배로 유명한 프라우파 마을이야. 가로아에서 아침 일찍 마차를 타고 출발하면 점심시간 전엔 돌아올 수 있을 거야."

"마을 부근을 흐르는 강의 영향 때문에 짙은 안개가 자주 생기는 걸로 유명해. 하얀 장막의 마을이라고 불리기도 하지."

"하얀 장막의 마을이라고요? 신비한 느낌이 드네요. 굉장히 아름다운 곳일 것 같아요."

세리나는 마음속으로 「드란 씨와 함께 가고 싶을지도」라고 중얼거렸다.

이때만 해도 작고 사랑스러운 파티마의 몸에 일어날 재앙의 그림자를, 그 누구도 예상조차 하지 못 했다.

잘 가거라 용생, 어서 와라 인생 3

1판 1쇄 발행 2018년 2월 10일
1판 2쇄 발행 2019년 3월 8일

지은이_ Hiroaki Nagashima
일러스트_ Kisuke Ichimaru
옮긴이_ 정금택

발행인_ 신현호
편집국장_ 김은주
편집진행_ 최은진 · 김기준 · 김승신 · 원현선 · 권세라
편집디자인_ 양우연
국제업무_ 정아라
관리 · 영업_ 김민원 · 조인희

펴낸곳_ (주)디앤씨미디어
등록_ 2002년 4월 25일 제20-260호
주소_ 서울시 구로구 디지털로 26길 111 JnK디지털타워 503호
전화_ 02-333-2513(대표)
팩시밀리_ 02-333-2514
이메일_ lnovelpiya@naver.com
ㄴ노벨 공식 카페_ http://cafe.naver.com/lnovel11

SAYOUNARA RYUUSEI, KONNICHIWA JINSEI 3
Copyright ⓒ Hiroaki Nagashima 2015
Cover & Inside illustration Kisuke Ichimaru 2015
Cover & Inside Original design ansyyqdesign 2015
Korean translation rights arranged with AlphaPolis Co., Ltd.
through Japan UNI Agency, Inc., Tokyo and Korea Copyright Center,Inc.,Seoul

ISBN 979-11-278-4378-6 04830
ISBN 979-11-278-4192-8 (세트)

값 9,000원

검사를 목표로 입학했는데
마법 적성 9999라고요?! 1권

넨쥬무기챠타로 지음 | 리이츄 일러스트 | 김보미 옮김

「하지만 전 전사학과에서 검객이 되고 싶어요!」
일류 검사를 꿈꾸는 소녀 로라는 불과 아홉 살에 모험가 학교에 합격.
「검사 친구가 많이 생겼으면 좋겠다는 기대에 부푼다.
그리고 다가온 입학식 날. 로라는 검 적성치 측정에서 경이로운 107점을 기록.
보통의 학생은 50~60이기에 로라는 틀림없이 검 천재다.
그런데 하는 김에 마법 적성치도 측정한 결과…… 무려 『전 속성 9999』!!
전대미문의 압도적 수치에 학교 전체가 들썩. 마법학과로 즉시 전과 결정♪
검객이 되고 싶은 바람과는 반대로 로라는 천재 마법사로 쑥쑥 커가고
순식간에 마법학과의 어느 선생님보다도 강해지는데…….
인기 폭발 학원 판타지!!

©Sui Tomoto/「理想鄉」Project/OVERLAP
Illustration Tetsu Kurosawa

세이버즈=가든

토모토 스이 지음 | 우미시마 센본 캐릭터 원안 | 쿠로사와 테츠 일러스트 | 요시무라 마사토 콘셉트 디자인 | 송재희 옮김

검도에 열심인 소년 텐조 키즈나는 어느 날 사범인 조부에게서
선조 대대로 물려 내려왔다는 검 모양의 액세서리를 받는다.
그로부터 며칠 뒤, 머릿속에 자신의 이름을 부르는 목소리가 들리고—.
목소리에 이끌려 도장 뒤편의 거목을 만진 순간,
액세서리가 진동하더니 키즈나의 시야는 화이트아웃.
정신이 들자 그곳은 낯선 이세계의 대지였고,
갑자기 현대에는 존재하지 않을 터인 『마물』에게 습격당한다.
"어째서 그 검을 안 쓰는 거야?"
아무것도 모르는 키즈나를 도운 것은 에바라는 수수께끼의 소녀인데—?!
『아르카디아=가든』으로 이어지는 《대지와 정령의 이야기》 시동!!

© Kei Azumi/AlphaPolis Co., Ltd.
illustration Mitsuaki Matsumoto

달이 이끄는 이세계 여행 1~3권

아즈미 케이 지음 | 마츠모토 미츠아키 일러스트 | 정금택 옮김

어느 날, 부모의 사정으로 인해 츠쿠요미노미코토에 이끌려
이세계로 가게 된 나, 미스미 마코토.
치트 능력도 하사받고 이건 그야말로 용사 플래그인가! 라고 생각했더니
이 세계의 여신에게 「너 얼굴 못생겼다」라는 이유로 거절당하고
나는 『세계의 끝』으로 전이당하고 말았다…….
……뭐, 어쩔 수 없지. 기왕에 이렇게 된 거 이세계를 즐겨볼까!
이렇게 오직 내 한 몸만 가지고
타인의 온기를 찾아 여행을 시작하게 되었지만,
만난 것은 향기로운 냄새가 나는 오크 소녀, 시대극에 심취한 드래곤,
마조히즘 속성을 지닌 변태 거미 etc—
……내 주위는 멋들어질 정도로 이종족 페스티벌입니다.
젠장! 웃기지 마! 난 절대로 지지 않을 거니까!!

제5회 알파폴리스 판타지 소설 대상 『독자상 수상작』!

©Ryo Shirakome/OVERLAP
Illustration Takaya-ki

흔해빠진 직업으로 세계최강 1~6권

시라코메 료 지음 | 타카야Ki 일러스트 | 김장준 옮김

『왕따』를 당하던 나구모 하지메는 같은 반 아이들과 함께 이세계로 소환된다.
차례차례 사기적인 전투 능력을 발현하는 반 아이들과는 달리
연성사라는 평범한 능력을 손에 넣은 하지메.
이세계에서도 최약인 그는 어떤 반 아이의 악의 탓에
미궁의 나락으로 떨어지고 마는데—?!
탈출 방법을 찾을 수 없는 절망의 늪에서
연성사로 최강에 이르는 길을 발견한 하지메는
흡혈귀 유에와 운명적인 만남을 이루고—.
"내가 유에를, 유에가 나를 지킨다. 그럼 최강이야. 전부 쓰러뜨리고 세계를 뛰어넘자."

나락으로 떨어진 소년과 가장 깊은 곳에 잠들었던 흡혈귀가 펼치는
『최강』이세계 판타지 개막!

NOVEL

변변찮은 마술강사와 금기교전 1~9권

히츠지 타로 지음 | 미시마 쿠로네 일러스트 | 최승원 옮김

알자노 제국 마술 학원의 계약직 강사인 글렌 레이더스는 수업 중
자습 → 취침 상습범.
그러다 웬일로 교단에 서나 싶으면 칠판에 교과서를 못으로 고정해놓는 등,
그야말로 학생들도 기가 막혀 하는 변변찮은 강사다.
결국 그런 글렌에게 진심으로 화가 난 학생,
「교사 킬러」로 악명이 자자한 시스티나 피벨이 결투를 신청하지만—
이 해프닝은 글렌이 허무하게 패배하는 안타까운 결말로 막을 내린다.
하지만 학원에 닥친 미증유의 테러 사건에 학생들이 휘말리자,
"내 학생에게 손대지 마!"
비로소 글렌의 본성이 발휘된다!

TV애니메이션 방영 화제작!!

세븐캐스트의 히키코모리 마술왕 1~2권

미사키 카츠미 지음 | mmu 일러스트 | 송재희 옮김

마술이 개념화하여 물리 법칙을 능가한 신생 마법세계.
이곳 마도에는 마술 결사 「세븐캐스트」가 최강이라는 이름하에 군림하고 있었다—.
"그저 빈둥거리면서 살고 싶어……."
마술학원에 다니는 브란은 마술로 만든 분신에게
출석을 대행시키는 등교거부 학생.
다만 전학생인 왕녀 듀셀하고는 같은 히키코모리 기질 때문인지
묘하게 가까워지고?!
그러나 듀셀의 정체는 전투에 특화된 루브르 왕국의 국가마술사였다—.
"그럴 수가, 나보다 고위 마술사라니."
"상대가 안 좋았네— 내가 「세븐캐스트」의 위자드 로드야."
일곱 새도를 원격 조작으로 사역하여 세계 질서를 뒤엎어라?!

히키코모리야말로 최강—
문외불출 신세기 마술배틀 판타지!!

라이트노벨의 새로운 빛! L노벨의 신간은 매월 10일에 발매됩니다. http://cafe.naver.com/lnovel11